金農「採菱圖」(部分)——金農，清康熙至乾隆年間書畫家，浙江杭州人，「揚州八怪」之一。本圖繪吳興附近太湖中女郎划舟採菱。阿朱、阿碧與段譽在太湖中盪舟，水天小舟，當有彷彿處。

山西太原晉祠宋塑宮女——宋代彩色泥塑宮女共四十四尊，由此可見到宋代上層社會婦女的裝束，左首宮女雙手持匕首。

黄慎「山茶臘梅」──黄慎，清康熙至乾隆年間書畫家，福建寧化人，「揚州八怪」之一。

來楚生「山茶」——來楚生，當代國畫家。

大字版

天龍八部

③朱碧雙姝

金庸

天龍八部(大字版)/金庸作. -- 二版.
-- 臺北市：遠流, 2017.10
冊； 公分.--(大字版金庸作品集；41–50)

ISBN 978-957-32-8133-7 (全套：平裝).

857.9 106016857

大字版金庸作品集㊸

天龍八部 (3)朱碧雙姝 「公元2005年金庸新修版」

The Semi-gods and the Semi-devils, Vol.3

作　者／金　庸

封面設計／唐壽南　內頁插畫／王司馬

發 行 人／王 榮 文
出版・發行／遠流出版事業股份有限公司
臺北市中山北路一段11號13樓
電話／2571-0297　**傳真**／2571-0197　**郵撥**／0189456-1

□2005年11月16日　初版一刷
□2022年 3 月16日　二版五刷

大字版　每冊380元（本作品全十冊，共3800元）
〔另有典藏版共36冊（不分售），平裝版共36冊，新修版共36冊，新修文庫版共72冊〕

ISBN　978-957-32-8133-7（**套：大字版**）
ISBN　978-957-32-8125-2（**第三冊：大字版**）
Printed in Taiwan

YLib 遠流博識網
http://www.ylib.com　E-mail:ylib@ylib.com

目錄

（本書第三集及第四集十回回目，十句調寄〈蘇慕遮〉．本意。蘇慕遮，胡人舞曲也。）

段譽伸個懶腰，坐起身來，說道：「睡了一大覺，倒叫兩位姊姊辛苦了。有一件事不便出口，兩位莫怪，我……我要解手！」

一一　向來痴

段譽給鳩摩智點了穴道，全身動彈不得，給幾名大漢橫架在一匹馬的鞍上，臉孔朝下，但見地面不住倒退，馬蹄翻飛，濺得他口鼻中都是泥塵，耳聽得衆漢子大聲吆喝，說的都是番話，也不知講些甚麼。他一數馬腿，共是十四馬。

奔出十餘里後，來到一處岔路，只聽得鳩摩智嘰哩咕嚕的說了幾句話，五乘馬向左邊岔路行去，鳩摩智和帶著段譽那人以及其餘三乘則向右行。又奔數里，到了第二個岔路口，五乘馬中又有兩乘分道而行。段譽心知鳩摩智意在擾亂追兵，叫他們不知向何處追趕才是。

再奔得一陣，鳩摩智躍下馬背，取過一根皮帶，縛在段譽腰間，左手提著他身子，便從山坳裏行去，另外兩名漢子卻縱馬西馳。段譽暗暗叫苦，心道：「伯父便派遣鐵甲騎兵不停追趕，至多也不過將這番僧的九名隨從盡數擒去，可救我不得。」

鳩摩智手中雖提了段譽，腳步仍極輕捷。他越走越高，三個時辰中，盡在荒山野嶺之間穿行。段譽見太陽西斜，始終從左邊射來，知道鳩摩智是帶著自己北行。

到得傍晚，鳩摩智提著他身子架在一株大樹樹枝上，將皮帶纏住了樹枝，不跟他說一句話，甚至目光也不和他相對，背著身子，遞了幾塊乾糧麵餅給他，解開他左手小臂的穴道，好讓他取食。段譽暗自伸出左手，想運氣以少澤劍劍法傷他，不料身上要穴受封，全身眞氣阻塞，手指空自點點戳戳，全沒半分內勁。

如此數日，鳩摩智提著他不停的向北而行。段譽幾次撩他說話，問他何以擒住自己，帶自己到北方去幹甚麼，鳩摩智始終不答。段譽一肚子怨氣，心想那次給妻子變妹子的木婉清擒住，雖然苦頭吃得更多，卻決不致如此氣悶無聊。何況給一個美貌姑娘抓住，香澤微聞，俏叱時聆，比之給個強凶霸道、裝聾作啞的番僧懸空而提，苦樂自是大不相同。

這般走了十餘天，料想已出大理國境，段譽察覺他行走的方向改爲東北，仍避開大路，始終取道於荒山野嶺。只是地勢越來越平坦，山漸少而水漸多，一日之中，往往要過渡數次。終於鳩摩智買了兩匹馬與段譽分乘，段譽身上的大穴自然不給解開，每隔一段時候，還補上幾指，封他穴道。

有一次段譽解手之時，心想：「我如使出『凌波微步』，這番僧未必追得上我。」可是只跨出兩步，眞氣在閉塞的穴道處受阻，立時摔倒。他嘆了口氣，爬起身來，情知這最後一著也行不通了。本來穴道長時受封，必於身子有害，但段譽內力深厚，雖穴道多時不解，倒也並無大礙。

當晚兩人在一座小城一家客店中歇宿。鳩摩智命店伴取過紙墨筆硯，放在桌上，剔亮油燈，待店伴出房，說道：「段公子，小僧屈你大駕北來，多有得罪，好生過意不去。」段譽道：「好說，好說。」鳩摩智道：「公子可知小僧此舉，是何用意？」

段譽一路之上，心中所想的只是這件事，眼見桌上放了紙墨筆硯，更料到了十之八九，說道：「辦不到！」鳩摩智問道：「甚麼事辦不到？」段譽道：「你艷羨我段家的六脈神劍劍法，要逼我寫出來給你。這件事辦不到。」鳩摩智搖頭道：「段公子會錯意了。小僧當年與慕容先生有約，要借貴門《六脈神劍經》去給他一觀。此約未踐，一直耿耿於懷。幸好段公子記得此經，無可奈何，只有將你帶到慕容先生墓前焚化，好讓小僧不致失信於故人。然而公子人中龍鳳，小僧與你無冤無仇，豈敢傷殘？其間尚有個兩全其美之法。公子只須將經文圖譜一無遺漏的寫出，小僧自己決不看上一眼，立即固封，拿去在慕容先生墓前火化，了此宿願，便即恭送公子回歸大理。」

這番話鳩摩智於初入天龍寺時便曾說過，當時本相等均有允意，段譽也覺此法可行。但此後鳩摩智偷襲保定帝於先，擒拿自身於後，出手殊不光明，躲避追蹤時詭計百出，對九名部屬的生死安危全無絲毫顧念，險刻戾狠之意表露無遺，段譽如何再信得過他？心中早就覺得，南海鱷神等「四大惡人」擺明了是惡人，反遠較這僞裝「聖僧」的吐蕃和尚人品高得多了。他雖無處世經歷，但這二十餘日來，對此事早已深思熟慮，想明白了其中關竅，說道：「鳩摩智大師，你這番話是騙不倒我的。」

鳩摩智合什道：「阿彌陀佛，小僧對慕容先生當年一諾，尚且如此信守，豈肯爲了守此一諾，另毀一諾？」段譽搖頭道：「你說當年對慕容先生有此諾言，是眞是假，誰也不知。你拿到了六脈神劍劍譜，自己必定細讀一番，是否要去慕容先生墓前焚化，更誰也不知。就算眞要焚化，以大師的聰明才智，讀得幾遍之後，豈有記不住的？說不定還怕記錯了，要筆錄副本，然後再去焚化。」

鳩摩智雙目精光大盛，惡狠狠的盯住段譽，但片刻之間，臉色便轉慈和，緩緩的道：「你我均是佛門弟子，豈可如此胡言妄語，罪過，罪過！小僧迫不得已，只好稍加逼迫了。這是爲了救公子性命，尚請勿怪。」說著伸出左手掌，輕輕按在段譽胸口，說道：「公子抵受不住之時，願意書寫此經，只須點一點頭，小僧便即放手。」

段譽苦笑道：「我不寫此經，你終不死心，捨不得便殺了我。我倘若寫了出來，你怎麼還能容我活命？我寫經便是自殺，鳩摩智大師，這一節，我在十三天之前便已想明白了。」

鳩摩智嘆了口氣，說道：「我佛慈悲！」掌心便即運勁，料想這股勁力傳入段譽膻中大穴，他周身便如萬蟻咬嚙，苦楚難當。這等嬌生慣養的公子哥兒，嘴上說得雖硬，當真身受死去活來的酷刑之時，勢非屈服不可。不料勁力甫發，立覺一股內力去得無影無蹤。他一驚之下，又即催勁，這次內力消失得更快，跟著體中內力洶湧奔瀉而出。鳩摩智大驚失色，右掌急出，在段譽肩頭奮力推去。段譽「啊」的一聲，摔在床上，後腦重重撞上牆壁。

鳩摩智早以爲段譽學過星宿老怪一門的「化功大法」，但要穴受封，不論正邪武功自然俱都半點施展不出，那知他掌發內勁，卻是將自身內力硬擠入對方「膻中穴」去，便如當日段譽全身動彈不得，張大了嘴巴任由莽牯朱蛤鑽入肚中一般，與身上穴道是否受封全不相干。

段譽哼哼唧唧的坐起，說道：「枉你自稱得道高僧，高僧是這般出手打人的嗎？」

鳩摩智厲聲道：「你這『化功大法』，到底是誰教你的？」段譽搖搖頭，說道：「化功大法，暴殄天物，猶日棄千金於地而不知自用，旁門左道，卑鄙無恥，可笑，可笑！」這幾句話，他竟不知不覺的引述了玉洞帛軸上所寫的字句。

鳩摩智不明其故，卻也不敢再碰他身子，但先前點他神封、大椎、京門諸穴卻又無礙，此人武功之怪異，實不可思議，料想這門功夫定是從一陽指與六脈神劍中變化出來，只是他初學乍練，功夫尚淺。這樣一來，對大理段氏的武學更加心嚮神往，突然舉起手掌，凌空一招「火燄刀」，將段譽頭上的書生巾削去了一片，喝道：「你當真不寫？我這一刀只消低得半尺，你的腦袋便怎樣了？」

段譽害怕之極，心想他當眞惱將起來，戳瞎我一隻眼睛，又或削斷我一條臂膀，那便怎麼辦？一路上反覆思量而得的幾句話立時到了腦中，說出口來：「我倘若受逼不過，只好胡亂寫些，那就未必全對。你如傷殘我肢體，我恨你切骨，寫出來的劍譜更加不知所云。這樣罷，反正我寫的劍譜，你要拿去在慕容先生墓前焚化，你說過立即固封，決計不看上一眼，是對是錯，跟你毫不相干。我胡亂書寫，不過是我騙了慕容先生的陰魂，他在陰間練得走火入魔，自絕鬼脈，也不會來怪你。」說著走到桌邊，提筆攤紙，作狀欲寫。

鳩摩智怒極，段譽這幾句話，將自己騙取六脈神劍劍譜的意圖盡皆揭破，同時說得明明白白，自己若用強逼迫，他寫出來的劍譜也必殘缺不全，僞者居多，那非但無用，閱之且有大害。他在天龍寺兩度鬥劍，六脈神劍的劍法眞假自然一看便知，但這路劍法的要旨純在內力運使，那就沒法分辨。當下豈僅老羞成怒，直是大怒欲狂，一招「火燄刀」揮出，嗤的一聲輕響，段譽手中筆管斷爲兩截。

段譽大笑聲中，鳩摩智喝道：「賊小子，佛爺好意饒你性命，你偏執迷不悟。只有拿你去慕容先生墓前焚燒。你心中所記得的劍譜，總不會是假的罷？」

段譽笑道：「我臨死之時，只好將劍法故意多記錯幾招。對，就是這個主意，打從此刻起，我拚命記錯，越記越錯，到得後來，連我自己也必胡裏胡塗，是非難辨，對錯不分。世尊曰：『對即是錯，錯即是對。受想行識，亦復如是。如來云神劍，是名神劍，非眞神劍。劍稱六脈，寫成七脈。法尙應捨，何況非法？』」

鳩摩智聽得他亂背《金剛經》，怒目瞪視，眼中似乎也有火燄刀要噴將出來，恨不得手掌一揮，「火燄刀」的無形氣勁就從這小子的頭頸中一劃而過。

自此一路向東，又行了二十餘日，段譽聽著途人的口音，漸覺淸雅綿軟，菜餚中也沒了辣椒。

這一日終於到了蘇州城外，段譽心想：「這就要去上慕容博的墳了。番僧逼不到劍譜，不會就此當眞殺我，但在那慕容博的墓前，將我燒上一燒，烤上一烤，熬幾兩人油出來，弄得半死不活，卻也未始不可。」一將心一橫，也不去多想，縱目觀看風景。這時正是三月天氣，紅杏夾徑，綠柳垂湖，暖洋洋的春風吹在身上，當眞醺醺欲醉。段譽不由得心懷大暢，脫口吟道：「波渺渺，柳依依，孤村芳草遠，斜日杏花飛。」

鳩摩智冷笑道：「死到臨頭，虧你還有這等閒情逸致，兀自在吟詩唱詞。」段譽笑道：「佛曰：『色身無常，無常即苦。』天下無不死之人。最多你不過多活幾年，又有甚麼開心了？」

鳩摩智不去理他，向途人請問「參合莊」的所在。但他連問了七八人，沒一個知道，言語不通，更加纏七夾八。最後一個老者說道：「蘇州城裏城外，嘸不一個莊子叫作啥參合莊格。你這位大和尚，定是聽錯哉！」鳩摩智道：「有一家姓慕容的大莊主，請問他住在甚麼地方？」那老者道：「蘇州城裏末，姓顧、姓陸、姓沈、姓張、姓周、姓朱……都是大莊主，那有甚麼姓慕容的？勿曾聽見過。」

鳩摩智正沒做理會處，忽聽得西首小路上一人說道：「聽說慕容氏住在城西三十里的燕子塢，咱們便過去瞧瞧。」另一人道：「嗯，到了地頭啦，可得小心在意才是。」這兩人說話聲音甚輕，說的是河南中州口音，與當地蘇州的吳儂軟語大異。鳩摩智內功修爲了得，聽得淸淸楚楚，心道：「莫非這兩人故意說給我聽的？否則偏那有這麼巧？」斜眼看去，只見一人氣宇軒昂，身穿孝服，另一個卻矮小瘦削，像是個癆病鬼扒手，也是披蘇帶孝。

鳩摩智一眼之下，便知這兩人身有武功，還沒打定主意是否要出言相詢，聽得段譽已叫了起來：「霍先生，霍先生，你也來了？」原來那形容猥瑣的漢子正是金算盤崔百泉，另一個便是他師姪追魂手過彥之。他二人離了大理後，一心一意要爲柯百歲報仇，明知慕容氏武功極高，此仇十九難報，還是勇氣百倍的尋到了蘇州來。打聽到慕容氏住在燕子塢，而慕容博卻已逝世多年，那麼殺害柯百歲的，當是慕容家的另外一人。兩人登覺報仇多了幾分指望，趕到湖邊，剛好和鳩摩智、段譽二人遇上。

崔百泉突然聽到段譽的叫聲，一愕之下，快步奔將過來，只見一個和尚騎在馬上，左手拉住段譽坐騎的韁繩，段譽雙手僵直，垂在身側，顯是給點中了穴道，奇道：「小王爺，是你啊！喂，大和尚，你幹甚麼跟這位公子爺爲難？你可知他是誰？」

鳩摩智自沒將這兩人放在眼裏，但知慕容先生的家建於河港之中，七彎八曲，極難辨認，恰好有這兩人領路，便道：「我要去慕容氏的府上，相煩兩位帶路。」

崔百泉道：「請問大師上下如何稱呼？何以膽敢得罪段氏的小王爺？到慕容府去有何貴幹？」鳩摩智道：「到時自知。」崔百泉道：「大師是慕容家的朋友麼？」鳩摩智道：「不錯，慕容先生所居的參合莊坐落何處，霍先生倘若得知，還請指引。」鳩摩智聽段譽稱之爲「霍先生」，還道他眞是姓霍。崔百泉搔了搔頭皮，向段譽道：「小王爺，我解開你手臂上的穴道再說。」說著走上幾步，伸手便要去給段譽解穴。

段譽心想鳩摩智武功高得出奇，當世只怕無人能敵，這崔過二人是萬萬打他不過的，若來妄圖相救，只不過枉送兩條性命，還是叫他二人趕快逃走的爲妙，便道：「且慢！這位大師單身一人，打敗了我伯父和大理的五位高手，將我擒來。他是慕容先生的知交好友。請霍先生和過大爺設法去告知我爹爹，前來相救！」

崔百泉和過彥之聽說這和尚打敗了保定帝等一衆高手，已是一驚，待聽說他是慕容氏的知交，更加震駭。崔百泉心想自己在鎭南王府中躲了這十幾年，今日小王爺有難，豈能袖手不理？反正既來姑蘇，這條性命早就豁出去不要了，不論死在正點兒的算盤下，還是旁人手中，也沒太大分別，伸手入懷，掏出一個金光燦爛的算盤，高舉搖晃，錚錚錚的亂響，說道：「大和尚，慕容先生是你的好朋友，這位小王爺卻是我的好朋友，我勸你還是放開了他罷。」過彥之一抖手間，也已取下纏在腰間的軟鞭。兩人同時向鳩摩智馬前搶去。

段譽大叫：「兩位快走，你們打他不過的。」

鳩摩智淡淡一笑，說道：「眞要動手麼？」崔百泉道：「這一場架，叫做老虎頭上拍蒼蠅，明知打不過，也要試一試，生死……啊唷，啊唷！」

「生死」甚麼的還沒說出口，鳩摩智已伸手奪過過彥之的軟鞭，跟著啪的一聲，翻過軟鞭，捲著崔百泉手中的金算盤，鞭子一揚，兩件兵刃同時脫手飛向右側湖中，眼見兩件兵刃便要沉入湖底，那知鳩摩智手上勁力使得恰到好處，軟鞭鞭梢翻了過來，剛好纏住一根垂在湖面的柳枝，柳枝柔軟，一升一沉，不住搖動。金算盤款款拍著水面，點成一圈圈漣漪。

鳩摩智雙手合什，說道：「有勞兩位大駕，便請引路。」崔過二人面面相覷，不知如何是好。鳩摩智道：「兩位倘若不願引路，便請示知燕子塢參合莊的途徑，由小僧覓路自去，那也不妨。」崔過二人見他武功如此高強，而神態卻又謙和之極，都覺翻臉也不是，不翻臉也不是。

便在此時，只聽得欸乃聲響，湖面綠波上飄來一葉小舟，一個綠衫少女手執雙槳，緩緩划水而來，口中唱著小曲，段譽聽那曲子是：「菡萏香連十頃陂，小姑貪戲采蓮遲。晚來弄水船頭濕，更脫紅裙裹鴨兒。」歌聲嬌柔無邪，歡悅動心。

段譽在大理時誦讀前人詩詞文章，於江南風物早就深為傾倒，此刻一聽此曲，不由得心魂俱醉。只見那少女一雙纖手皓膚如玉，映著綠波，便如透明一般。崔百泉和過彥之雖大敵當前，也不禁轉頭向她瞧了兩眼。

只鳩摩智視若不見，聽如不聞，說道：「兩位既不肯見告參合莊的所在，這就告辭。」

這時那少女划著小舟，已近岸邊，聽到鳩摩智的說話，接口道：「這位大師父要去參合莊，阿有啥事體？」說話聲音極甜極清，令人一聽之下，說不出的舒適。這少女約莫十六七歲年紀，滿臉都是溫柔，全身盡是秀氣。

段譽心道：「想不到江南女子，一美至斯。」其實這少女也非極美，比之木婉清尚有不如，但八分容貌，加上十二分的溫雅，便不遜於十分人才的美女。

鳩摩智道：「小僧欲到參合莊去，小娘子能指點途徑麼？」那少女微笑道：「參合莊的名字，外邊人勿會曉得，大師父從啥地方聽來？」鳩摩智道：「小僧是慕容先生方外至交，特來老友墓前一祭，以踐昔日之約。並盼得識慕容公子清範。」那少女沉吟道：「介末眞正弗巧哉！慕容公子剛剛日前出仔門，大師父早來得幾日末，介就碰著公子哉。」鳩摩智道：「與公子緣慳一面，教人好生惆悵，但小僧從吐蕃國萬里迢迢來到中土，願在慕容先生墓前一拜，以完當年心願。」那少女道：「大師父是慕容老爺的好朋友，先請去用一杯清茶，我再給你傳報，你講好哦？」鳩摩智道：「小娘子是公子府上何人？該當如何稱呼才是？」

那少女嫣然一笑，道：「啊唷，我是服侍公子撫琴吹笛的小丫頭，叫做阿碧。你勿要大娘子、小娘子的介客氣，叫我阿碧好哉！」她一口蘇州土白，本來不易聽懂，但她是武林世家的侍婢，想是平素官話聽得多了，說話中儘量加上了些官話，鳩摩智與段譽等尚可勉強明白。當下鳩摩智恭恭敬敬的道：「不敢！」（按：阿碧的吳語，書中只能略具韻味而已，倘若全部寫成蘇白，讀者固然不懂，鳩摩智和段譽加二要弄勿清爽哉。）

阿碧道：「我是到城裏來買玫瑰粽子糖的，這粽子糖嘛，下趟再買也勿要緊。這裏去燕子塢琴韻小築，都是水路，倘若這幾位通統要去，我划船相送，好哦？」她每問一句「好吡」，都是殷勤探詢，軟語商量，教人難以拒卻。

鳩摩智道：「如此有勞了。」攜著段譽的手，輕輕躍上小舟。那小舟只略沉少許，卻絕無半分搖晃。阿碧向鳩摩智和段譽微微一笑，似乎是說：「眞好本事！」

過彥之低聲道：「師叔，咋辦？」他二人是來找慕容氏報仇的，但弄得如此狼狽，實在好不尷尬。阿碧微笑道：「兩位大爺來啊來到蘇州哉，倘若無不啥要緊事體，介末請到敝處喝杯清茶，吃點點心。勿要看這隻船小，再坐幾個人也勿會沉格。」她輕輕划動小舟，來到柳樹之下，伸出纖手收起了算盤和軟鞭，隨手撥弄算珠，錚錚有聲。

段譽只聽得幾下，喜道：「姑娘，你彈的是〈採桑子〉麼？」原來她隨手撥動算珠，輕重疾徐，自成節奏，居然便是兩句淸脆靈動的〈採桑子〉。阿碧嫣然一笑，道：「公子，你精通音律，也來彈一曲麼？」段譽見她天眞爛漫，和藹可親，笑道：「我可不會彈算盤。」轉頭向崔百泉道：「霍先生，人家把你的算盤打得這麼好聽。」

崔百泉澀然一笑，道：「不錯，不錯。姑娘眞是雅人，我這件最俗氣的傢生，到了姑娘手裏，就變成了一件樂器。」阿碧道：「啊喲，眞正對勿起，這是霍大爺的麼？這算盤打造得眞考究。你屋裏一定交關之有銅錢，連算盤也用金子做。霍大爺，還仔撥你。」她左手拿著算盤，伸長手臂。崔百泉人在岸上，沒法拿到，他也眞捨不得這個片刻不離身的老朋友，輕輕一縱，上了船頭，伸手接過算盤，側頭向鳩摩智瞪了一眼。鳩摩智臉上始終慈和含笑，全無慍色。

阿碧左手拿著軟鞭鞭梢提高了，右手五指在鞭上一勒而下，她手指甲上帶著銅套，指甲觸到軟鞭一節節上凸起的稜角，登時發出叮、玲、咚、瓏幾下清亮聲音。一條鬥過大江南北、黑道白道英豪的兵刃，到了她一雙潔白柔嫩的手中，竟又成了一件動人心靈的樂器。

段譽叫道：「妙極，妙極！姑娘，你就彈它一曲。」阿碧向著過彥之道：「這軟鞭是這位大爺的了？我亂七八糟的拿來玩弄，忒也無禮了。大爺，你也上船來罷，等一歇我撥你吃藕粉。」過彥之心切師仇，對姑蘇慕容一家恨之切骨，但見這個小姑娘語笑嫣然，天真爛漫，他雖滿腔恨毒，卻也難以向她發作，心想：「她引我到莊上去，那是再好不過，好歹也得先殺他幾個人給恩師報仇。」當下點了點頭，躍上了船。

阿碧好好的捲攏軟鞭，交給過彥之，木槳一扳，小舟便向西滑去。

崔百泉和過彥之交換了幾個眼色，都想：「今日深入虎穴，不知生死如何。慕容氏出手毒辣之極，這個小姑娘柔和溫雅，看來不假，但焉知不是慕容氏驕敵之計？先敎咱們去了防範之心，他便可乘機下手。」

舟行湖上，幾個轉折，便轉入了一座大湖之中，極目望去，但見煙波浩渺，遠水接天。過彥之暗暗心驚：「這大湖想必就是太湖了。我和崔師叔都不會水性，這小妮子只須將船一翻，咱二人便沉入湖中餵了魚鱉，還說甚麼爲師父報仇？」崔百泉也想到了此節，他年輕時曾在河南洛水中划過船，尋思如能把木槳拿在手中，這小姑娘便想弄翻船，也沒這麼容易，便道：「姑娘，我來幫你划船，你只須指點方向便是。」阿碧笑道：「啊喲，介末不敢當。我家公子倘若曉得仔，定規要罵我怠慢了客人。」崔百泉見她不肯，疑心更甚，笑道：「實不相瞞，我們是想聽聽姑娘在軟鞭上彈曲的絕技。我們是粗人，這位段公子卻是琴棋書畫，樣樣都精的。」

阿碧向段譽瞧了一眼，笑道：「我彈著好白相，又算啥絕技了？段公子這樣風雅，聽仔笑啊笑煞快哉，我勿來！」

崔百泉從過彥之手中取過軟鞭，交在她手裏，道：「你彈，你彈！」一面就接過了她手中的木槳。阿碧笑道：「好罷，你的金算盤再借撥我一息。」崔百泉心下暗感危懼：「她要將我們兩件兵刃都收了去，莫非有甚陰謀？」事到其間，已不便拒卻，只得將金算盤遞給她。阿碧將算盤放在身前的船板上，左手握住軟鞭短柄，左足輕踏鞭頭，將軟鞭拉得直了，右手五指飛轉輪彈，軟鞭登時發出叮咚之聲，雖無琵琶的繁複清亮，爽朗卻有過之。

阿碧五指彈抹之際，尚有餘暇騰出手指在金算盤上撥弄，算盤珠的錚錚聲夾在軟鞭的玎玎聲中，更增清韻。便在此時，只見兩隻燕子從船頭掠過，向西疾飄而去。段譽心想：「慕容氏所住之處叫做燕子塢，想必燕子很多了。」

只聽得阿碧漫聲唱道：「二社良辰，千家庭院，翩翩又睹雙飛燕。鳳凰巢穩許爲鄰，瀟湘煙暝來何晚？亂入紅樓，低飛綠岸，畫樑輕拂歌塵轉。爲誰歸去爲誰來？主人恩重珠簾捲。」

段譽聽她歌聲唱到柔曼之處，不由得迴腸蕩氣，心想：「我若終生僻處南疆，如何得能聆此仙樂？『爲誰歸去爲誰來，主人恩重珠簾捲。』慕容公子有婢如此，自是非常人物。」

阿碧一曲既罷，將算盤和軟鞭還了給崔過二人，笑道：「唱得不好，客人勿要見笑。霍大爺，你划船倒划得蠻好，請向左邊小港中划進去，就是了！」

崔百泉見她交還兵刃，登感寬心，當下依言將小舟划入一處小港，但見水面上鋪滿了荷葉，若不是她指點，決不知荷葉間竟有通路。崔百泉划了一會，阿碧又指示水路：「從這裏划過去。」這邊水面上也全是荷葉，清波之中，綠葉翠蓋，清麗非凡。

阿碧從船艙旁拿了幾塊糖藕，分給衆人。段譽一雙手雖能動彈，但穴道遭點之後全無半分力氣，勉強拈起一塊糖藕，見那糖藕微微透明，略沾糖霜和玫瑰花瓣，送入嘴中，甘香爽脆，清甜非凡，笑道：「這糖藕的滋味清而不膩，便和姑娘唱的小曲一般。」

阿碧臉上微微一紅，笑道：「拿我的歌兒來比糖藕，今朝倒是第一趟聽到，多謝公子啦！」

荷塘尚未過完，阿碧又指引小舟從一叢蘆葦和茭白中穿了過去。這麼一來，連鳩摩智也起了戒心，暗暗記憶小舟的來路，以備回出時不致迷路，可是一眼望去，滿湖荷葉、浮萍、蘆葦、茭白，全都一模一樣，兼之荷葉、浮萍在水面飄浮，隨時一陣風來，便即變幻百端，就算此刻記得清清楚楚，霎時間局面便全然不同。鳩摩智和崔百泉、過彥之三人不斷注視阿碧雙目，都想從她眼光之中，瞧出她尋路的法子和指標。但她只是漫不經意的撥水，隨口指引，似乎這許許多多縱橫交錯、棋盤一般的水道，便如她手掌中的掌紋一般明白，生而知之，不須辨認。

如此曲曲折折的划了兩個多時辰，未牌時分，遙遙望見遠處綠柳叢中，露出一角飛簷。阿碧道：「到啦！霍大爺，多謝你幫我划了半日船。」崔百泉苦笑道：「只要有糖藕可吃，清歌可聽，我便這麼划他十年八年船，那也不累。」阿碧拍手笑道：「你要聽歌吃藕，介末交關便當？在這湖裏一輩子勿出去好哉！」

崔百泉聽到她說「在這湖裏一輩子勿出去」，不由得矍然心驚，斜著一雙小眼向她端相了一會，但見她笑吟吟的似乎全無機心，心下略寬，卻也不能就此放心。

阿碧接過木槳，將船直向柳蔭中划去，到得鄰近，只見一座松樹枝架成的木梯，垂下來通向水面。阿碧將小船繫上樹枝，忽聽得柳枝上一隻小鳥「莎莎都莎，莎莎都莎」

的叫了起來，聲音清脆。阿碧模仿鳥鳴，也叫了幾下，回頭笑道：「請上岸罷！」

眾人逐一跨上岸去，見疏疏落落四五座房舍，建造在一個不知是小島還是半島之上。房舍小巧玲瓏，頗為精雅。小舍匾額上寫著「琴韻」兩字，筆致頗為瀟洒。鳩摩智道：「此間便是燕子塢參合莊麼？」阿碧搖頭道：「不。這是公子起給我住的，小小地方，實在不能接待貴客。不過這位大師父說要去拜祭慕容老爺的墓，我可作不了主，只好請幾位在這裏等一等，我去問問阿朱姊姊。」

鳩摩智聽了，心頭有氣，臉色微微一沉。他是吐蕃國護國法王，身分何等尊崇？別說在吐蕃國大受國主禮敬，即是來到大宋、大理、遼國、西夏的朝廷之中，各國君主也必待以貴賓之禮，何況他又是慕容先生的知交舊友，這番親來祭墓，慕容公子事前不知，未能相迎，那也罷了，可是這下人不請他到正廳客舍隆重接待，卻將他帶到一個小婢的別院，實在太也氣人。但他見阿碧天眞爛漫，語笑盈盈，並無半分輕慢之意，心想：「這小丫頭甚麼也不懂，我何必跟她一般見識。」想到此節，便即心平氣和。

崔百泉問道：「你阿朱姊姊是誰？」阿碧笑道：「阿朱就是阿朱，伊只比我大一個月，介末就擺起阿姊架子來哉。我叫伊阿姊，介末叫做嘸不法子，啥人教伊大我一個月呢？你用勿著叫伊阿姊，你倘若叫伊阿姊末，伊越發要得意哩。」她咭咭咯咯的說著，語聲清柔，若奏管絃，將四人引進屋去。

到得廳上，阿碧請各人就座，便有男僕奉上清茶糕點。段譽端起茶碗，撲鼻一陣清香，揭開蓋碗，只見淡綠茶水中飄浮著一粒粒深碧的茶葉，便像一顆顆小珠，生滿纖細絨毛。段譽從未見過，喝了一口，只覺滿嘴清香，舌底生津。鳩摩智和崔、過二人見茶葉古怪，茶水泛綠，都不敢喝。這圓珠狀茶葉是太湖附近山峯的特產，後世稱爲「碧螺春」，其時還未有這雅致名稱，本地人叫做「嚇煞人香」，以極言其香。鳩摩智向在西域和吐蕃山地居住，喝慣了苦澀的黑色茶磚，見到這等碧綠有毛的茶葉，不免疑心有毒。

四色點心是玫瑰綠豆糕、茯苓軟糕、翡翠甜餅、藕粉火腿餃，形狀精雅，每件糕點都似不是做來吃的，而是用來玩賞一般。

段譽讚道：「這些點心如此精致，味道定是絕美的了，可是教人又怎捨得張口去吃？」阿碧微笑道：「公子只管吃好哉，我們還有。」段譽吃一件讚一件，大快平生。鳩摩智和崔過二人卻仍不敢食用。段譽心下起疑：「這鳩摩智自稱是慕容博的好友，如何他也處處嚴加提防？而慕容莊上接待他的禮數，似乎也不大對勁。」

鳩摩智的耐心也眞了得，等了半天，待段譽將茶水和四樣糕點都嚐了個遍，讚了個夠，才道：「如此便請姑娘去通知你的阿朱姊姊。」

阿碧笑道：「阿朱的莊子離這裏有四九水路，今朝來不及去哉，四位在這裏住一晚，明朝一早，我送四位去『聽香水榭』。」崔百泉問道：「甚麼四九水路？」阿碧道：「一九是九里，二九十八里，四九就是三十六里。你撥撥算盤就算出來哉。」原來江南一帶，說到路程距離，總是一九、二九的計算，不說「十」字。吳語「十」字與「賊」字音近，說來不雅。

鳩摩智道：「早知如此，姑娘逕自送我們去聽香水榭，豈不爽快？」阿碧笑道：「這裏嘸不人陪我講閒話，悶也悶煞快。好容易來了幾個客人，幾花好？介末總歸要留你們幾位住上一日。」

過彥之一直沉著氣不說話，這時突然霍地站起，喝道：「慕容家的親人住在那裏？我過彥之上參合莊來，不是爲了喝茶吃飯，更不是陪你說笑解悶，是來殺人報仇、流血送命的。姑娘，請你去說，我是伏牛派柯百歲的弟子，今日跟師父報仇來啦！」說著軟鞭一晃，喀喇喇一聲響，將一張紫檀木茶几和一張湘妃竹椅子打成了碎片。

阿碧既不驚惶，也不生氣，說道：「江湖上英雄豪傑來拜會公子的，每個月總有幾起，也有很多像你過大爺這般兇霸霸、惡狠狠的，我小丫頭倒也嘸不嚇煞……」

她話未說完，後堂轉出一個鬚髮如銀的老人，手中撐著一根拐杖，說道：「阿碧，是誰在這裏大呼小叫的？」說的卻是官話，語音甚爲純正。

崔百泉縱身離椅，和過彥之並肩而立，喝問：「我師兄柯百歲到底是誰害死的？」

段譽見這老人弓腰曲背，滿臉都是縐紋，沒九十也有八十歲，只聽他嘶啞著嗓子說道：「柯百歲，柯百歲，嗯，年紀活到一百歲，早就該死啦！」

過彥之一到蘇州，立時便想到慕容氏家中去大殺大砍一場，爲恩師報仇，只是給鳩摩智奪去兵刃，折了鋭氣，再遇上阿碧這樣天眞可愛的一個小姑娘，滿腔怨憤，無可發洩，這時聽這老人說話無禮，軟鞭揮出，鞭頭便點向他後心。他見鳩摩智坐在西首，防他出手干預，這一鞭便從東邊揮擊過去。

那知鳩摩智手臂一伸，掌心中如有磁力，遠遠的便將軟鞭抓了過去，說道：「過大爺，咱們遠來是客，有話好說，不必動武。」將軟鞭捲成一團，還給了他。

過彥之滿臉脹得通紅，接又不是，不接又不是，轉念心想：「今日報仇乃是大事，寧可受一時之辱，須得有兵刃在手。」便伸手接了。

鳩摩智向那老人道：「這位施主尊姓大名？是慕容先生的親戚，還是朋友？」那老人裂嘴一笑，說道：「老頭兒是公子爺的老僕，有甚麼尊姓大名？聽說大師父是我們故世老爺的好朋友，不知有甚麼吩咐？」鳩摩智道：「我的事要見到公子後當面奉告。」那老人道：「那可不巧了，公子爺幾天前動身出門，說不定那一天才回來。」鳩摩智問道：「公子去了何處？」那老人側過了頭，伸手敲敲自己的額角，道：「這個麼，我可老胡塗了，好像是去西夏國，又說甚麼遼國，也說不定是吐蕃，要不然便是大理。」

鳩摩智哼了一聲，心中不悅，當時天下五國分峙，除了當地是大宋所轄，這老人卻把其餘四國都說全了。他明知這老人是假裝胡塗，說道：「既是如此，我也不等公子回來了，請管家帶我去慕容先生墓前一拜，以盡故人之情。」那老人雙手亂搖，說道：「這個我可作不起主，我也不是甚麼管家。」鳩摩智道：「那麼尊府的管家是誰？請出來一見。」那老人連連點頭，說道：「很好！我去請管家來。」轉過身子，搖搖擺擺的走了出去，自言自語：「這個年頭兒啊，世上甚麼壞人都有，假扮了和尚道士，便想來化緣騙人。又冒充親戚、假扮朋友的，我老頭兒甚麼沒見過，才不上這老當呢！」

段譽哈哈一聲，笑了出來。阿碧忙向鳩摩智道：「大師父，你勿要生氣，老黃伯伯是個老胡塗。他說話雖然老實，不過總歸要得罪人。」

崔百泉拉拉過彥之的衣袖，走到一旁，低聲道：「這賊禿自稱是慕容家的朋友，但這兒明明沒將他當貴客看待。咱們且別莽撞，瞧個明白再說。」過彥之道：「是！」兩人回歸原座。但過彥之先前所坐的竹椅已給他自己打碎，變成了無處可坐。阿碧將自己的椅子端著送過去，微笑道：「過大爺，請坐！」過彥之點了點頭，心想：「這小丫頭倒待人不錯。我縱能將慕容氏一家殺得乾乾淨淨，這個小丫頭也得饒了。」

段譽當那老僕進來之時，隱隱約約覺得這件事十分彆扭，顯得非常不對，但甚麼事情不對，卻全然說不上來。他仔細打量這小廳中的陳設傢具，庭中花木，壁上書畫，再瞧阿碧、鳩摩智、崔百泉、過彥之四人，甚麼特異之處都沒發見，心中卻越來越覺異樣，不斷尋思盤算。

過了半晌，內堂走出一個五十來歲的瘦子，臉色焦黃，頦下留一叢山羊短鬚，一副精明能幹的模樣，身上衣著頗爲講究，左手小指戴一枚漢玉班指，看來便是慕容府中的管家了。這瘦子向鳩摩智等行禮，說道：「小人孫三拜見各位。大師父，你老人家要到我們老爺墓前拜祭，實在感激之至。可是公子爺出門去了，沒人還禮，太不夠恭敬。待公子爺回來，小人定將大師父這番心意轉告便是……」

他說到這裏，段譽忽然聞到一陣淡淡的香氣，心中一動：「奇怪，奇怪。」

先前那老僕來到小廳，段譽便聞到一陣幽雅的香氣。這香氣依稀與木婉清身上的體香有一點兒相似，雖頗爲不同，然而總之是女兒之香。起初段譽還道這香氣發自阿碧，也不以爲意，可是那老僕一走出廳堂，這股香氣就此消失，待那自稱孫三的管家走進廳來，段譽又聞到了這股香氣，這才領會到，先前自己所以大覺彆扭，原來是爲了在一個八九十歲老公公身上，聞到了十七八歲小姑娘的體香，尋思：「莫非後堂種植了甚麼奇花異卉，有誰從後堂出來，身上便帶幽香？要不然那老僕和這瘦子都是女子扮的。」

這香氣雖令段譽起疑，其實氣息極淡極微，鳩摩智等三人半點也沒察覺。段譽所以能夠辨認，只因他曾與木婉清在石屋中經歷了一段奇險的時刻，這淡淡的處女幽香，旁人絲毫不覺，於他卻銘心刻骨，比甚麼麝香、檀香、花香還更強烈得多。鳩摩智內功雖然深厚，但一生嚴守色戒，紅顏綠鬢，在他眼中只不過白骨骷髏，香粉胭脂，於他鼻端直如同膿血穢臭，渾不知男人女子體氣之有異。

段譽雖疑心孫三是女子所扮，但瞧來瞧去，實無半點破綻，此人不但神情舉止全是男人，而形貌聲音亦無絲毫女態。忽然想起：「女人要扮男人，這喉結須假裝不來。」凝目向孫三喉間瞧去，見他山羊鬍子垂將下來，剛好擋住了喉頭。段譽站起身來，假意觀賞壁上字畫，走到孫三側面，斜目偷睨，但見他喉頭毫無突起之狀，又見他胸間飽滿，雖不能就此說是女子，但這麼精瘦的一個男人，胸間決不會如此肌肉豐隆。段譽發覺了這個秘密，甚覺有趣，心想：「好戲還多著呢，且瞧她怎生做下去。」

鳩摩智嘆道：「我和你家老爺當年在中州相識，談論武功，彼此佩服，結成了好友。沒想到天妒奇才，似我這等庸碌之輩，兀自在世上偷生，你家老爺卻遽赴西方極樂。我從吐蕃國來到中土，只不過爲了故友情重，要去他墓前一拜，有沒有人還禮，那又打甚麼緊？相煩管家領路便是。」孫三皺起眉頭，顯得十分爲難，說道：「這個……這個……」鳩摩智道：「不知這中間有何爲難之處，倒要請教。」

孫三道：「大師父既是我家老爺生前的至交好友，自必知道老爺的脾氣。我家老爺最怕有人上門拜訪，他說來到我們府中的，不是來尋仇生事，便是來拜師求藝，更下一等的，則是來打抽豐討錢，要不然就是混水摸魚，順手牽羊，想偷點甚麼東西去。他說和尚尼姑更加靠不住，尤其是和尚，啊喲……對不住……」說到這裏，警覺這幾句話得罪了鳩摩智，忙伸手按住嘴巴。

這副神氣卻全然是個少女模樣，睜著圓圓的眼睛，烏黑的眼珠骨溜溜的一轉，雖然立即垂下眼皮，但段譽一直就在留心，不由得心中一樂：「這孫三不但是女子，而且還是個年輕姑娘。」斜眼瞧阿碧時，見她唇角邊露出一絲狡獪的微笑，心下更無懷疑，暗想：「這孫三和那老黃明明便是一人，說不定就是那個阿朱姊姊。」

鳩摩智嘆道：「世人險詐者多而誠信者少，慕容先生不願多跟俗人結交，確也是應當的。」孫三道：「是啊。我家老爺遺言說道：如果有誰要來祭墳掃墓，一概擋駕。他說道：『這些賊禿啊，多半沒安著好心，定是想掘我墳墓。』啊喲，大師父，你可別多心，我家老爺罵的賊禿，多半並不是說你。」

段譽暗暗好笑：「所謂『當著和尚罵賊禿』，眞是半點也不錯。」又想：「這賊禿仍半點不動聲色。越是大奸大惡之人，越沉得住氣。這賊禿眞是非同小可的賊禿。」

鳩摩智道：「你家老爺這幾句遺言，原很有理。他生前威震天下，結下的仇家太多。有人當他在世之時奈何他不得，報不了仇，在他死後想去動他遺體，倒也不可不防。」孫三道：「要動我家老爺的遺體，哈哈，那當眞是『老貓聞鹹魚』了。」鳩摩智一怔，問道：「甚麼『老貓聞鹹魚』？」孫三道：「這叫做『嗅鯗啊嗅鯗』，就是『休想啊休想』！」鳩摩智道：「嗯，原來如此。我和慕容先生知己交好，只是在故人墓前一拜，別無他意，管家不必多疑。」

孫三道：「實實在在，這件事小人作不起主，倘若違背了老爺遺命，公子爺回家後查問起來，可不要打折小人的腿麼？這樣罷，我去請老太太拿個主意，再來回覆如何？」鳩摩智道：「老太太？是那一位老太太？」孫三道：「慕容老太太，是我家老爺的叔母。每逢老爺的朋友們到來，都是要向她磕頭行禮的。公子不在家，甚麼事便都得請示老太太了。」鳩摩智道：「如此甚好，請你向老太太稟告，說是吐蕃國鳩摩智向老夫人請安。」孫三道：「大師父太客氣了，我們可不敢當。」說著走進內堂。

段譽尋思：「這位姑娘精靈古怪，戲弄鳩摩智這賊禿，不知是何用意？」

過了好一會，只聽得珮環玎璫，內堂走出一位老夫人來，人未到，那淡淡的幽香已先傳來。段譽禁不住微笑，心道：「這回卻扮起老夫人來啦。」只見她身穿古銅緞子襖裙，腕戴玉鐲，珠翠滿頭，打扮得雍容華貴，臉上皺紋甚多，眼睛迷迷濛濛的，似乎已瞧不見東西。段譽暗暗喝采：「這小妮子當眞了得，扮甚麼，像甚麼，更難得的是，她只這麼一會兒便即改裝完畢，手腳之利落，著實令人贊嘆。」

那老夫人撐著拐杖，顫巍巍的走到堂上，說道：「阿碧，是你家老爺的朋友來了麼？怎不向我磕頭？」腦袋東轉西轉，像是兩眼昏花，瞧不見誰在這裏。阿碧向鳩摩智連打手勢，低聲道：「快磕頭啊，你一磕頭，太夫人就高興了，甚麼事都能答允。」老夫人側過了頭，伸手掌張在耳邊，以便聽得清楚些，大聲問道：「小丫頭，你說甚麼？人家磕了頭沒有？」

鳩摩智道：「老夫人，你好，小僧給你老人家行禮了。」深深長揖，雙手發勁，磚頭上登時發出咚咚之聲，便似是磕頭一般。

崔百泉和過彥之對望一眼，均自駭然：「這和尚的內勁如此了得，咱們只怕在他手底走不了一招。」

老夫人點點頭，說道：「很好，很好！如今這世界上奸詐的人多，老實的人少，就是磕一個頭，有些壞胚子也要裝神弄鬼，明明沒磕頭，卻在地下弄出咚咚咚的聲音來，欺我老太太瞧不見。你小娃兒很好，很乖，磕頭磕得響。」

段譽忍不住嘿的一聲，笑了出來。老夫人慢慢轉過頭來，說道：「阿碧，是有人放了個屁麼？」說著伸手在鼻端搧動。阿碧忍笑道：「老太太，不是的。這位段公子笑了一聲。」老夫人道：「斷了，甚麼東西斷了？」阿碧道：「不是斷了，人家是姓段，段家的公子。」老夫人點頭道：「嗯，公子長公子短的，好好一位公子，怎會斷了開來？」阿碧微微一笑，說道：「老太太耳朵勿靈，講閒話阿要牽絲扳藤？」

老夫人向著段譽道：「你這娃娃，見了老太太怎不磕頭？」段譽道：「老太太，我有句話想跟你說。」老夫人問道：「你說甚麼？」段譽道：「我有一個姪女兒，最是聰明伶俐不過，可是卻也頑皮透頂。她最愛扮小猴兒玩，今天扮公的，明兒扮母的，還會變把戲呢。老太太見了她一定喜歡。可惜這次沒帶她來向你老人家磕頭。」

這老夫人正是慕容府中另一個小丫頭阿朱所扮。她喬裝改扮之術神乎其技，不但形狀極似，而言語舉止，無不畢肖，可說沒半點破綻，因此以鳩摩智之聰明機智，崔百泉之老於江湖，都沒絲毫疑心，不料段譽卻從她身上無法掩飾的一些淡淡幽香之中發覺了眞相。

阿朱聽段譽這麼說，吃了一驚，但絲毫不動聲色，仍一副老態龍鍾、耳聾眼花的模樣，說道：「乖孩子，乖孩子，眞聰明，我從來沒見過像你這麼精乖的孩子。乖孩子別多口，老太太定有好處給你！」段譽心想：「她言下之意要我不可揭穿她底細。」便道：「老夫人儘可放心，在下既到尊府，一切但憑老夫人吩咐。」

阿朱說道：「你聽我話，那才是乖孩子啊。好，先對老婆婆磕上三個響頭，我決不會虧待了你。」段譽一怔，心道：「我是堂堂大理國的皇太弟世子，豈能向你一個小丫頭磕頭？」阿朱見他神色尷尬，嘿嘿冷笑，說道：「乖孩子，我跟你說，還是向奶奶磕幾個頭來得便宜。」

段譽一轉頭，只見阿碧抿著嘴，笑吟吟的斜眼瞅著自己，微微點頭。她膚白如新剝鮮菱，嘴角邊一粒細細的黑痣，更增俏媚，不禁心中一動，問道：「阿碧姊姊，聽說尊府還有一位阿朱姊姊，她……她可是跟你一般美麗俊雅麼？」阿碧微笑道：「啊喲，我這種醜八怪算得啥介？阿朱姊姊倘使聽得你直梗問法，一定要交關勿開心哉！我怎比得上人家，阿朱姊姊比我齊整十倍。」段譽道：「當眞？」阿碧笑道：「騙你做啥？」段譽道：「比你俊美十倍的人，世上決不會有，除非是……除非是那位玉像天仙。只要跟你差不多，便已是少有的美人了。」阿碧紅暈上頰，羞道：「老夫人叫你磕頭，啥人要你瞎三話四的討好我？」

段譽道：「老夫人從前必定也是一位國色天香的美人。老實說，對我有沒好處，我段譽倒也沒怎麼放在心上，但對美人兒磕幾個頭，倒也是心甘情願的。」說著便跪了下去，心想：「既然磕頭，索性磕得響些，我對那個洞中玉像已磕了成千上百個頭，對一位江南美人再磕上三個頭，又有何妨？」當下咚咚咚的磕了三個響頭。

阿朱十分歡喜，心道：「這位公子爺明知我是個小丫頭，居然還肯向我磕頭，可當眞難得。」說道：「乖孩子，很好，很好。可惜我身邊沒帶見面錢……」阿碧搶著道：「老太太勿要忘記就是啦，下趟補給人家也是一樣。」

阿朱白了她一眼，向崔百泉和過彥之道：「這兩位客人怎不向老婆子磕頭見禮？」過彥之哼了一聲，粗聲粗氣的道：「你會武功不會？」阿朱道：「你說甚麼？」過彥之道：「我問你會不會武功。倘若武功高強，姓過的在慕容老夫人手底領死！如不是武林中人，也不必跟你多說甚麼。」阿朱搖頭道：「甚麼蜈蚣百腳？蜈蚣自然是有的，咬人很痛呢。」向鳩摩智道：「大和尚，聽說你想去掘我姪兒的墳墓，你要偷盜甚麼寶貝啊？」

鳩摩智雖沒瞧出她是少女假扮，卻也已料到她是裝聾作啞，決非當眞老得胡塗了，心底增多了幾分戒備之意，尋思：「慕容先生如此了得，他家中的長輩自然也非泛泛。」裝作沒聽見「掘墓」的話，說道：「小僧與慕容先生是知交好友，聞知他逝世的噩耗，特地從吐蕃國趕來，要到他墓前一拜。小僧生前曾與慕容先生有約，要取得大理段氏六脈神劍的劍譜，送與慕容先生一觀。此約不踐，小僧心中有愧。」

阿朱與阿碧對看了一眼，均想：「這和尚終於說上正題啦。」阿朱問道：「六脈神劍劍譜取得了怎樣？取不到又怎樣？」鳩摩智道：「當年慕容先生與小僧約定，只須小僧取得六脈神劍劍譜給他觀看幾天，就讓小僧在尊府『還施水閣』看幾天書。」阿朱一凜：「這和尚竟知道『還施水閣』的名字，看來此人當非凡庸之輩。」當下假裝胡塗，問道：「甚麼『稀飯水餃』？你要香梗米稀飯、鷄湯水餃麼？那倒容易，你是出家人，吃得葷腥麼？」

鳩摩智轉頭向阿碧道：「這位老太太也不知是眞胡塗，還是假胡塗，如此拒人於千里之外，豈不令人心冷？」阿朱道：「嗯，你的心涼了。阿碧，你去做碗熱熱的鷄鴨血湯，給大師父暖暖心肺。」阿碧忍笑道：「大師父勿吃葷介。」阿朱點頭道：「那麼不要用真鷄真鴨，改用素鷄素鴨好了。」阿碧道：「老太太，勿來事格，素鷄嘸不血的。」阿朱道：「那怎麼辦呢？」

兩個小姑娘一搭一檔，儘是胡扯。蘇州人大都伶牙利齒，後世蘇州評彈之技名聞天下，便由於此。這兩個小丫頭平素本是頑鬧說笑慣了的，這時作弄得鳩摩智當眞無法可施。

他此番來到姑蘇，原盼見到慕容公子後商議大事，那知正主兒見不著，所見到之人一個個都纏夾不淸，若有意，若無意，虛虛實實，令他不知如何著手才好。他略一凝思，已斷定慕容老夫人、孫三、黃老僕、阿碧等人，都是意在推搪，旣不讓自己祭墓，當然更不讓進入「還施水閣」觀看武學秘籍，眼下不管他們如何裝腔作勢，自當先將話說明白了，此後或以禮相待，或恃強用武，自己都先佔住了道理，當下心平氣和的道：「這六脈神劍劍譜，小僧是帶來了，因此斗膽要依照舊約，到尊府『還施水閣』去觀看圖書。」

阿碧道：「慕容老爺已經故世哉。一來口說無憑，二來大師父帶來這本劍譜，我們這裏也嘸不啥人看得懂，從前就算有啥舊約，自然是一概無效的了。」阿朱道：「甚麼劍譜？煎鷄脯還是蒸鴨脯？在那裏？先給我瞧瞧是眞的還是假的。」

鳩摩智指著段譽道：「這位段公子的心裏，記著全套六脈神劍劍譜，我帶了他人來，就同是帶了劍譜來一樣。」阿碧微笑道：「我還道眞有甚麼劍譜呢，原來大師父是說笑的。」鳩摩智道：「小僧豈能說笑？那六脈神劍的原本劍譜，已在大理天龍寺中爲枯榮大師所毀，幸好段公子原原本本的記得。」阿碧道：「段公子記得，是段公子的事，就算是到『還施水閣』看書，也應當請段公子去。同大師父有啥相干？」鳩摩智道：「小僧爲踐昔日之約，要將段公子在慕容先生墓前燒化了。」

此言一出，衆人都是一驚，但見他神色寧定，一本正經，決不是隨口說笑的模樣，驚訝更甚。阿碧道：「大師父這不是講笑話嗎？好端端一個人，哪能撥你隨便燒化？」鳩摩智淡淡的道：「小僧要燒了他，諒他也抗拒不得。」阿碧微笑道：「大師父說段公子心中記得全部六脈神劍劍譜，可見得全是瞎三話四。想這六脈神劍是何等厲害功夫，段公子倘若當眞會得這門劍法，又怎能任由你擺布？」鳩摩智點了點頭，道：「姑娘只知其一，不知其二。段公子給我點中了穴道，全身內勁使不出來。」

阿朱不住搖頭，道：「我更加半點也不信了。你倒解開段公子的穴道，敎他施展施展六脈神劍看。我瞧你九成九是在說謊。」鳩摩智點點頭，道：「很好，可以一試。」

段譽稱讚阿碧美貌，對她的彈奏歌唱大爲心醉，阿碧自是歡喜；他不揭穿阿朱喬裝，反向她磕了三個響頭，又討得了阿朱的歡心，因此這兩個小丫頭聽說段譽給點了穴道，都想騙得鳩摩智解開他穴道。不料鳩摩智居然一口答允。只見他伸出手掌，在段譽背上、胸前、腿前輕拍數掌。段譽經他這幾掌一拍，只覺受封穴道中立時血脈暢通，微一運氣，內息便即轉動自如。

鳩摩智道：「段公子，慕容老夫人不信你已練會六脈神劍，請你一試身手。如我這般，將這株桂花樹斬下一根枝椏來。」說著左掌斜斜劈出，掌上已蓄積眞力，使出的正是「火燄刀」中的一招。只聽得喀的一聲輕響，庭中桂樹上一條樹枝無風自折，落下地來，便如用刀劍劈削一般。

崔百泉和過彥之禁不住「啊」的一聲驚呼，他二人雖見這番僧武功怪異，總還當是旁門左道的邪術一類，這時見他以掌力切斷樹枝，才知他內力之深，實是罕見罕聞。

段譽搖頭道：「我甚麼武功也不會，更加不會甚麼七脈神劍、八脈神刀。人家好端端一株桂花樹，你幹麼弄毀了它？」鳩摩智道：「段公子何必過謙？大理段氏高手中，以你武功第一。當世除慕容公子和區區在下之外，能勝得過你的，只怕寥寥無幾。姑蘇慕容府上乃天下武學的府庫，你施展幾手，請老太太指點指點，那也是極大的美事啊。」

段譽道：「大和尚，你一路上對我好生無禮，將我橫拖直拉、順提倒曳的帶到江南來。我本來不想再跟你多說一句話，但到得蘇州，見到這般宜人的美景、幾位天仙一般的姑娘，覺得你還算大有功勞，我心中一口怨氣倒也消了。咱們從此一刀兩斷，誰也不用理誰。」

阿朱與阿碧聽他一副書獃子口氣，不由得暗暗好笑，而他言語中轉彎抹角，儘在讚譽自己，也都芳心竊喜。

鳩摩智道：「公子不肯施展六脈神劍，那不顯得我說話無稽麼？」段譽道：「你本來是信口開河嘛。你既與慕容先生有約，幹麼不儘早到大理來取劍經？卻要到慕容先生仙逝之後，死無對證，這才來囉唕不休。我瞧你啊，乃心慕姑蘇慕容氏武功高強，捏造一派謊話，想騙得老太太應允你到藏書閣中，去偷看慕容氏的拳經劍譜，學一學慕容氏『以彼之道，還施彼身』的法門。人家既在武林中有這麼大的名頭，難道連這一點兒粗淺法門也不懂？倘若你只憑這麼一番花言巧語，便能騙得到慕容氏的武功秘訣，天下的騙子還少得了？誰又不會來這麼胡說八道一番？」阿朱、阿碧同聲稱是。

鳩摩智搖頭道：「段公子的猜測不對。小僧與慕容先生訂約雖久，但因小僧閉關修習這『火燄刀』功夫，不克前往大理。小僧的『火燄刀』功夫要是練不成功，這次便不能全身而出天龍寺了。」段譽道：「大和尚，你名氣也有了，權位也有了，武功又這般高強，在吐蕃國做你的護國法王，豈不甚妙？又何必到江南來招搖撞騙？」

鳩摩智道：「公子倘若不肯施展六脈神劍，莫怪小僧無禮。」段譽道：「你早就無禮過了，難道還有甚麼更無禮的？最多不過是一刀將我殺了，那又有甚麼了不起？」鳩摩智道：「好！看刀！」左掌一立，一股勁風，直向段譽面門撲到。

段譽早打定了主意，自己武功遠不及他，跟他鬥與不鬥，結果一樣，他要向人證明自己會使六脈神劍，就偏偏不如他之意。因此當鳩摩智以內勁化成的刀勢劈將過來，段譽將心一橫，竟不擋不架。鳩摩智一驚，六脈神劍劍譜要著落在他身上取得，決不願在得到劍譜之前便殺了他，手掌急抬，唰的一陣涼風過去，段譽的頭髮給剃下了一大片。

崔百泉和過彥之相顧駭然，阿朱與阿碧也不禁花容失色。

鳩摩智森然道：「段公子寧可送了性命，也不出手？」段譽早將生死置之度外，哈哈一笑，說道：「貪嗔痴愛欲，大和尚一應俱全，居然妄稱佛門高僧，當眞浪得虛名！」

鳩摩智見段譽神色間一直對阿碧甚好，突然揮掌向阿碧劈去，說道：「說不得，我先殺慕容府上一個小丫頭立威。」

這一招突如其來，阿碧大吃一驚，斜身急閃避開，嚓的一聲響，她身後一張椅子給這股內勁裂成兩半。鳩摩智右手跟著又是一刀。阿碧伏地急滾，身手雖快，情勢已甚狼狽。鳩摩智暴喝聲中，第三刀又已劈去。段譽大驚，叫道：「不可傷了小姑娘！」

阿碧嚇得臉色慘白，對這無影無蹤的內力實不知如何招架才好。阿朱不暇思索，揮杖便向鳩摩智背心擊去。她站著說話，緩步而行，確是個七八十歲的老太太，這一情急拚命，卻是身法矯捷，輕靈之極。鳩摩智一瞥之下便即瞧破了，笑道：「天下竟有十六七歲的老夫人，你到底想騙和尚到幾時？」回手出掌，喀的一聲，將她手中木杖斬成兩截，跟著揮掌又向阿碧劈去。阿碧驚惶中反手抓起桌子，斜過桌面擋格，啪啪兩聲，一張紫檀木的桌子登時碎裂，她手中只賸下兩條桌腿。

段譽見阿碧背靠牆壁，已退無可退，而鳩摩智揮掌又劈了過去，他對阿碧甚有好感，想到救人要緊，沒再顧慮自己全不是鳩摩智的敵手，中指戳出，情急之下勁由心生，內勁自「中衝穴」激射而出，嗤嗤聲響，正是中衝劍法。鳩摩智並非當眞要殺阿碧，但求逼得段譽出手，否則「火燄刀」上的神妙招數使將出來，阿碧如何躲避得了？他見段譽果然出手，便迴掌砍擊阿朱。疾風到處，阿朱一個踉蹌，肩頭衣衫已爲內勁撕裂，「啊」的一聲，驚叫出來。段譽左手「少澤劍」跟著刺出，擋架他的左手「火燄刀」。

頃刻間阿朱、阿碧雙雙脫險，鳩摩智的雙刀全由段譽的六脈神劍接了過去。鳩摩智賣弄本事，又要讓人瞧見段譽確是會使六脈神劍功夫，故意與他內勁相撞，嗤嗤有聲。段譽集數大高手的修爲於一身，其時的內力實已較鳩摩智爲強，苦在不會半分武功，在天龍寺中所記劍法，也全然不會當眞使用，又瞧不出火燄刀內勁的來路。鳩摩智把他渾厚的內力東引西帶，只刺得門窗板壁上一個個都是洞孔，連說：「這六脈神劍果然好厲害，無怪當年慕容先生私心竊慕。」

崔百泉大爲驚訝：「我只道段公子不會武藝，那知他神功如此精妙。大理段氏當眞名不虛傳。幸好我在鎮南王府中沒做絲毫歹事……」越想越心驚，額頭背心都是汗水。

鳩摩智和段譽鬥了一會，每一招都能隨時制他死命，卻故意拿他戲耍，但鬥到後來，輕視之意漸去，察覺他內勁渾厚之極，猶在自己之上，只不知怎的，使出來時全不是那回事。又拆數招，鳩摩智忽地心動：「倘若他將來福至心靈，一旦豁然貫通，領悟了武功要訣，以此內力和劍法，和尚就不是他對手了。」

段譽知道自己生死已全操於鳩摩智之手，叫道：「阿朱、阿碧兩位姊姊，你們快快逃走，再遲便來不及了。」阿朱問道：「段公子，你爲甚麼要救我們？」段譽道：「你們是我朋友啊！這和尚自恃武功高強，橫行霸道的欺侮人。只可惜我不會武功，敵他不過，你們快快走罷。」

鳩摩智笑道：「來不及啦。」跨上一步，左手手指伸出，點向段譽穴道。段譽叫聲：「啊喲！」待要閃避，卻那裏能夠？身上三處要穴又讓他接連點中，立時雙腿酸麻，摔倒在地，大叫：「阿朱、阿碧，快走，快走！」

鳩摩智笑道：「死在臨頭，自身難保，居然尚來憐香惜玉。」說著回身歸座，向阿朱道：「你這位姑娘也不必再裝神弄鬼了，府上之事，到底由誰作主？段公子心中記得有全套六脈神劍劍譜，不過他沒學武功，不會使用。明日我把他在慕容先生墓前焚了，慕容先生地下有知，自會明白老友不負當年之約。」

阿朱心知今日「琴韻小築」中無人是這和尚的敵手，眉頭一皺，笑道：「好罷！大和尚的話，我們信了。老爺的墳墓離此有一日水程。今日天時已晚，明晨一早我姊妹親自送大和尚和段公子去掃墓。四位請休息片刻，待會就用晚飯。」說著挽了阿碧的手，退入內堂。

過得小半個時辰，一名男僕出來說道：「阿碧姑娘請四位到『錦瑟居』用晚飯。」鳩摩智道：「多謝了！」伸手挽住段譽手臂，隨那男僕而行。曲曲折折的走過數十丈鵝卵石鋪成的小徑，繞過幾處山石花木，來到水邊，只見柳樹下停著一艘小船。那男僕指著水中央一座四面是窗的小木屋，道：「就在那邊。」鳩摩智、段譽、崔百泉、過彥之四人跨入小船，那男僕將船划向小屋，片刻即到。

段譽從松木梯級走上「錦瑟居」門口，見阿碧站著候客，一身淡綠衣衫。她身旁站著個身穿淡絳紗衫的女郎，也是盈盈十六七年紀，向著段譽似笑非笑，一臉精靈頑皮的神氣。阿碧是瓜子臉，清雅秀麗，這女郎是鵝蛋臉，眼珠靈動，另有一股動人氣韻。

段譽一走近，便聞到她身上淡淡的幽香，笑道：「阿朱姊姊，你這樣一個小美人，難爲你扮老太太扮得這麼像。」那女郎正是阿朱，斜了他一眼，笑道：「你向我磕了三個頭，心中不服氣，是不是？」段譽連連搖頭，道：「這三個頭磕得大有道理，只不過我猜得不大對了。」阿朱道：「甚麼事猜錯了？」段譽道：「我早料到姊姊跟阿碧姊姊一般，也是一位天下少見的美人，可是我心中啊，卻將姊姊想得跟阿碧姊姊差不多，那知道一見面，這個……這個……」阿朱搶著道：「原來遠遠及不上阿碧？」阿碧同時道：「你見她比我勝過十倍，大吃一驚，是不是？」段譽搖頭道：「都不是。我只覺老天爺的本事，當眞令人大爲欽佩。他旣挖空心思，造了阿碧姊姊這樣一位美人兒出來，江南的靈秀之氣，該當一下子使得乾乾淨淨了。那知又能另造一位阿朱姊姊。兩個兒的相貌全然不同，卻各有各的好看，叫我想讚美幾句，卻偏偏一句也說不出口。」

阿朱笑道：「呸，你油嘴滑舌的已讚了這麼一大片，反說一句話也說不出口。」

阿碧微微一笑，轉頭向鳩摩智等人道：「四位駕臨敝處，嘸不啥末事好吃，只有請各位喝杯水酒，隨便用些江南本地的時鮮。」請四人入座，她和阿朱坐在下首相陪。

段譽見那「錦瑟居」四面皆水，從窗中望出去，湖上煙波盡收眼底，回過頭來，見席上杯碟都是精致的細瓷，心中先喝了聲采。

一會兒男僕端上蔬果點心。四碟素菜是爲鳩摩智特備的，跟著便是一道道熱菜，白果蝦仁，荷葉冬筍湯，櫻桃火腿，龍井茶葉鷄丁等等，每一道菜都甚別致。魚蝦肉食中混以花瓣鮮果，顏色旣美，且別有天然淸香。段譽每樣菜餚都試了幾筷，無不鮮美爽口，讚道：「有這般的山川，方有這般的人物。有了這般的人物，方有這般的聰明才智，做出這般清雅的菜餚來。」

阿朱道：「你猜是我做的呢，還是阿碧做的？」段譽道：「這櫻桃火腿、梅花糟鴨，嬌紅芳香，想是姊姊做的。這荷葉冬筍湯、翡翠魚圓，碧綠清新，當是阿碧姊姊手製了。」阿朱拍手笑道：「你猜謎兒的本事倒好，阿碧，你說該當獎他些甚麼才好？」阿碧微笑道：「段公子有甚麼吩咐，我們自當盡力，甚麼獎不獎的，我們做丫頭的配麼？」阿朱道：「啊唷，你一張嘴就是會討好人家，怪不得人人都說你好，說我壞。」

段譽笑道：「溫柔斯文，活潑伶俐，兩樣一般的好。阿碧姊姊，我剛才聽你在軟鞭上彈奏，實感心曠神怡。想請你用眞的樂器來演奏一曲，明日就算給這位大和尚燒成了灰燼，也可帶著滿腦子的飄飄仙樂做鬼去了。」

阿碧盈盈站起，說道：「只要公子勿怕難聽，自當獻醜，以娛嘉賓。」說著走到屛風後面，捧了一具古瑟出來。阿碧端坐錦凳，將古瑟放在身前几上，向段譽招招手，笑道：「段公子，你請過來看看，可識得我這是甚麼瑟。」

段譽走到她身前，見這瑟比之尋常所彈之瑟長了尺許，有五十條絃線，每絃顏色各不相同，沉吟道：「『錦瑟無端五十絃，一絃一柱思華年。』這是李商隱的錦瑟了。」

阿朱走過去伸指在一條絃線上一拉一放，鏜的一響，聲音甚是洪亮，原來這條絃是金屬所製。段譽道：「姊姊這瑟……」

剛說了這四個字，突覺足底一虛，身子向下直沉，忍不住「啊喲」一聲大叫，跟著便覺跌入一個軟綿綿的所在，同時耳中不絕傳來「啊喲」、「不好」，又有撲通、撲通的水聲，隨即身子晃動，給甚麼東西托著移了出去。這一下變故來得奇怪之極，又是急遽之極，忙撐持著坐起，只見自己已處身在一隻小船之中，阿朱、阿碧二女分坐船頭船尾，各持木槳急划。轉過頭來，只見鳩摩智、崔百泉、過彥之三人的腦袋剛從水面探上來。阿朱、阿碧二女只划得幾下，小船離「錦瑟居」已有數丈。

猛見一人從湖中濕淋淋的躍起，正是鳩摩智，他踏上「錦瑟居」屋邊實地，隨手折斷一根木柱，對準坐在船尾的阿碧急擲而至，呼呼聲響，勢道甚猛。阿碧叫道：「段公子，快伏低。」段譽與二女同時伏倒，半截木柱從頭頂急掠而過，疾風只颳得頸中隱隱生疼。

阿朱彎著身子，扳槳又將小船划出丈許，突然間撲通、撲通幾聲巨響，小船在水面上直拋而起，隨即落下，大片湖水潑入船中，霎時間三人衣衫盡濕。段譽回過頭來，只見鳩摩智已打爛了「錦瑟居」的板壁，不住將屋中的石鼓、香爐等重物投擲過來。阿碧看著物件的來勢，扳槳移船相避，阿朱則一鼓勁兒的前划，每划得一槳，小船離「錦瑟居」便遠得數尺，鳩摩智仍不住投擲，但物件落水處離小船越來越遠，眼見他力氣再大，卻也投擲不到了。

二女仍不住手的扳槳。段譽回頭遙望，見崔百泉和過彥之二人爬上了「錦瑟居」的梯級，心中正自一喜，跟著叫道：「啊喲！」卻見鳩摩智跳入了一艘小船。

阿朱叫道：「惡和尚追來啦！」她用力划了幾槳，回頭望去，突然哈哈大笑。段譽轉過頭去，只見鳩摩智的小船在水面團團打轉，原來他武功雖強，卻不會划船。

三人登時寬心。可是過不多時，望見鳩摩智已弄直了小船，急划追來。阿碧嘆道：「這個大師父實頭聰明，伊不會格事體，一學就會。」阿朱道：「咱們跟他捉迷藏。」木槳在左舷扳了幾下，將小船划入密密層層的荷葉叢中。太湖中千港百汊，小船轉了幾個彎，鑽進了一條小浜，料想鳩摩智再也難以追蹤。

段譽道：「可惜我身上穴道未解，不能幫兩位姊姊划船。」阿碧安慰他道：「段公子勿要躭心，大和尚追勿著哉。」段譽道：「這『錦瑟居』中的機關，倒也有趣。這隻小船，剛好裝在姊姊鼓瑟的几凳之下，是不是？」阿碧微笑道：「是啊，所以我請公子過來看瑟。阿朱姊姊在瑟上撥一聲，就是信號，外頭的男佣人聽得仔，開了翻板，大家就撲通、撲通、撲通了！」三人齊聲大笑。

阿碧忙按住嘴巴，笑道：「勿要撥和尚聽得仔。」忽聽得遠處聲音傳來：「阿朱姑娘、阿碧姑娘，你們將船划回來。快回來啊，和尚是你們公子的朋友，決不難為你們。」正是鳩摩智的聲音，這幾句話柔和可親，令人不由自主的便要遵從他吩咐。

阿朱一怔，說道：「大和尚叫咱們回去，說決計不傷害我們。」說著停槳不划，頗似意動。阿碧也道：「那麼我們回去罷！」段譽內力極強，絲毫不爲鳩摩智的聲音所惑，急道：「他是騙人的，說的話怎可相信？」只聽鳩摩智和藹的聲音緩緩送入耳來：「兩位小姑娘，你們公子爺回來了，要你們快划回來，對啦，快划回來！」阿朱道：「是！」提起木槳，掉轉了船頭。

段譽心想：「慕容公子倘若當眞回來，自會出言招呼阿朱、阿碧，何必要他代叫？那多半是攝人心魄的邪術。」心念動處，伸手船外，在湖面上撕下幾片荷葉，搓成一團，塞在阿碧耳中，跟著又去塞住了阿朱的耳朵。

阿朱一定神，失聲道：「啊喲，好險！」阿碧也驚道：「這和尚會使勾魂法兒，我們險些著了他道兒。」阿朱掉過船頭，用力划槳，叫道：「阿碧，快划，快划！」

兩人划著小船，直向荷塘深處滑了進去。過了好一陣，鳩摩智的呼聲漸遠漸輕，終於再也聽不到了。段譽打手勢叫二人取出耳中塞著的荷葉。阿碧拍拍心口，吁了口長氣，說道：「嚇煞快哉！阿朱姊姊，耐末你講怎麼辦？」

阿朱道：「我們就在這湖裏跟這壞和尚大兜圈子，跟他耗著。肚子餓了，就挖藕來吃，就算跟他耗上十天半月，也不打緊。」阿碧微微一笑，道：「這法子倒有趣。勿曉得段公子嫌勿嫌氣悶？」段譽拍手笑道：「湖中風光，觀之不足，能得兩位爲伴，作十日遨遊，就是做神仙也沒這般快活。」阿碧抿嘴輕輕一笑，道：「這裏向東南去，小河支流最多，除了本地的捉魚人，隨便啥人也不容易認得路。我們一進了百曲湖，這和尚再也追不上了。」

二女持槳緩緩盪舟。段譽平臥船底，仰望天上繁星閃爍，除了槳聲以及荷葉和船身相擦的沙沙輕聲，四下裏一片寂靜，湖上清風，夾著淡淡花香，心想：「就算一輩子這樣，那也好得很啊。」又想：「阿朱、阿碧兩位姊姊這樣的好人，想來慕容公子也不是窮凶極惡之輩，少林寺玄悲大師和霍先生的師兄，不知是不是他殺的？唉，我家服侍我的婢女雖多，卻沒一個及得上阿朱、阿碧兩位姊姊。她們年紀小過我，是不是該叫她們妹子？叫妹子太過親熱，還是叫姊姊罷！」

過了良久，迷迷糊糊的正要合眼睡去，忽聽得阿碧輕輕一笑，低聲道：「阿朱姊姊，你過來嘘。」阿朱也低聲道：「做啥介？」阿碧道：「你過來嘘，我同你講。」阿朱放下木槳，走到船尾坐下。阿碧攬著她肩頭，在她耳邊低聲笑道：「你同我想個法子，耐末醜煞人哉。」阿朱笑問：「啥事體介？」阿碧道：「講輕點。段公子阿睏著？」阿朱道：「勿曉得，你問問俚看。」阿碧道：「問勿得，阿朱阿姊，我……我……我要解手。」

她二人說得聲如蚊鳴，但段譽內力既強，自然而然聽得清清楚楚，聽阿碧這麼說，當下不敢稍動，假裝微微發出鼾聲，免得阿碧尷尬。

只聽得阿朱低聲笑道：「段公子睏著哉。你解手好了。」阿碧忸怩道：「勿來事格。倘若我解到仔一半，段公子醒仔轉來，耐末勿得了。」阿朱忍不住格的一聲笑，忙伸手按住了嘴巴，低聲道：「有啥勿得了？人人都要解手，唔啥希奇！」阿碧搖搖她身子，央求道：「好阿姊，你同我想個法子。」阿朱道：「我遮住你，你解手好了，段公子就算醒轉仔，也看勿見。」阿碧道：「有聲音格，撥俚聽見仔，我……我……」阿朱笑道：「介末嘸不法子哉。你解手解在身上好哩，段公子聞勿到。」阿碧道：「我勿來，有人在我面前，我解勿出。」阿朱道：「解勿出，介就正好。」阿碧急得要哭了出來，只道：「勿來事格，勿來事格！」

阿朱突然又是格的一聲笑，說道：「都是你勿好，你勿講末，我倒也忘記脫哩，撥你講三話四，我也要解手哉。這裏到王家舅太太府上，不過半九路，就划過去解手罷。」阿碧道：「王家舅太太不許我伲上門，兇是兇得來，撥俚看見仔，定歸要給我伲幾個耳光吃吃。」阿朱道：「勿要緊格。王家舅太太同老太太尋相罵，老太太都故世哉。我同你兩個小丫頭，嘸啥事體得罪俚，做啥要請我伲吃耳光？我伲悄悄上岸去，解完仔手馬上落船划開，舅太太哪能曉得？」阿碧道：「倒勿錯。」微一沉吟，說道：「格末等歇叫段公子也上岸去解手，否則……否則，俚急起上來，介末也尷尬。」

阿朱輕笑道：「你就是會體貼人。小心公子曉得仔吃醋。」阿碧嘆了口氣，說道：「格種小事體，公子眞勿會放在心上。我伲兩個小丫頭，公子從來就勿曾放在心上。」阿朱道：「我要俚放在心上做啥？阿碧妹子，你也勿要一日到夜牽記公子，嘸不用格。」阿碧輕嘆一聲，卻不回答。阿朱拍拍她肩頭，低聲道：「你又想解手，又想公子，兩樁事體想在一淘，實頭好笑！」阿碧輕輕一笑，說道：「阿姊講閒話，阿要唔輕頭？」

阿朱回到船頭，提起木槳划船。兩女划了一會，只見湖面上一片銀光，卻是天色漸漸亮了。段譽內力渾厚，穴道不會久閉，本來鳩摩智過得幾個時辰便須補指，過了這些時候，只覺內息漸暢，給封住的幾處穴道慢慢鬆開。他伸個懶腰，坐起身來，說道：「睡了一大覺，倒叫兩位姊姊辛苦了。有一件事不便出口，兩位莫怪，我……我要解手！」他想不如自己開口，免得兩位姑娘爲難。

阿朱、阿碧兩人同時嗤的一聲笑了出來。阿朱笑道：「過去不遠，便是我們一家姓王的親戚家裏，公子上岸去方便就是。」段譽道：「如此再好不過。」阿朱隨即正色道：「不過王家太太脾氣很古怪，不許陌生男人上門。公子一上岸，立刻就得回到船裏來，我們別在這裏惹上麻煩。」段譽道：「是，我理會得。」

他心中平靜，水聲輕悠，湖上淸香，晨曦初上，但見船尾阿碧划動木槳，皓腕如玉，綠衫微動，平時讀過與江南美女有關的詞句，一句句在心底流過：「無風水面琉璃滑，不覺船移，微動漣漪。」「消魂。池塘別後，曾行處，綠妒輕裙。恁時攜素手，亂花飛絮裏，緩步香裀。」「遍綠野，嬉遊醉眠，莫負青春。」

段譽往日在天龍寺、皇宮等處壁畫中，見過不少在天上飛翔歌舞的天竺天女像，這些天女容貌美麗，身材豐腴，衣帶飄揚，白足纖細，酥胸半露，他少年心情，看到時頗涉遐思，往往流連幾個時辰不肯遽去。後來在無量山山洞中見到神仙姊姊的玉像，乍見仙女，更是如痴如狂。及後邂逅木婉清，石屋中肌膚相接，兩情如火，若非強自克制，幾及於亂，自此日夕思念，頗難不涉男女之事。今日在江南初見阿碧，忽然又是一番光景，但覺此女清秀溫雅，柔情似水，在她身畔，說不出的愉悅平和，彈幾句〈採桑子〉，唱一曲〈二社良辰〉，令人心神俱醉。心想倘得長臥小舟，以此女為伴，但求永為良友，共弄綠水，仰觀星辰，此生更無他求了。

他伸手溪中，洗淨了雙手泥污，架起了腳坐在大石上，對那株「眼兒媚」正面瞧瞧，側面望望，正想得高興，忽聽得腳步細碎，有兩個女子走了過來。只聽得一人說道：「這裏最是幽靜，沒人來的……」

一二　從此醉

小船緩緩滑前，從湖面上望過去，岸上鬱鬱蔥蔥，青翠嫩綠，枝條隨風飛舞，不知有幾千株柳樹。段譽暗暗喝采：「這等幽雅景色，生平從所未見。」小船接著轉過一排垂柳，遠遠看見水邊一叢花樹映水而紅，燦若雲霞。段譽「啊」的一聲低呼。

阿朱道：「怎麼啦？」段譽指著花樹道：「這是我們大理的山茶花啊，怎麼太湖之上，萬綠叢中，居然種得有這種滇茶？」山茶花以雲南所產者最爲有名，世稱「滇茶」。阿朱道：「是麼？這莊子叫做曼陀山莊，種滿了山茶花。」段譽心道：「山茶花又名玉茗，另有個名字叫作曼陀羅花。此莊以曼陀爲名，倒要看看有何名種。」

阿朱扳動木槳，小船直向山茶花樹駛去，到得岸邊，一眼望將出去，綠柳掩映間，到處是紅白繽紛的茶花，卻不見房屋。段譽生長大理，山茶花司空見慣，絲毫不以爲異，心想：「此處山茶花雖多，似乎並無佳品，想來眞正名種必定植於莊內。」

阿朱將船靠在岸旁，微笑道：「段公子，我們進去一會兒，立刻就出來。」攜著阿碧之手，正要躍上岸去，忽聽得花林中歌聲細細，走出一個青衣小鬟。

那小鬟手中拿著一束花草，望見了阿朱、阿碧，快步奔近，神色歡愉，說道：「阿朱、阿碧，你們好大膽子，又偷到這兒來啦。夫人說：『快在兩個小丫頭臉上用刀劃個十字，破了她們如花似玉的容貌。』」

阿朱笑道：「幽草阿姊，舅太太不在家麼？」那小鬟幽草向段譽瞧了兩眼，轉頭向阿朱、阿碧笑道：「夫人還說：『兩個小蹄子還帶了陌生男人上莊子來，快把那人的兩條腿砍了！』」她話沒說完，已抿著嘴笑了起來。

阿碧拍拍心口，說道：「幽草阿姊，勿要嚇人哩！到底是眞是假？」

阿朱笑道：「阿碧，你勿要給俚嚇，舅太太倘若在家裏，這丫頭膽敢這樣嘻皮笑臉麼？幽草妹子，舅太太到那兒去啦？」幽草笑道：「呸！你幾歲？也配做我阿姊？你這小精靈，居然猜到夫人不在家。」輕輕嘆了口氣，道：「阿朱、阿碧兩位妹子，好容易你們來到這裏，我眞想留你們住一兩天。可是……」說著搖了搖頭。阿碧道：「我那能勿想多同你做一歇兒伴？幽草阿姊，幾時你到我們莊上來，我三日三夜不睏的陪你，阿好？」兩女說著躍上岸去。阿碧在幽草耳邊輕聲說了幾句。幽草嗤的一笑，向段譽望了一眼。阿碧登時滿臉通紅。幽草一手拉著阿朱，一手拉著阿碧，笑道：「進屋去罷。」阿碧轉頭道：「段公子，請你在這兒等一歇，我們去去就來。」

段譽道：「好！」目送三個丫環手拉著手，親親熱熱的走入了花林。

他走上岸去，眼看四下無人，便在一株大樹後解了手。在小船旁坐了一會，無聊起來，心想：「且去瞧瞧這裏的曼陀羅花有何異種？」信步觀賞，只見花林中除山茶外更無別樣花卉，連最常見的牽牛花、鳳仙花、月季花之類也一朵都沒有。但所植山茶卻均平平無奇，唯一好處只為數甚多而已。走出數十丈後，見山茶品種漸多，偶爾也有一兩本還算不錯，卻也栽種不得其法，心想：「這莊子枉自以『曼陀』為名，卻把佳種山茶都給糟蹋了。」又想：「我得回去了，阿朱和阿碧回來不見了我，只怕心中著急。」

轉身沒行得幾步，暗叫一聲：「糟糕！」他在花林中信步而行，所留神的只是茶花，忘了記憶路徑，眼見小路東一條、西一條，不知那一條才是來路，要回到小船停泊處可有點兒難了，心想：「先走到水邊再說。」可是越走越覺不對，眼中山茶都是先前沒見過的，正暗暗躭心，忽聽得左首林中有人說話，正是阿朱的聲音。段譽大喜，心想：「我且在這裏等她們一陣，待她們說完了話，就好一齊回去。」

只聽得阿朱說道：「公子身子很好，飯量也不錯。這兩個月中，他是在練丐幫的『打狗棒法』，想來是要跟丐幫中的人物較量較量。」段譽心想：「阿朱是在說慕容公子的事，我不該背後偷聽旁人說話，該當走遠些才好。可是又不能走得太遠，否則她們說完了話我還不知道。」

便在此時，只聽得一個女子的聲音輕輕一聲嘆息。

段譽不由得全身一震，一顆心怦怦跳動，心想：「這一聲嘆息如此好聽，世上怎能有這樣的聲音？」只聽得那聲音輕輕問道：「他這次出門，要去那裏？」段譽聽得一聲嘆息，已然心神震動，待聽到這兩句說話，更是全身熱血如沸，心中又酸又苦，說不出的羨慕和妒忌：「她問的明明是慕容公子。她對慕容公子這般關切，這般掛在心懷。慕容公子，你何幸而得此仙福？」

只聽阿朱道：「公子出門之時，說是要到洛陽去會會丐幫中的好手，鄧大哥隨同公子前去。姑娘放心好啦。」那女子幽幽的道：「丐幫『打狗棒法』與『降龍廿八掌』兩大神技，是丐幫的不傳之秘。你們『還施水閣』和我家『瑯嬛玉洞』的藏譜拼湊起來，也只一些殘缺不全的棒法，運功的心法卻全然沒有。你家公子可怎生練？」

阿朱道：「公子說道，這『打狗棒法』的心法既是人創的，他爲甚麼就想不出？有了棒法，自己再想了心法加上去，那也不難。」

段譽心想：「慕容公子這話倒也有理，想來他人既聰明，又挺有志氣。」

卻聽那女子又輕輕嘆了口氣，說道：「就算能創得出，只怕也不是十年八年的事，旦夕之間，又怎辨得了？你們看到公子練棒法了麼？是不是有甚麼爲難窒滯的地方？」阿朱道：「公子的棒法使得好快，從頭至尾便如行雲流水一般……」那女子「啊」的一聲輕呼，道：「不好！他……他當眞使得很快？」阿朱道：「是啊，有甚麼不對麼？」那女子道：「自然不對。打狗棒法的心法我雖不知，但從『水閣』中書册上看來，有幾路定要越慢越好，有幾路卻要忽快忽慢，快中有慢，慢中有快。他……他一味搶快，跟丐幫中高手動上了手，只怕……只怕……你們……可有法子能帶個信去給公子麼？」

阿朱「嗯」了一聲，道：「公子落腳在那裏，我們就不知道了，也不知這時候是不是已跟丐幫中的長老們會過面？公子臨走時說道，丐幫冤枉他害死了他們的馬副幫主，他到洛陽去，爲的是分說這回事，倒也不是要跟丐幫爭勝動手，否則他和鄧大哥兩個，終究好漢敵不過人多。就只怕說不明白，雙方言語失和……」

只聽阿碧的聲音問道：「姑娘，這打狗棒法使得快了，當眞不妥麼？」那女子道：「自然不妥，還有甚麼可說的？他……臨去之時，爲甚麼不來見我一趟？」說著輕輕頓足，顯得又煩躁，又關切，語音卻仍嬌柔動聽。

段譽大爲奇怪：「我在大理聽人說到『姑蘇慕容』，無不旣敬且畏。但聽這位姑娘的話，似乎慕容公子的武藝，尙須讓她來指點指點。難道這個年輕女子，竟有這麼大的本領麼？」正想得出神，腦袋突然撞上一根樹枝，禁不住「啊」的一聲，急忙掩口，已然不及。

那女子問道：「是誰？」段譽知道躲不過了，便咳嗽一聲，在樹叢後說道：「在下段譽，觀賞貴莊玉茗，擅闖至此，還請恕罪。」

那女子低聲道：「阿朱，是你們同來的那位相公麼？」阿朱忙道：「是的。姑娘莫去理他，我們這就去了。」那女子道：「慢著，我要寫封書信，跟他說明白，要是不得已跟丐幫中人動手，千萬別使打狗棒法，只用原來的武功便是。甚麼『以彼之道，還施彼身』，本就是說來嚇唬人的，那能眞這麼容易施展？你們想法子把信交給他。」阿朱猶豫道：「這個……舅太太曾經說過……」

那女子道：「怎麼？你們只聽夫人的話，不聽我的話麼？」言語中似乎微含怒氣。阿朱忙道：「姑娘只要不讓舅太太得知，婢子自然遵命。何況這於公子有益。」那女子道：「你們隨我到書房去拿信罷。」阿朱仍然遲疑，勉勉強強的應了聲：「是！」

段譽自從聽了那女子一聲嘆息之後，此後越聽越著迷，聽得她便要離去，這一去之後，只怕從此不能再見，不免爲畢生憾事，拚著受人責怪冒昧，務當見她一面，鼓起勇氣道：「阿碧姊姊，你在這裏陪我，成不成？」說著從樹叢後跨步出來。

那女子聽得他走了出來，驚噫一聲，背轉了身子。

段譽一轉過樹叢，只見一個身穿藕色紗衫的女郎，臉朝花樹，身形苗條，長髮披向背心，以銀色絲帶輕輕挽住。段譽望著她的背影，只覺這女郎身旁似有煙霞輕籠，竟似非塵世中人，便深深一揖，說道：「在下段譽，拜見姑娘。」

那女子左足在地下一頓，嗔道：「阿朱、阿碧，都是你們鬧的，我不見外間不相干的男人！」說著便向前行，幾個轉折，身形便在山茶花叢中冉冉隱沒。

阿碧微微一笑，向段譽道：「段公子，這位姑娘脾氣眞大，咱們快走罷！」阿朱也輕笑道：「多虧段公子來解圍，否則王姑娘非要我們傳信遞柬不可，我姊妹這兩條小命，可就有點兒危險了。」

段譽莽莽撞撞的闖將出來，給那女子數說了幾句，老大沒趣，只道阿朱和阿碧定要埋怨，不料她二人反有感激之意，倒非始料所及，只見那女子人雖遠去，倩影似乎猶在眼前，心下一陣惆悵，獃獃的瞧著她背影隱沒處的花叢。

阿碧輕輕扯他袖子，段譽兀自不覺。阿朱笑道：「段公子，咱們走罷！」段譽全身跳了起來，一定神，才道：「是，是。咱們眞要走了罷？」見阿朱、阿碧當先而行，只得跟隨在後，一步一回頭，戀戀不捨。三人相偕回入小船。阿朱和阿碧提槳划船離岸。段譽凝望岸上的茶花，心道：「我段譽若是無福，怎地讓我聽到這位姑娘的幾聲嘆息、幾句言語？又讓我見到了她神仙般的體態？若說有福，怎地連她的一面也見不到？」但見山茶花叢漸遠，轉眼間就給綠柳遮住了，心下黯然。

突然之間，阿朱「啊」的一聲驚呼，顫聲道：「舅太太……舅太太回來了。」段譽回過頭來，只見湖面上一艘快船迅速駛來，轉眼間便已到了近處。快船船頭上彩色繽紛的繪滿了花朵，駛得更近些時便看出也都是茶花。阿朱、阿碧欲待划船避開，卻已不及，只得站起身來，俯首低眉，神態既極恭敬，又甚驚懼。阿碧向段譽連打手勢，要他也站起來。段譽微笑搖頭，說道：「待主人出艙說話，我自當起身。男子漢大丈夫，也不必太過謙卑。」

只聽得快船中一個女子聲音喝道：「那一個男子膽敢擅到曼陀山莊來？豈不知任何男子不請自來，便須斬斷雙足麼？」聲音甚具威嚴，可也頗為清脆動聽。段譽朗聲道：「在下段譽，避難途經寶莊，並非有意擅闖，謹此謝過。」那女子道：「你姓段？」語音微帶詫異。段譽道：「正是！」

那女子道：「哼，阿朱、阿碧，是你們兩個小蹄子！復官這小子就是不學好，鬼鬼祟祟的專做歹事。」阿朱道：「啟稟舅太太，婢子是受敵人追逐，逃經曼陀山莊。我家公子出門去了，此事跟他絕無干係。」艙中女子冷笑道：「哼，花言巧語。別這麼快就走了，跟我來！」阿朱、阿碧齊聲應道：「是。」划著小船跟在快船之後。片刻間兩船先後靠岸。

只聽得環珮叮咚，快船中一對對的走出不少青衣女子，都作婢女打扮，手中各執長劍，霎時間白刃如霜，劍光映照花色，一共出來了九對女子。十八個女子排成兩列，執劍腰間，斜向上指，一齊站定後，船中走出一個女子。

段譽一見那女子的形貌，忍不住「啊」的一聲驚噫，張口結舌，宛如身在夢境，原來這女子身穿鵝黃綢衫，衣服裝飾，竟似極了大理無量山山洞中的玉像。不過這女子是個中年美婦，四十歲不到年紀，洞中玉像卻是個十八九歲的少女。段譽一驚之下，再看那美婦相貌時，見她比之洞中玉像，眉目口鼻均無這等美艷無倫，年紀固然不同，臉上也頗有風霜歲月的痕跡，但依稀仍有五六分相似。阿朱和阿碧見他向王夫人目不轉睛的呆看，委實無禮之極，心中都連珠價的叫苦，連打手勢，要他別瞧，可是段譽一雙眼睛就盯住在王夫人臉上。

那女子向他斜睨一眼，冷冷的道：「此人如此無禮，待會先斬去他雙足，再挖了眼睛，割了舌頭。」一個婢女躬身應道：「是！」

段譽心中一沉：「眞的將我殺了，那也不過如此。但要斬了我雙足，挖了眼睛，割了舌頭，弄得死不死、活不活的，這罪可受得大了。」他直到此時，心中才眞有恐懼之意，回頭向阿朱、阿碧望去，只見她二人臉如死灰，呆若木鷄。

王夫人上岸後，艙中又走出兩個青衣婢女，手中各持一條鐵鍊，從艙中拖出兩個男人來。兩人都雙手給反綁了，垂頭喪氣。一人面目清秀，似是富家子弟，另一個段譽竟曾見過，是無量劍派中一名弟子，記得他在劍湖宮練武廳上自報姓名，說是姓唐。段譽大奇：「此人本在大理，怎地給王夫人擒來了江南？」

只聽王夫人向那姓唐的道：「你明明是大理人，怎地抵賴不認？」那姓唐的道：「我是雲南人，我家鄉在大宋境內，不屬大理國。」王夫人道：「你家鄉距大理國多遠？」那人道：「四百多里。」王夫人道：「不到五百里，也就算是大理人了。去活埋在曼陀花下，當作肥料。」那姓唐的大叫：「我到底犯了甚麼事？你給說個明白，否則我死不瞑目。」王夫人冷笑道：「只要是大理人，或者是姓段的，撞到了我便得活埋。你到蘇州來幹甚麼？既來到蘇州，怎地還是滿嘴大理口音，在酒樓上大聲嚷嚷的？你雖非大理國人，但跟大理國鄰近，那就一般辦理。」

段譽心道：「啊哈，你明明衝著我來啦。我也不用你問，直截了當的自己承認便是。」大聲道：「我是大理國人，又是姓段的，你要活埋，乘早動手。」王夫人冷冷的道：「你早就報過名了，自稱叫作段譽，哼，大理段家的人，可沒這麼容易便死。」

她手一揮，一名婢女拉了那姓唐的便走。他不知是給點了穴道，還是受了重傷，竟沒半分抗禦之力，不住大叫：「天下沒這個規矩，大理國幾十萬人，你殺得完麼？」但見他給拉入了花林深處，漸行漸遠，呼聲漸輕。

王夫人略略側頭，向那面目清秀的男子說道：「你怎麼說？」那男子突然跪倒，哀求道：「家父在汴梁爲官，膝下唯有我一個獨子，求夫人饒命。夫人有甚麼吩咐，家父必定應承。」王夫人冷冷的道：「你父親是朝中大官，我不知道麼？要饒你性命，那也不難，你今日回去，即刻將家中結髮妻子殺了，明天娶了你外面私下結識的苗姑娘，須得三書六禮，一應俱全。那就行了。」那公子道：「這個……要殺我妻子，實在下不了手。明媒正娶苗姑娘，家父家母也決不能答允。這不是我……」王夫人道：「將他帶去活埋了！」那牽著他的婢女應道：「是！」拖了鐵鍊便走。那公子嚇得渾身亂顫，說道：「我……我答允就是。」王夫人道：「小翠，你押送他回蘇州城裏，親眼瞧著他殺了自己妻子，跟苗姑娘拜堂成親，這才回來。」小翠應道：「是！」拉著那公子，走向岸邊泊著的一艘小船。

那公子求道：「夫人開恩。拙荊和你無怨無仇，你又不識得苗姑娘，何必如此幫她，逼我殺妻另娶？我……我又素來不識得你，從來……從來不敢得罪了你。」王夫人道：「你已有了妻子，就不該再去糾纏別家閨女，既然花言巧語的將人家騙上了，那就非得娶她爲妻不可。這種事我不聽見便罷，只要給我知道了，當然這麼辦理。你這事又不是第一樁，抱怨甚麼？小翠，你說這是第幾樁了？」小翠道：「婢子在常熟、昆山、無錫、湖州、常州等地，一共辦過七起，還有小蘭、小詩她們也辦過一些。」

那公子聽說慣例如此，只一疊連聲的叫苦。小翠將那公子拖上小船，扳動木槳，划著小船自行去了。

段譽見這位王夫人行事不近情理之極，不由得目瞪口呆，全然傻了，心中所想到的只是「豈有此理」四個字，不知不覺之間，便順口說了出來：「豈有此理，豈有此理！」

王夫人哼了一聲，道：「天下更加豈有此理的事兒，還多著呢。」

段譽又失望，又難過，那日在無量山石洞中見了神仙姊姊的玉像，心中仰慕之極，眼前這人形貌與玉像著實相似，言行舉止，卻竟如妖魔鬼怪一般。

他低了頭呆呆出神，只見四個婢女走入船艙，捧了四盆花出來。段譽一見，不由得精神一振。四盆都是山茶，均是頗爲難得的名種。普天下山茶花以大理居首，而鎭南王府中名種不可勝數，更爲大理之最。段譽從小就看慣了，暇時聽府中十餘名花匠談論講評，山茶的優劣習性早已爛熟於胸，不習而知，猶如農家子弟必辨菽麥、漁家子弟必識魚蝦一般。他在曼陀山莊中行走里許，未見眞正了不起的佳品，早覺「曼陀山莊」四字未免名不副實，此刻見到這四盆山茶，暗暗點頭，心道：「這才有點兒道理。」

只聽得王夫人道：「小茶，這四盆『滿月』山茶，得來不易，須得好好照料。」那叫做小茶的婢女應道：「是！」段譽聽她這句話太也外行，嘿的一聲冷笑。王夫人又道：「湖中風大，這四盆花在船艙裏放了幾天，不見日光，快拿到日頭裏晒晒，多上些肥料。」小茶又應道：「是！」段譽再也忍耐不住，放聲大笑。

王夫人聽他笑得古怪，問道：「你笑甚麼？」段譽道：「我笑你不懂山茶，偏偏要種山茶。如此佳品不幸落入你手裏，當眞是焚琴煮鶴，大煞風景之至。可惜，可惜，明珠暗投，令人好生心疼。」王夫人怒道：「我不懂山茶，難道你就懂了？」突然心念一動：「且慢！他是大理人姓段，說不定倒眞懂得。」但兀自說得嘴硬：「本莊名叫曼陀山莊，莊內莊外都是曼陀羅花，你瞧長得何等茂盛爛漫？怎說我不懂山茶？」段譽微笑道：「庸脂俗粉，自然粗生粗長。這四盆白茶卻是傾城之色，你這外行透頂之人要是能種得好，我就不姓段。」

王夫人極愛茶花，不惜重資，到處收購佳種，但移植進莊後，竟沒一本名貴茶花能欣欣向榮，往往長不多時，便即枯萎，要不然便奄奄一息。她常自爲此煩惱，雖廣覓花匠，也均無濟於事。蘇州園林甲天下，本來花卉名匠極多，但衆匠祖業傳承，所知盡爲江南佳品，於雲南茶花卻全然不懂。

王夫人聽了段譽的話後，不怒反喜，走上兩步，問道：「我這四盆白茶有甚不同？要怎樣纔能種好？」段譽道：「你如向我請教，當有請教的禮數。倘若威逼拷問，你先砍了我的雙腳，再問不遲，那時看我說是不說。」王夫人怒道：「要斬你雙腳，又有甚麼難處？小詩，先去將他左足砍了。」那名叫小詩的婢女答應了一聲，挺劍上前。阿碧急欲迴護段譽，大著膽子插口：「舅太太，勿來事格，你倘若傷仔俚，這人硬骨頭得很，寧死也不肯說了。」王夫人原本意在恐嚇段譽，揮手止住了小詩。

段譽笑道：「你砍下我的雙腳，去埋在這四本白茶之旁，當眞是上佳的肥料，這些白茶就越開越大，說不定有海碗大小，哈哈，美啊，妙極，妙極！」

王夫人心中本就這樣想，但聽他語氣說的全是反語，一時倒說不出話來，怔了一怔，才道：「你胡吹甚麼？我這四本白茶，有甚麼名貴之處，你且說來聽聽。倘若說得對了，再禮待你不遲。」

段譽道：「王夫人，你說這四本白茶都叫作『滿月』，壓根兒就錯了。你連花也不識，怎說得上懂花？其中一本叫作『紅妝素裹』，一本叫作『抓破美人臉』。」王夫人奇道：「『抓破美人臉』？這名字怎地如此古怪？是那一本？」

段譽道：「你要請教晚生，須得有禮才是。」王夫人給他弄得沒法子，但聽他說這四株茶花居然各有一個特別名字，倒也十分歡喜，微笑道：「好！小詩，吩咐廚房在『雲錦樓』設宴，款待段公子。」小詩答應著去了。

阿碧和阿朱你望望我，我望望你，見段譽不但死裏逃生，王夫人反待以上賓之禮，都不由得喜出望外。

先前押著那無量劍弟子而去的婢女回報：「那大理人姓唐的，已埋在『紅霞樓』前的紅花旁了。」段譽心中一寒。只見王夫人漫不在乎的點點頭，說道：「段公子，請！」段譽道：「冒昧打擾，賢主人勿怪是幸。」王夫人道：「大賢光降，曼陀山莊蓬蓽生輝。」兩人客客氣氣的向前走去，全不似片刻之前段譽生死尚自繫於一線。

王夫人陪著段譽穿過花林，過石橋，穿小徑，來到一座小樓之前。段譽見小樓簷下一塊匾額，寫著「雲錦樓」三個墨綠篆字，樓下前後左右種的都是茶花。但這些茶花在大理都不過是三四流貨色，跟這精致的樓閣亭榭相比，未免不襯。

王夫人卻甚有得意之色，說道：「段公子，你大理茶花最多，但跟我這裏相比，只怕猶有不如。」段譽點頭道：「這種茶花，我們大理人確是不種的。」王夫人笑吟吟的道：「是麼？」段譽道：「大理就是尋常鄉下人，也懂得種這些俗品茶花，未免太過不雅。」王夫人臉上變色，怒道：「你說甚麼？你說我這些茶花都是俗品？你這話未免……欺人太甚。」

段譽道：「晚生怎敢相欺？夫人既然不信，也只好由得你。」指著樓前一株五色斑斕的茶花，說道：「這一株，想來你是當作至寶了，嗯，這花旁的玉欄干，乃是眞正的和闐美玉，光潤晶瑩，沒半點黑斑，很美，很美！」他嘖嘖稱賞花旁的欄干，於花朵本身卻不置一詞，就如品評名人書法，一味稱讚墨色烏黑、紙張古雅一般。

這株茶花有紅有白、有紫有黃，繁富華麗，王夫人向來視作珍品，這時見段譽頗有不屑之意，登時眉頭蹙起，眼中露出殺氣。段譽道：「請問夫人，此花在江南叫作甚麼名字？」王夫人氣忿忿的道：「我們也沒甚麼特別名稱，就叫它五色茶花。」段譽微笑道：「我們大理人倒有一個名字，叫它作『落第秀才』。」

王夫人「呸」的一聲，道：「這般難聽，多半是你揑造出來的。這株花富麗堂皇，那裏像個落第秀才了？」段譽道：「夫人你倒數一數看，這株花的花朵共有幾種顏色。」王夫人道：「我早數過了，至少也有十五六種。」段譽道：「請你再細數看看，共是十七種顏色。大理有一種名貴茶花，叫作『十八學士』，那是天下極品，一株上共開十八朵花，朵朵顏色不同，紅的就全紅，紫的便全紫，決沒半分混雜。而且十八朵花形狀朵朵不同，各有各的妙處，開時齊開，謝時齊謝，夫人可曾見過？」王夫人怔怔的聽著，搖頭道：「天下竟有這等茶花！我聽也沒聽過。」

段譽道：「比之『十八學士』次一等的，『十三太保』是十三朵不同顏色的花生於一株，『八仙過海』是八朵異色同株，『七仙女』是七朵，『風塵三俠』是三朵，『二喬』是一紅一白的兩朵。這些茶花必須純色，若是紅中夾白，白中帶紫，便屬下品了。」

王夫人不由得悠然神往，抬起了頭，輕輕自言自語：「怎麼他從來不跟我說？唉，他每次見了茶花，便唉聲嘆氣，定是想家想老婆。」

段譽又道：「『八仙過海』中必須有深紫和淡紅的花各一朵，那是鐵拐李和何仙姑，要是少了這兩項顏色，雖然八花異色，也不能算『八仙過海』，只叫作『八寶妝』，也算是名種，但比『八仙過海』差了一級。」王夫人道：「原來如此。」

段譽又道：「再說『風塵三俠』，也有正品和副品之分。凡是正品，三朵花中必須紫色者最大，那是虬髯客，白色者次之，那是李靖，紅色者最嬌艷而最小，那是紅拂女。如果紅花大過了紫花、白花，便屬副品，身分就差得多了。」有言道是「如數家珍」，這些名種茶花原是段譽家中珍品，他說起來自是熟悉不過。王夫人聽得津津有味，嘆道：「我連副品也沒見過，還說甚麼正品。」

段譽指著那株五色茶花道：「這一本茶花，論顏色，比十八學士少了一色，而且駁而不純，開花或遲或早，花朵有大有小。它處處東施效顰，學那十八學士，卻總是不像，那不是個半瓶醋的酸丁麼？因此我們叫它作『落第秀才』。」王夫人不由得噗哧一聲，笑了出來，道：「這名字起得忒也尖酸刻薄，多半是你們讀書人想出來的。」

到了這一步，王夫人於段譽之熟知茶花習性自已全然信服，當下引著他上得雲錦樓來。段譽見樓上陳設富麗，一幅中堂繪的是孔雀開屏，兩旁一副木聯，寫的是：「漆葉雲差密，茶花雪妒妍。」再旁邊是一塊綠漆字的木牌，寫的是「小樓一夜聽春雨」七字。不久開上了酒筵，王夫人請段譽上座，自己坐在下首相陪。

這酒筵中的菜餚，與阿朱、阿碧所請者大大不同。朱碧雙鬟的菜餚以清淡雅致見長，於尋常事物之中別具匠心。這雲錦樓的酒席卻注重豪華珍異，甚麼熊掌、魚翅，無一而非名貴之極。但段譽自幼生長於帝王之家，甚麼珍奇的菜餚沒吃過，反覺曼陀山莊的酒筵遠不如琴韻小築了。

酒過三巡，王夫人問道：「大理段氏乃武林世家，公子卻何以不習武功？」段譽道：「大理姓段者甚多，皇族宗室的貴胄子弟，方始習武，似晚生這等尋常百姓，就不會武功。」他想自己生死在人掌握之中，如此狼狽，決不能吐露身世眞相，沒的墮了伯父與父親的威名。王夫人道：「公子是尋常百姓？」段譽道：「是。」王夫人道：「公子可識得幾位姓段的皇室貴胄嗎？」段譽一口回絕：「全然不識。」

王夫人出神半晌，轉過話題，說道：「適才得聞公子暢說茶花品種，令我茅塞頓開。我這次所得的四盆白茶，蘇州城中花兒匠說叫做『滿月』，公子卻說其一叫作『紅妝素裹』，另一本叫作『抓破美人臉』，不知如何分別，願聞其詳。」

段譽道：「那本大白花而微有隱隱黑斑的，才叫作『滿月』，那些黑斑，便是月中的桂枝。那本白瓣上有兩個橄欖核兒黑斑的，卻叫作『眼兒媚』。」王夫人喜道：「這名字取得好。」

段譽又道：「白瓣而洒紅斑的，叫作『紅妝素裹』。白瓣而有一抹綠暈、一絲紅條的，叫作『抓破美人臉』，但如紅絲多了，卻又不是『抓破美人臉』了，那叫作『倚欄嬌』。夫人請想，凡是美人，自當嫻靜溫雅，臉上偶爾抓破一條血絲，總不會自己梳妝時粗魯弄損，也不會給人抓破，只有調弄鸚鵡之時，給鳥兒抓破一條血絲，卻也是情理之常。因此花瓣這抹綠暈，是非有不可的，那就是綠毛鸚哥。倘若滿臉都抓破了，這美人老是跟人打架……」說到這裏，驀地裏想到了木婉清，接著道：「雖仍嬌美可愛，惹人疼惜，總不免橫蠻了一點兒。」

王夫人本來聽得不住點頭，甚是歡喜，突然臉色一沉，喝道：「大膽，你在譏刺於我麼？」段譽吃了一驚，忙道：「不敢！不知怎地冒犯了夫人？」王夫人怒道：「你聽了誰的言語，捏造了這等鬼話，前來辱我？誰說一個女子學會了武功，就會不美？嫻靜溫雅，又有甚麼好了？」段譽一怔，說道：「晚生所言，僅以常理猜度，會得武功的女子之中，原有不少人既美貌、又頗通情理的。」不料這話在王夫人聽來仍大爲刺耳，厲聲道：「你說我不通情理嗎？」

段譽道：「通不通情理，夫人自知，晚生何敢妄言。只不過逼人殺妻另娶，這等行逕，似乎有點兒於理不合。」他說到後來，心頭也有氣了，不再有何顧忌。

王夫人左手輕揮，在旁伺候的四名婢女一齊走上兩步，躬身道：「是！」王夫人道：「押這人下去，命他澆灌茶花。」四名婢女齊聲應道：「是！」

王夫人道：「段譽，你是大理人，又是姓段的，早就該死之極。現下死罪暫且寄下了，罰你在莊前莊後照料茶花，尤其今日取來這四盆白茶，務須小心在意。我跟你說，這四盆白茶倘若死了一株，便砍去你一隻手，死了兩株，砍去雙手，四株齊死，你便四肢齊斷。」段譽道：「倘若四株都活呢？」王夫人道：「四株種活之後，你再給我種植其他的名種茶花。甚麼十八學士、十三太保、八仙過海、七仙女、風塵三俠、二喬這些名種，每一種我都要幾本。倘若辦不到，我挖了你眼珠。」

段譽大聲抗辯：「這些名種，便在大理也屬罕見，在江南如何能輕易得到？每一種都有幾本，那還說得上甚麼名貴？『名花傾國兩相歡，常得君王帶笑看。』名花和傾國之色，都是百年難遇的，這才叫名貴啊！你乘早將我殺了是正經。今天砍手，明天挖眼，那一天你僥倖得了甚麼名種茶花，只養得十天半月，沒等開花，就已枯黃乾癟，一命嗚呼了！」王夫人叱道：「你活得不耐煩了，在我面前膽敢如此放肆？押了下去！」

四名婢女走上前來，兩人抓住了他衣袖，一人抓住他胸口，另一人伸掌在他背脊前推，五人拖拖拉拉的一齊下樓。這四名婢女都會武功，段譽在她們挾制之下，手腳不由自主，「凌波微步」自是半步也施展不出，心中只暗叫：「倒霉，倒霉！」

四名婢女又拉又推，將他擁到一處花圃，一婢將一柄鋤頭塞在他手中，一婢取過一隻澆花的木桶，說道：「你聽夫人吩咐，乖乖的種花，還可活得性命。你這般衝撞夫人，不立刻活埋了你，算你天大造化。」另一名婢女道：「除了種花澆花，莊子中不許亂闖亂走，藏書的所在更加一步不可踏進，否則那是自己尋死，誰也沒法救你。」四婢十分鄭重的囑咐一陣，這才離去。段譽呆在當地，當眞哭笑不得。

在大理國中，他位份僅次於伯父保定帝和父親鎮南王皇太弟，將來父親繼承皇位，他便是儲君皇太子，豈知給人擒來江南，要燒要殺，要砍去手足、挖了雙眼，那還不算，這會兒卻讓人逼著做起花匠來。雖然他生性隨和，待人有平等之心，在大理皇宮和王府之中，也時時瞧著花匠修花剪草，鋤地施肥，跟他們談談說說，但在王子心中，自當花匠是卑微之人。

幸好他天性活潑快樂，遇到逆境挫折，最多沮喪得一會兒，不久便高興起來。自己譬解：「我在無量山石洞之中，已拜了那位神仙姊姊爲師。這位王夫人和那神仙姊姊相貌好像，只不過年紀大些，我便當她是我師伯，有何不可？師長有命，弟子服其勞，本就該的。何況蒔花原是文人韻事，總比動刀掄槍的學武高雅得多了。至於比之給鳩摩智在慕容先生的墓前活活燒死，更是在這兒種花快活千倍萬倍。只可惜這些茶花品種太差，要大理王子來親手服侍，未免是大才小用、殺鷄用牛刀了。哈哈，你是牛刀嗎？有何種花大才？」又想：「在曼陀山莊多躭些時候，總有機緣能見到那位身穿藕色衫子的姑娘一面，這叫做『段譽種花，焉知非福』！」

一想到禍福，便拔了一把草，心下默禱：「且看我段譽幾時能見到那位姑娘的面。」將這把草右手交左手，左手交右手的筮算，一筮之下，得了個艮下艮上的「艮」卦，心道：「『艮其背，不獲其身，行其庭，不見其人。无咎。』這個卦可靈得很哪，雖不見其人，終究無咎。」

再筮一次，得了個坎下兌上的「困」卦，暗暗叫苦：「『困于株木，入于幽谷，三歲不覿。』三年都見不到，眞乃困之極矣。」轉念又想：「三年見不到，第四年便見到了。來日方長，何困之有？」

占筮不利，不敢再筮了，口中哼著小曲，負了鋤頭，信步而行，心道：「王夫人叫我種活那四盆白茶。這四盆花確是名種，須得找個十分優雅的處所種了起來，方得相襯。」一面走，一面打量四下景物，突然之間，哈哈哈的大聲笑了出來，心道：「王夫人對茶花一竅不通，偏偏要在這裏種茶花，居然又稱這莊子爲曼陀山莊。卻全不知茶花喜陰不喜陽，種在陽光烈照之處，縱然不死，也難盛放，再大大的施上濃肥，甚麼名種都給她坑死了，可惜，可惜！好笑，好笑！」

他避開陽光，只往樹蔭深處行去，轉過一座小山，只聽得溪水淙淙，左首一排綠竹，右首一排垂柳，四下裏甚是幽靜。該地在山丘之陰，日光照射不到，略有少些日照，也都給柳枝遮去了，王夫人只道不宜種花，因此上一株茶花也無。段譽大喜，說道：「這裏最妙不過。」

回到原地，將四盆白茶逐一搬到綠竹叢旁，相妥地形，以花鋤挖了孔穴，打碎瓷盆，連著盆泥一起移植在地。他雖從未親手種過，但自來看得多了，依樣葫蘆，居然做得極爲妥貼。不到半個時辰，四株白茶已種在綠竹之畔，左首一株「抓破美人臉」，右首是「紅妝素裹」和「滿月」，那一株「眼兒媚」則斜斜的種在小溪旁一塊大石之後，自言自語：「此所謂『千呼萬喚始出來，猶抱琵琶半遮面』也，要在掩掩映映之中，才增姿媚。」中國歷來將花比作美人，蒔花之道，也如裝扮美人一般。段譽出身皇家，幼讀詩書，於這等功夫自是高人一等。

他伸手溪中，洗淨了雙手泥污，架起了腳坐在大石上，對那株「眼兒媚」正面瞧瞧，側面望望，心想：「婉妹的容光眼色，也是這般嫵媚。噫，奇了，她自叫我『段郎』之後，對我便只有嬌媚，決不再有半分橫蠻。」又想：「阿碧雙眼中沒半分媚態，卻有天然的溫柔，她不是『眼兒媚』，是名種『春水綠波』！」

正想得高興，忽聽得腳步細碎，有兩個女子走了過來。只聽得一人道：「這裏最是幽靜，沒人來的……」語音入耳，段譽心頭怦的一跳，分明是日間所見那身穿藕色紗衫的少女所說。段譽屏氣凝息，半點聲音也不敢出，心想：「她說過不見不相干的男子，我段譽自是個不相干的男子了。千萬不能讓她知道我在這裏。」他腦袋本來斜斜側著，這時竟不敢回正，就讓頭這麼側著，生恐頸骨中發出一絲半毫輕響，驚動了她。

只聽那少女續道：「小茗，你聽到了甚麼……甚麼關於他的消息？」段譽不由得心中微酸，那少女口中的那個「他」，自然決不會是我段譽，而是慕容公子。從王夫人話中聽來，那慕容公子似乎單名一個「復」字。那少女的詢問聲中顯得滿腔關切，滿懷柔情。段譽不自禁既感艷羨，亦復自傷。只聽小茗囁嚅半晌，似不便直說。

那少女道：「你對我說啊！我總不忘了你的好處便是。」小茗道：「我怕……怕夫人責怪。」那少女道：「你這傻丫頭，你跟我說了，我怎會對夫人說？」小茗道：「夫人倘若問你呢？」那少女道：「我自然也不說。」小茗又遲疑了半晌，說道：「表少爺去了少林寺。」那少女道：「去了少林寺？阿朱、阿碧她們怎地說他去了洛陽丐幫？」

段譽心道：「怎麼是表少爺？嗯，那慕容公子是她表哥，他二人是中表之親，青梅竹馬，那個……那個……」

小茗道：「夫人這次出外，在途中遇到公冶二爺，說道得知丐幫的頭腦都來到了江南，要向表少爺大興問甚麼之師的。公冶二爺又說接到表少爺的書信，他到了洛陽，找不到那些叫化頭兒，就上嵩山少林寺去。」那少女道：「他去少林寺幹甚麼？」小茗道：「公冶二爺說，表少爺信中言道，他在洛陽聽到信息，少林寺有個老和尚在大理死了，他們竟又冤枉是『姑蘇慕容』殺的。表少爺從來沒去過大理，聽了很生氣，好在少林寺離洛陽不遠，他就要去跟廟裏的和尚說個明白。」

那少女道：「倘若說不明白，可不是要動手嗎？夫人既得到了訊息，怎地反而回來，不趕去幫表少爺的忙？」小茗道：「這個……婢子就不知道了。想來，夫人不喜歡表少爺。」那少女憤憤的道：「哼，就算不喜歡，終究是自己人。姑蘇慕容在外面丟了臉，咱們王家就好有光采麼？」小茗不敢接口。

那少女在綠竹叢旁走來走去，忽然間看到段譽所種的三株白茶，又見到地下的碎瓷盆，「咦」的一聲，問道：「是誰在這裏種茶花？」

段譽更不怠慢，從大石後閃身而出，長揖到地，說道：「小生奉夫人之命，在此種植茶花，沖撞了小姐。」他雖深深作揖，眼睛卻仍直視，深怕小姐說一句「我不見不相干的男子」，就此轉身而去，又錯過了見面的良機。

他一見到那位小姐，耳中「嗡」的一聲響，但覺眼前昏昏沉沉，雙膝一軟，不由自主跪倒在地，若不強自撐住，幾乎便要磕下頭去，口中卻終於叫了出來：「神仙姊姊，我……我想得你好苦！弟子段譽拜見師父。」

眼前這少女的相貌，便跟無量山石洞中的玉像全然無異。那王夫人已和玉像頗爲相似了，畢竟年紀不同，容貌也不及玉像美艷，而眼前這少女除了服飾相異之外，臉型、眼睛、鼻子、嘴唇、耳朶、膚色、身材、手足，竟沒一處不像，宛然便是那玉像復活。他在夢魂之中，已不知幾千幾百遍的思念那玉像，此刻眼前親見，眞不知身在何處，是人間還是天上？

那少女還道他是個瘋子，輕呼一聲，向後退了兩步，驚道：「你……你……」

段譽站起身來，他目光一直瞪視著那少女，這時看得更加清楚了些，終於發覺，眼前少女與那洞中玉像畢竟略有不同：玉像冶艷靈動，頗有勾魂攝魄之態，眼前少女卻端莊中帶有稚氣，相形之下，倒是玉像比之眼前這少女更加活些，說道：「自那日在石洞之中，拜見神仙姊姊的仙範，已然自慶福緣非淺，不意今日更親眼見到姊姊容顏。世間眞有仙子，當非虛語也！」

那少女向小茗道：「他說甚麼？他……他是誰？」小茗道：「他就是阿朱、阿碧帶來的那個書獃子。他說會種茶花，夫人倒信了他的胡說八道。」那少女問段譽道：「書獃子，剛才我和她的說話，你都聽見了麼？」

段譽陪笑道：「小生姓段名譽，大理國人氏，非書獃子也。神仙姊姊和這位小茗姊姊的言語，我無意之中都聽到了，不過兩位大可放心，小生決不洩漏片言隻語，擔保小茗姊姊決不會受夫人責怪便是。」

那少女臉色一沉，道：「誰跟你姊姊妹妹的亂叫？你還不認是書獃子，你幾時又見過我了？」段譽道：「我不叫你神仙姊姊，卻叫甚麼？」那少女道：「我姓王，你叫我王姑娘就是。」段譽搖頭道：「不行，不行，天下姓王的姑娘何止千千萬萬，如姑娘這般天仙人物，如何也只稱一聲『王姑娘』？可是叫你作甚麼呢？那倒爲難得緊了。稱你作王仙子嗎？似乎太俗氣。叫你曼陀公主罷？大宋、大理、遼國、吐蕃、西夏，那一國沒有公主?那一個能跟你相比?」

那少女聽他口中唸唸有辭，越覺得他獃氣十足，不過聽他這般傾倒備至、失魂落魄的稱讚自己美貌，終究也有點歡喜，微笑道：「總算你運氣好，我媽沒將你的兩隻腳砍了。」段譽道：「令堂夫人和神仙姊姊一般容貌，只性情特別了些，動不動就殺人，未免跟這神仙體態不稱……」那少女秀眉微蹙，道：「你趕緊去種茶花罷，別在這裏嘮嘮叨叨的，我們還有要緊話要說呢。」神態間便當他是個尋常花匠。

段譽卻也不以爲忤，只盼能多和她說一會兒話，能多瞧上她幾眼，心想：「要引得她心甘情願的和我說話，只有跟她談論慕容公子，除此之外，她甚麼事也不會關心在意。」便道：「少林寺是武林中的泰山北斗，寺中高僧好手沒一千，也有八百，大都精通七十二門絕技。這次少林派玄悲大師在大理陸涼州身戒寺中人毒手而死，衆和尚認定是『姑蘇慕容』下的手。慕容公子孤身犯險，大大不妥。」

那少女果眞身子一震。段譽不敢直視她臉色，心道：「她爲了慕容復這小子而關心掛懷，我見了她的臉色，說不定會氣得流下淚來。」但見到她藕色綢衫的下襬輕輕顫動，聽到她比洞簫還要柔和的聲調問道：「少林寺的和尚爲甚麼冤枉『姑蘇慕容』?你可知道麼?你……你快跟我說。」

段譽聽她這般低語央求，心腸一軟，立時便想將所知說了出來，轉念又想：「我所知其實頗爲有限，只不過玄悲大師身中『大韋陀杵』而死，大家說『以彼之道，還施彼身』的，天下就只『姑蘇慕容』一家。這些情由，三言兩語便說完了。我只一說完，她便又催我去種茶花，再要尋甚麼話題來跟她談談說說，那可不容易了。我須得短話長說，小題大做，每天只說這麼一小點兒，東拉西扯，不著邊際，有多長就拖多長，叫她日日來尋我說話，只要尋我不著，那就心癢難搔。」咳嗽一聲，說道：「我自己不會武功，甚麼『金鷄獨立』、『黑虎偷心』，最容易的招式也不會一招。但我鄉下有個朋友，姓朱，名叫朱丹臣，外號叫作『筆硯生』，你別瞧他文文弱弱的，好像跟我一樣，只道也是個書獃子，嘿，他的武功可眞不小。有一天我見他把扇子一收攏，倒了轉來，噗的一聲，扇子柄在一條大漢肩膀上這麼一點，那大漢便縮成一團，好似一堆爛泥那樣，動也不會動了。」

那少女道：「嗯，這是『淸涼扇』法的打穴功夫，第三十八招『透骨扇』，倒轉扇柄，斜打肩貞。這位朱先生是崑崙旁支、三因觀門下弟子，這一派武功，用判官筆比用扇柄更厲害。你說正經的罷，不用跟我說武功。」

這一番話若叫朱丹臣聽到了，非佩服得五體投地不可，那少女不但說出了這一招的名稱手法，連他的師承來歷、武學家數，也都說得淸淸楚楚。假如另一個武學名家聽了，比如是段譽的伯父段正明、父親段正淳，也要大吃一驚：「怎地這個年輕姑娘，於武學之道見識竟如此淵博精闢？」但段譽全然不會武功，這姑娘輕描淡寫的說來，他也只輕描淡寫的聽著。他也不知這少女所說的對不對，一雙眼只瞧著她淡淡的眉毛這麼一軒，紅紅的嘴唇這麼一撅，只覺她話聲好聽得不得了，說話神態美得不得了，至於話語的內容，一個字也沒入腦。

那少女問道：「那位朱先生怎麼啦？」段譽指著綠竹旁一張青石條凳，道：「這事說來話長，小姐請移尊步，到那邊安安穩穩的坐著，然後待我慢慢稟告。」那少女道：「你這人囉哩囉唆，爽爽快快不成麼？我可沒功夫聽你的。」段譽道：「小姐今日沒空，明日再來找我，那也可以。倘若明日無空，過得幾日也是一樣。只要夫人沒將我的舌頭割去，小姐但有所問，我自是知無不言，言無不盡。」

那少女左足在地下輕輕一頓，轉過頭不再理他，問小茗道：「夫人還說甚麼？」小茗道：「夫人說：『哼，亂子越惹越大了。結上了丐幫這冤家，又成了少林派的對頭，只怕你姑蘇慕容家死……死無葬身之地。』」那少女急道：「媽明知表少爺處境凶險，怎地毫不理會？」小茗道：「是。小姐，怕夫人要找我了，我得去啦！剛才的話，小姐千萬別說是我說的，婢子還想服侍你幾年呢。」那少女道：「你放心好啦。我怎會害你？」小茗告別而去。段譽見她目光中流露恐懼的神氣，心想：「王夫人殺人如草芥，確實令人魂飛魄散。」

那少女緩緩步走到青石凳前，輕輕巧巧的坐了下來，卻並不叫段譽也坐。段譽自不敢貿然坐在她身旁，但見一株白茶和她相距甚近，兩株離得略遠，美人名花，當眞相得益彰，嘆道：「『名花傾國兩相歡』，不及，不及。當年李太白以芍藥比喻楊貴妃之美，他若有福見到小姐，就知花朵雖美，然而無嬌嗔，無軟語，無喜笑，無憂思，那可萬萬不及了。」那少女幽幽的道：「你不停的說我很美，我也不知眞不眞。」

段譽大爲奇怪，說道：「不知子都之美者，無目者也。於男子尙且如此，何況如姑娘這般驚世絕艷？想是你一生之中聽到讚美的話太多，以致聽得厭了。」

那少女緩緩搖頭，目光中露出了寂寞之意，說道：「從來沒人對我說美還是不美。這曼陀山莊之中，除了我媽之外，都是婢女僕婦。她們只知道我是小姐，誰來管我是美是醜？」段譽道：「那麼外面的人呢？」那少女道：「甚麼外面的人？」段譽道：「你到外面去，別人見到你這天仙般的美女，難道不驚喜讚嘆、低頭膜拜嗎？」那少女道：「我從來不到外邊去，到外邊去幹甚麼？媽也不許我出去。我到姑媽家的『還施水閣』去看書，也遇不上甚麼外人，不過是他的幾個朋友鄧大哥、公冶二哥、包三哥、風四哥他們，他們……又不像你這般獃頭獃腦的。」說著微微一笑。

段譽道：「難道慕容公子……他也從來不說你很美嗎？」

那少女慢慢低下了頭，只聽得瑟的一下極輕極輕的聲響，跟著又是這麼一聲，幾滴眼淚滴在地下青草上，晶瑩生光，便如是清晨露珠。

段譽不敢再問，也不敢說甚麼安慰的話。

過了好一會，那少女輕嘆一聲，說道：「他……他是很忙的，一年到頭，從早到晚，沒甚麼空閒時候。他和我在一起時，不是跟我談論武功，便是談論國家大事。我……我不喜歡武功。」段譽一拍大腿，叫道：「不錯，不錯，我也討厭武功。我伯父和我爹爹叫我學武，我說甚麼也不學，寧可偷偷逃了出來。」

那少女一聲長嘆，說道：「我爲了要時時見他，雖然討厭武功，但看了拳經刀譜，還是牢牢記在心中，他有甚麼地方不明白，我就好說給他聽。不過我自己卻不學。女孩兒家掄刀使棒，總是不雅……」段譽打從心底裏讚出來，忙道：「是啊，是啊！像你這樣天下無雙的美人兒，怎能跟人動手動腳，那太也不成話了。啊喲……」他突然想到，這句話可得罪了自己母親，又得罪了木婉淸和鍾靈，而阿朱、阿碧顯然也會一些武功。

那少女卻沒留心他說些甚麼，續道：「那些歷代帝皇將相，今天你殺我，明天我殺你的事，我實在不願知道。可是他最愛說這些，我只好去看這些書，說給他聽。」

段譽奇道：「爲甚麼要你看了說給他聽，他自己不會看麼？」那少女白了他一眼，嗔道：「你道他是瞎子麼？他不識字麼？」段譽忙道：「不，不！我說他是天下第一的好人，好不好？」他這麼說，忍不住心中一酸。

那少女嫣然一笑，說道：「他是我表哥。這莊子中，除了姑媽、姑丈和表哥外，很少有旁人來。但自從我姑丈去世之後，我媽跟姑媽吵翻了。我媽連表哥也不許來。我也不知他是不是天下最好的人。天下的好人壞人，我誰也見不到。」段譽道：「怎不問你爹爹？」那少女道：「我爹爹早故世了，我沒生下來，他就已故世了，我……我從來沒見過他一面。」說著眼圈兒一紅，又是泫然欲涕。

段譽道：「嗯，你姑媽是你爹爹的姊姊，你姑丈是你姑媽的丈夫，他……他……他是你姑媽的兒子。」那少女笑了出來，說道：「瞧你這般傻裏傻氣的。我是我媽的女兒，他是我的表哥。」

段譽見逗引得她笑了，甚是高興，說道：「啊，我知道了，想是你表哥很忙，沒功夫看書，因此你就代他看。」那少女道：「也可以這麼說，不過另外還有原因。我問你，少林寺的那些和尚，爲甚麼冤枉我表哥殺了他們少林派的人？」

段譽見她長長睫毛上兀自帶著一滴淚珠，心想：「前人云：『梨花一枝春帶雨』，以此比擬美人之哭泣。可是梨花美則美矣，梨樹卻太過臃腫，而且雨後梨花，片片花朵上都是淚水，又未免傷心過份。只有像王姑娘這麼，山茶朝露，那才美了。」

那少女等了一會，見他始終不答，伸手在他手背上輕輕一推，道：「你怎麼了？」段譽全身一震，跳起身來，叫道：「啊喲！」那少女給他嚇了一跳，道：「怎麼？」段譽滿臉通紅，道：「你手指在我手背上一推，我好像給你點了穴道。」

那少女睜著圓圓的眼睛，不知他在說笑，說道：「這邊手背上沒穴道的。『前谷』、『後谿』、『陽池』三穴都在掌緣，『外關』、『會宗』兩穴近手腕了，離得更遠。」她說著伸出自己手背來比劃。

段譽見到她左手食指如一根蔥管，點在右手雪白嬌嫩的手背之上，突覺喉頭乾燥，頭腦中一陣暈眩，問道：「姑……姑娘，你叫甚麼名字？」那少女微笑道：「你這人眞古裏古怪的。好，說給你知道也不打緊。反正我就不說，阿朱、阿碧這兩個丫頭也會說的。」伸出手指，在自己手背上畫了三個字：「王語嫣」。

段譽叫道：「妙極，妙極！語笑嫣然，和藹可親。」心想：「我把話說在頭裏，倘若她跟她媽一樣，說得好端端的，也突然板起臉孔，叫我去種花，那就跟她的名字不合了。」

王語嫣微笑道：「名字總是取得好聽些的。史上那些大奸大惡之輩，名字也都挺美的。曹操不見得有甚麼德操，朱全忠更是大大的不忠。你叫段譽，你的名譽很好麼？只怕有點兒沽名……」段譽接口道：「……釣譽！」兩人同聲大笑。

王語嫣秀美的面龐之上，本來總隱隱帶著一絲憂色，這時縱聲大笑，歡樂之際，更增嬌麗。段譽心想：「我若能一輩子逗引你喜笑顏開，那就妙之極矣！」

不料她只歡喜得片刻，眼光中又出現了那朦朦朧朧的憂思，輕輕的道：「他……他老是一本正經的，從來不跟我說這些無聊的事。唉！燕國，燕國，就眞那麼重要麼？」

「燕國，燕國」這四個字鑽入段譽耳中，陡然之間，許多本來零零碎碎的字眼，都串連在一起了：「慕容氏」、「燕子塢」、「參合莊」、「燕國」……，不禁脫口而出：「這位慕容公子，是五胡亂華時鮮卑人慕容氏的後代？他是胡人，不是中國人？」

王語嫣點頭道：「是的，他是燕國慕容氏的舊王孫。可是已隔了這幾百年，又何必還念念不忘的記著祖宗舊事？他想做胡人，不做中國人，連中國字也不想識，中國書也不想讀。可是啊，我就瞧不出中國書有甚麼不好。有一次我說：『表哥，你說中國書不好，那麼有甚麼鮮卑字的書，我倒想瞧瞧。』他聽了就大大生氣，因爲壓根兒就沒有鮮卑字的書。」她微微抬起頭，望著遠處緩緩浮動的白雲，柔聲道：「他……他比我大十歲，一直當我是他的小妹妹，以爲我除了讀書、除了記書上的武功之外，甚麼也不懂。他一直不知道，我讀書是爲他讀的，記牢武功也是爲他記的。若不是爲了他，我寧可養些小鷄兒玩玩，或者是彈彈琴，寫寫字。」

段譽顫聲問道：「他當眞一點也不知你……你對他這麼好？」

王語嫣道：「我對他好，他當然知道。他待我也是挺好的。可是……可是，咱倆就像同胞兄妹一般，他除了正經事情之外，從來不跟我說別的。從來不跟我說起，他有甚麼心思。也從來不問我，我有甚麼心事。」說到這裏，玉頰上泛起淡淡的紅暈，神態靦腆，目光中露出羞意。

段譽本來想跟她開句玩笑，問她：「你有甚麼心事？」但見到她的麗色嬌羞，便不敢唐突佳人，說道：「你也不用老是跟他談論史事武學。詩詞之中，不是有甚麼子夜歌、會眞詩麼？」此言一出，立即大悔：「就讓她含情脈脈，無由自達，豈不是好？我何必教她法子？當眞是傻瓜之至了。」

王語嫣更是害羞，忙道：「怎……怎麼可以？我是規規矩矩的閨女，怎可提到這些……這些詩詞，讓表哥看輕了？」段譽噓了口長氣，正色道：「是，正該如此！」心下暗罵自己：「段譽，你這傢伙不是正人君子。」

王語嫣這番心事，從來沒跟誰說過，只在自己心中千番思量，百遍盤算，今日遇上段譽這個性格隨隨便便又知書識字之人，不知怎地，竟然對他很信得過，將心底的柔情密意都吐露了出來。其實，她暗中思慕表哥，阿朱、阿碧，以及小茶、小茗、幽草等丫鬟何嘗不知，只誰都不說出口來而已。她說了一陣子話，愁悶稍去，道：「我跟你說了許多不相干的閒話，沒說到正題。少林寺到底爲甚麼要跟我表哥爲難？」

段譽眼見不能再敷衍拖延，只得道：「少林寺的方丈叫做玄慈大師，他有一個師弟叫做玄悲。玄悲大師最擅長的武功，乃是『大韋陀杵』。」王語嫣點頭道：「那是少林七十二絕藝中的第二十九門，一共只十九招杵法，但招招極爲威猛。」段譽道：「這位玄悲大師來到我們大理，在陸涼州的身戒寺中給人打死了，而敵人傷他的手法，正是玄悲大師最擅長的『大韋陀杵』。他們說，這手法除玄悲大師外，只姑蘇慕容氏才會，叫甚麼『以彼之道，還施彼身』。」王語嫣點頭道：「說來倒也有理。」

段譽道：「除了少林派之外，還有別的人也要找慕容氏報仇。」王語嫣道：「還有些甚麼人？」段譽道：「伏牛派有個叫做柯百歲的人，他的拿手武功叫做甚麼『天靈千裂』。」王語嫣道：「嗯，那是伏牛派百勝軟鞭第二十七招的第四變招，雖然招法古怪，卻算不得是上乘武學，只不過力道十分剛猛而已。」段譽道：「這人也死在『天靈千裂』這一招之下，他的師弟和徒弟，自是要找慕容氏報仇了。」

王語嫣沉吟道：「那個柯百歲，說不定眞是我表哥殺的，玄悲和尚卻一定不是。我表哥不會『大韋陀杵』功夫，這門武功難練得很，沒二十年以上的功力，使出來全不成模樣。不過，你如見到我表哥，可別說他不會這門武功，更加不可說是我說的，他聽了要大大生氣……」

正說到這裏，忽聽得兩人急奔而來，卻是小茗和幽草。

幽草神色驚惶，氣急敗壞的道：「小姐，不……不好啦，夫人吩咐將阿朱、阿碧二人……」說到這裏，喉頭塞住了，一時說不下去。小茗接著道：「要將她二人的右手砍了，罰她們擅闖曼陀山莊之罪。那……那怎麼辦呢？」

段譽急道：「王姑娘，你……你快得想個法兒救救她們才好！」

王語嫣也甚焦急，皺眉道：「阿朱、阿碧二女是表哥的心腹使婢，要是傷殘了她們肢體，我如何對得起表哥？幽草，她們在那裏？」幽草和朱碧二女最是交好，聽得小姐有意相救，登時生出一線指望，忙道：「夫人吩咐將二人送去『花肥房』，我叫嚴婆婆遲半個時辰動手，這時趕去求懇夫人，還來得及。」王語嫣心想：「向媽求懇，多半無用，可是除此之外，也沒別法。」點了點頭，帶了幽草、小茗二婢便去。

段譽瞧著她輕盈的背影，想追上去再跟她說幾句話，但只跨出一步，便覺無話可說，怔怔的站住，回想適才跟她這番對答，不由得痴了。

王語嫣快步來到上房，見母親正斜倚在床上，望著壁上的一幅茶花圖出神，便叫了聲：「媽！」

王夫人慢慢轉過頭來，臉上神色嚴峻，說道：「你想跟我說甚麼？要是跟慕容家有關，我便不聽。」王語嫣道：「媽，阿朱和阿碧這趟不是有意來的，你就饒了她們這一遭罷。」王夫人道：「你怎知她們不是有意來的？我斬了她們的手，你怕你表哥從此不睬你，是不是？」王語嫣眼中淚水滾動，道：「表哥是你的親外甥，你……你何必這般恨他？就算姑媽得罪了你，你也不用惱恨表哥。」她鼓著勇氣說了這幾句話，但一出口，心中便怦怦亂跳，自驚怎地如此大膽，竟敢出言衝撞母親。

王夫人眼光如冷電，在女兒臉上掃了幾下，半晌不語，跟著便閉上了眼睛。王語嫣大氣也不敢透一口，不知母親心中在打甚麼主意。

過了好一陣，王夫人睜開眼來，說道：「你怎知姑媽得罪了我？她甚麼地方得罪了我？」王語嫣聽得她聲調寒冷，一時嚇得話也答不出來。王夫人道：「你說好了。反正你如今年紀大了，不用聽我話啦。」王語嫣又急又氣，流下淚來，道：「媽，你……你這麼恨姑媽家裏，自然是姑媽得罪了你。可是她怎樣得罪了你，你從來不跟我說。現今姑媽也過世啦，你……你也不用再記她的恨了。」王夫人厲聲道：「你聽誰說過沒有？」王語嫣搖搖頭，道：「你從來不許我出去，也不許外人進來，我聽誰說啊？」

王夫人輕輕吁了口氣，一直繃緊著的臉登時鬆了，語氣也和緩了些，說道：「我是爲你好。世界上壞人太多，殺不勝殺，你年紀輕輕，一個女孩兒家，還是別見壞人的好。」說到這裏，突然間想起一事，說道：「新來那個姓段的花匠，說話油腔滑調，不是好人。要是他跟你說一句話，立時便吩咐丫頭將他殺了，不能讓他說第二句，知不知道？」王語嫣心想：「甚麼第一句、第二句，只怕連一百句、二百句話也說過了。」

王夫人道：「怎麼？似你這等面慈心軟，這一生一世可不知要吃多少虧呢。」她拍掌兩下，小茗走了過來。王夫人道：「你傳下話去，有誰跟那姓段的花匠多說一句話，兩個人一齊都割了舌頭。」小茗神色木然，似乎王夫人所說的乃是宰鷄屠犬，應了聲：

「是！」便即退下。王夫人向女兒揮手道：「你也去罷！」

王語嫣應道：「是。」走到門邊時，停了一停，回頭道：「媽，你饒了阿朱、阿碧，叫她們以後無論如何不可再來便是。」王夫人冷冷的道：「我說過的話，幾時有過不作數的？你多說也無用。」王語嫣咬了咬牙，低聲道：「我知道你爲甚麼恨姑媽，爲甚麼討厭表哥。」左足輕輕一頓，便即出房。

王夫人道：「回來！」這兩個字說得並不如何響亮，卻充滿了威嚴。王語嫣重又進房，低頭不語。王夫人望著几上香爐中那彎彎曲曲不住顫動的青煙，低聲道：「嫣兒，你知道了甚麼？不用瞞我，甚麼都說出來好了。」王語嫣咬著下唇，說道：「姑媽怪你胡亂殺人，得罪官府，又跟武林中人多結仇家。」

王夫人道：「是啊，這是我王家的事，跟他慕容家又有甚麼相干？她不過是你爹爹的姊姊，憑甚麼來管我？哼，她慕容家幾百年來，就只會做『興復燕國』的大夢，只想聯絡天下英豪，爲他慕容家所用。又聯絡又巴結，嘿嘿，這會兒可連丐幫與少林派都得罪下來啦。」王語嫣道：「媽，那少林派的玄悲和尙決不是表哥殺的，他不會使……」剛要說到「大韋陀杵」四字，急忙住口，母親一查問這四字的來歷，那段譽難免殺身之禍，轉口道：「……他的武功只怕還夠不上。」

王夫人道：「是啊。這會兒他可上少林寺去啦。那些多嘴丫頭們，自然巴巴的趕著來跟你說了。『南慕容，北喬峯』，名頭倒著實響亮。可是一個慕容復，再加上個鄧百川，到少林寺去討得了好嗎？當眞不自量力，頭重腳輕！」

王語嫣走上幾步，柔聲道：「媽，你怎生想法子救他一救，你派人去打個接應好不好？他……他是慕容家的一線單傳。倘若他有甚不測，姑蘇慕容家就斷宗絕代了。」王夫人冷笑道：「姑蘇慕容，哼，慕容家跟我有甚相干？你姑媽說她慕容家『還施水閣』的藏書，勝過了咱們『瑯嬛玉洞』的，那麼讓她寶貝兒子慕容復到少林寺去大顯威風好了。」揮手道：「出去，出去！」

王語嫣道：「媽，表哥……」王夫人厲聲道：「你愈來愈放肆了！」

王語嫣眼中含淚，低頭走了出去，芳心無主，不知如何是好，走到西廂廊下，忽聽得一人低聲問道：「姑娘，怎麼了？」王語嫣抬頭看時，正是段譽，忙道：「你……你別跟我說話。」

原來段譽見王語嫣去後，發了一陣獃，迷迷惘惘的便跟隨而來，遠遠等候，待她從王夫人房中出來，又身不由主的跟了來。他見王語嫣臉色慘然，知道王夫人沒答允，說道：「就算夫人不允，也得想法子救人。」王語嫣道：「媽沒答允，還有甚麼法子可想？她，她……我表哥身有危難，她袖手不理。」越說心中越委屈，忍不住又要掉淚。

段譽道：「嗯，慕容公子身有危難……」突然想起一事，問道：「你懂得這麼多武功，爲甚麼自己不去幫他？」王語嫣睜著烏溜溜的眼珠瞪視他，似乎他這句話當眞再也奇怪不過，隔了好一陣，才道：「我……我只懂得武功，卻不會使。再說，我怎麼能去？媽是決計不許的。」段譽微笑道：「你媽自然不許，可是你不會自己偷偷的走麼？我便曾自行離家出走。後來回得家去，爹爹媽媽見到我開心得很，也沒怎樣責罵。」至於回家時多帶了一個後來的妹子，這事只在心中一閃而過，自不必提了。

王語嫣聽了這幾句話，登時茅塞頓開，雙目一亮，心道：「是啊，我偷著出去幫表哥，就算回來給媽狠狠責打一場，又有甚麼要緊？當眞她要殺我，我總也已經幫了表哥。」一想到能爲了表哥而受苦受難，心中一陣辛酸，一陣甜蜜，又想：「這人說他曾偷偷逃跑，嗯，我怎麼從來沒想過這種事？」

段譽偷看她神色，顯是意動，當下極力鼓吹，勸道：「你老是躭在曼陀山莊之中，不去瞧瞧外面的花花世界麼？」

王語嫣搖頭道：「那有甚麼好瞧的？我只躭心表哥。不過我從來沒練過武功，他當眞遇上了凶險，我也幫不上忙。」段譽道：「怎麼幫不上忙？幫得上之至。你表哥跟人動手，你在旁邊說上幾句，大有幫助。這叫作『旁觀者淸』。人家下棋，眼見輸了，我在旁指點了幾著，那人立刻就反敗爲勝，那還是剛不久之前的事。」王語嫣甚覺有理，她本來對自己武學所知甚有信心，但終究鼓不起勇氣，猶豫道：「我從來沒出過門，也不知少林寺在東在西。」

段譽立即自告奮勇，道：「我陪你去，路上有甚麼事，一切由我應付就是。」至於他行走江湖的經歷其實也高明得有限，此刻自然決計不提。

王語嫣秀眉緊蹙，側頭沉吟，拿不定主意。段譽又問：「阿朱、阿碧她們怎樣了？」王語嫣道：「媽也不肯相饒。」段譽道：「一不做，二不休，倘若阿朱、阿碧給斬斷了一隻手，你表哥定要怪你，不如就去救了她二人，咱四人立即便走。」王語嫣伸了伸舌頭，道：「這般的大逆不道，我媽怎肯干休？你這人膽子忒也大了！」

段譽情知此時除了她表哥之外，再沒第二件事能打動她心，他要設法相救朱碧二女，當下以退爲進，說道：「既然如此，咱們即刻便走，任由妳媽媽斬了阿朱、阿碧的一隻手。日後你表哥問起，你只推不知便了，我也決計不洩漏此事。」

王語嫣急道：「那怎麼可以？這不是對表哥說謊了麼？」心中大是躊躇，說道：「唉！朱碧二婢是他心腹，從小便服侍他的，要是有甚好歹，他慕容家和我王家的怨可結得更加深了。」左足一頓，道：「你跟我來！」

段譽聽到「你跟我來」這四字，當眞喜從天降，一生之中，從未聽過有四個字是這般好聽的，見她在前快步而行，便跟隨在後。

片刻之間，王語嫣已來到一間大石屋外，說道：「嚴媽媽，你出來，我有話跟你說。」只聽得石屋中桀桀怪笑，一個乾枯的聲音說道：「好姑娘，你來瞧嚴媽媽做花肥麼？」

段譽先前聽到幽草與小茗她們說起，甚麼阿朱、阿碧已給送到了「花肥房」中，當時並沒在意，此刻聽到這陰氣森森的聲音說到「做花肥」三字，心中一凜：「甚麼『做花肥』？是做種花的肥料麼？啊喲，是了，王夫人殘忍無比，將人活生生的宰了，當作茶花的肥料。要是我們已來遲了一步，朱碧二女的右手已給斬下來做了肥料，那便如何是好？」心中怦怦亂跳，他好生關懷二女，臉上登時全無血色。

王語嫣道：「嚴媽媽，我媽有事跟你說，請你過去。」石屋裏那女子道：「我正忙著。夫人有甚麼要緊事，要小姐親自來說？」

王語嫣道：「我媽說……嗯，她們來了沒有？」說著走進石屋，見阿朱和阿碧二人給綁在兩根鐵柱子上，口中塞了甚麼東西，眼淚汪汪的，卻說不出話來。段譽探頭看時，見朱碧二女尚自無恙，先放了一半心，再看兩旁時，稍稍平靜的心又大跳而特跳。只見一個弓腰曲背的老婆子手裏拿著一柄雪亮的長刀，身旁一鍋沸水，煮得直冒水氣。

王語嫣道：「嚴媽媽，媽說叫你先放了她們，媽有一件要緊事，要向她們問個清楚。」

嚴媽媽轉過頭來，段譽見她容貌醜陋，目光中盡是煞氣，兩根尖尖的犬齒露了出來，便似要咬人一口，登覺說不出的噁心難受，只見她點頭道：「好，問明白之後，再送回來砍手。」喃喃自言自語：「嚴媽媽最不愛見的就是美貌姑娘。這兩個小妞兒須得砍斷一隻手，那才好看。我跟夫人說說，該得兩隻手都斬了才是，近來花肥不太夠。」段譽大怒，心想這老婆子作惡多端，不知已殺了多少人，只恨自己手無縛雞之力，否則須當結結實實打她幾個嘴巴，打掉她兩三枚牙齒，這才去放朱碧二女。

嚴媽媽年紀雖老，耳朵仍靈，段譽在門外呼吸粗重，登時便給她聽見了，問道：「誰在外邊？」伸頭出來一張，見到段譽，惡狠狠的問道：「你是誰？」段譽笑道：「我是夫人命我種茶花的花兒匠，請問嚴媽媽，有新鮮上好的花肥沒有？」嚴媽媽道：「你等一會，好快就有了。」轉頭向王語嫣道：「小姐，表少爺很喜歡這兩個丫頭罷？」

王語嫣道：「是啊，你還是別傷了她們的好。」嚴媽媽點頭道：「小姐，夫人吩咐，割了兩個小丫頭的右手，趕出莊去，再對她們說：『以後只要再給我見到，立刻砍了腦袋！』是不是？」王語嫣道：「是啊。」她這兩字一出口，立時知道不對，急忙伸手按住了嘴唇。段譽暗暗叫苦：「唉，這位小姐，連撒個謊也不會。」

幸好嚴媽媽似乎年老胡塗，對這個大破綻全沒留神，說道：「小姐，麻繩綁得很緊，你來幫我給她們解一解。」王語嫣道：「好罷！」走到阿朱身旁，去解縛住她手腕的麻繩，驀然間喀喇一聲響，鐵柱中伸出一根弧形鋼條，套住了她纖腰。王語嫣「啊」的一聲，驚呼出來。那鋼條套住在她腰間，尚有數寸空隙，但要脫出，卻萬萬不能。

段譽一驚，忙搶進屋來，喝道：「你幹甚麼？快放了小姐。」

嚴媽媽嘰嘰嘰的連聲怪笑，說道：「夫人既說再見到兩個小丫頭，立時便砍了腦袋，怎會叫她們去問話？夫人有多少丫頭，何必要小姐親來？這中間古怪甚多。小姐，你在這兒待一會，讓我去親自問過夫人再說。」

王語嫣怒道：「你沒上沒下的幹甚麼？快放開我！」嚴媽媽道：「小姐，我對夫人忠心耿耿，不敢做半點錯事。慕容家的姑太太實在對夫人不起，說了許多壞話，誹謗夫人的清白名聲，連太夫人也說上了，更加萬萬不該。別說夫人生氣，我們做下人的也都恨之入骨。那一日只要夫人一點頭，我們立時便去掘了姑太太的墳，將她屍骨拿到花肥房來，一般的做了花肥。小姐，我跟你說，姓慕容的沒一個好人，這兩個小丫頭，夫人是定然不會相饒的。但小姐既這麼吩咐，待我去問過夫人再說，倘若當眞這樣，老婆子再向小姐磕頭賠不是，你用家法板子打老婆子背脊好了。」

王語嫣大急，道：「喂，喂，你別去問夫人，我媽要生氣的。」

嚴媽媽更無懷疑，小姐定是背了母親弄鬼，爲了迴護表哥的使婢，假傳號令。她要乘機領功，說道：「很好，很好！小姐稍待片刻，老婆子一會兒便來。」王語嫣叫道：「你別去，先放開我再說。」嚴媽媽那來理她，快步便走出屋去。

段譽見事情緊急，張開雙手，攔住她去路，笑道：「你放了小姐，再去請問夫人，豈不是好？你是下人，怎可不聽小姐的吩咐？」

嚴媽媽瞇著一雙小眼，側過了頭，說道：「你這小子很有點不妥。」一翻手便抓住了段譽的手腕，將他拖到鐵柱旁邊，扳動機括，喀的一聲，鐵柱中伸出鋼環，也圈住了他腰。段譽大急，伸右手牢牢抓住她左手手腕，死也不放。

嚴媽媽一給他抓住，立覺體中內力源源不斷外洩，說不出的難受，怒喝：「放開手！」她一出聲呼喝，內力外洩更加快了，猛力掙扎，脫不開段譽的掌握，心下大駭，叫道：「臭小子……你幹甚麼？快放開我。」

段譽和她醜陋的臉孔相對，其間相距不過數寸。他背心給鐵柱頂住了，腦袋無法後仰，眼見她既黃且髒的利齒似乎便要來咬自己咽喉，害怕之極，又想作嘔，但知此刻千鈞一髮，倘若放脫了她，王語嫣固受重責，自己與朱碧二女更將性命不保，只有閉上眼睛不去瞧她。突然之間，想起了圍攻木婉清的平婆婆和瑞婆婆來，但覺那兩個惡婆婆跟這個嚴媽媽一般無異，又想到她們領人追殺木婉清，從蘇州追到大理，只怕這一夥惡人全都是王夫人的手下。各事湊攏一想，不少情形均若合符節。只許多事太過嚇人，這時不願多想，也無暇多想。

嚴媽媽道：「你……你快放開我……」語聲已有氣無力。段譽最初吸取無量劍七弟子的內力需時甚久，其後更得了不少高手的部分內力，他內力愈強，北冥神功的吸力也就愈大，這時再吸嚴媽媽的內力，只片刻之功。嚴媽媽人雖兇悍，內力卻頗有限，不到一盞茶時分，已然神情委頓，上氣不接下氣的求道：「放……開我，放……放……放手……」

段譽道：「你開機括先放我啊。」嚴媽媽道：「是，是！」蹲下身來，伸出右手撥動藏在桌底下的機括，喀的一響，圈在段譽腰間的鋼環縮了回去。段譽指著王語嫣和朱碧二女，命她立即放人。

嚴媽媽伸手去扳扣住王語嫣的機括，扳了一陣，竟紋絲不動。段譽怒道：「你還不快放了小姐？」嚴媽媽愁眉苦臉的道：「我……我半分力氣也沒有了。」

段譽伸手到桌子底下，摸到了機鈕，用力一扳，喀的一聲，圈在王語嫣腰間的鋼環緩緩縮進鐵柱。段譽大喜，但右手兀自不敢就此鬆開嚴媽媽的手腕，拾起地下長刀，挑斷了縛在阿碧手上的痳繩。阿碧接過刀來，割開阿朱手上的束縛。兩人取出口中的痳核桃，又驚又喜，半晌說不出話來。

王語嫣向段譽瞪了幾眼，臉上神色既甚詫異，又有些鄙夷，說道：「你怎麼會使『化功大法』？這等污穢的功夫，學來幹甚麼？」段譽搖頭道：「我這不是化功大法。」心想如從頭述說，一則說來話長，二則她未必入信，不如隨口捏造個名稱，便道：「這是我大理段氏家傳的『六陽融雪功』，是從一陽指和六脈神劍中變化出來的，和化功大法大有分別，一正一邪，一善一惡，決不可同日而語。」

王語嫣登時便信了，嫣然一笑，說道：「對不起，那是我孤陋寡聞。大理段氏的一陽指和六脈神劍我是久仰的了，『六陽融雪功』卻是今日首次聽到。日後還要請教。」段譽聽得美人肯向自己求教，自是求之不得，忙道：「小姐但有所詢，自當和盤托出，不敢有半點藏私。」

阿朱和阿碧萬料不到段譽會在這緊急關頭趕到相救，而見他和王小姐談得這般投機，更大感詫異。阿朱道：「姑娘，段公子，多謝你們兩位相救。我們須得帶了這嚴媽媽去，免得她洩漏機密。」

嚴媽媽大急，心想給這小丫頭帶了去，十九性命難保，叫道：「小姐，小姐，慕容家姑太太說夫人偷漢子，說你外婆更加不正經……」阿朱左手揑住她面頰，右手便將自己嘴裏吐出來的痲核桃塞入她口中。

段譽笑道：「妙啊，這是慕容門風，叫作『以彼之道，還施彼身』。」

王語嫣聽段譽稱讚是「慕容門風」，心下極喜，說道：「我跟你們一起去，去瞧瞧他……」說著滿臉紅暈，低聲道：「瞧瞧他……他怎樣了。」她一直猶豫難決，剛才一場變故卻幫她下了決心。

阿朱喜道：「姑娘肯去援手，再好也沒有了。那麼這嚴媽媽也不用帶走啦。」二女拉過嚴媽媽，推到鐵柱之旁，扳動機括，用鋼環圈住了她。四人輕輕帶上石屋的石門，快步走向湖邊。

王語嫣本想帶些替換衣裳，卻怕給母親知道了，派人抓自己回去。幸好一路上沒撞到莊上婢僕，四人上了朱碧二女划來的小船，扳槳向湖中划去。阿朱、阿碧、段譽三人一齊扳槳，直到再也望不見曼陀山莊花樹垂柳的絲毫影子，四人這才放心。但怕王夫人駛了快船追來，仍然手不停划。

划了半天，眼見天色向晚，湖上煙霧漸濃，阿朱道：「姑娘，這兒離婢子的下處較近，今晚委屈你暫住一宵，再商量怎生去尋公子，好不好？」王語嫣道：「嗯，就是這樣。」她一直不說話，離曼陀山莊越遠，越是沉默。

段譽見湖上清風拂動她的衫子，黃昏時分，微有寒意，不禁想起：「王姑娘全心全意只在她表哥身上，那有婉妹這麼對我好。便是鍾靈這小丫頭，也對我好得多。」心頭忽然感到一陣淒涼之意，初出來時的歡樂心情漸漸淡了。

又划良久，望出來各人的面目都已矇矇矓矓，只見東首天邊有燈火閃爍。阿碧道：「那邊有燈火處，就是阿朱姊姊的聽香水榭。」小船向著燈火直划。段譽忽想：「此生此世，只怕再無今晚之情。如此湖上泛舟，若能永遠到不了燈火處，豈不是好？」突然間眼前一亮，一顆大流星從天邊劃過，拖了一條長長尾巴。

王語嫣低聲說了句話，段譽卻沒聽得清楚。黑暗之中，只聽她幽幽嘆了口氣。阿碧柔聲道：「姑娘放心，公子這一生逢凶化吉，從來沒遇到過甚麼危難。」王語嫣道：「少林寺享名數百年，畢竟非同小可。但願寺中高僧明白道理，肯聽表哥分說，我就只怕……就只怕表哥脾氣大，跟少林寺的和尚們言語衝突起來，唉……」她頓了一頓，輕輕的道：「每逢天上飛過流星，我這願總是許不成。」

江南自來相傳，當流星橫過天空之時，如有人能在流星消失前說一個願望，則不論如何爲難之事，總能稱心如意。但流星每每一閃即沒，許願者沒說得幾個字，流星便已不見。千百年來，江南的小兒女不知因此而懷了多少夢想，遭了多少失望。王語嫣雖於武學所知極多，那兒女情懷，和尋常的農家女孩、湖上姑娘也沒甚麼分別。

段譽聽了這句話，又是一陣難過，明知她所許的願望必和慕容公子有關，定是祈求他平安無恙，萬事順遂。驀地想起：「在這世界上，可也有那一個少女，會如王姑娘這般在暗暗爲我許願麼？婉妹從前愛我甚深，但她既知我是她的兄長之後，自當另有一番心情。這些日子中不知她到了何處？是否又遇上了如意郎君？鍾靈呢？她知不知我是她的親哥哥？就算不知，她偶爾想到我之時，也不過心中一動，片刻間便拋開了，決不致如王姑娘這般，對她意中人如此銘心刻骨的思念。」向阿碧瞧了一眼，忽然閃過一個念頭：「就算世上只阿碧一人，偶然對我思念片刻，那也好得很了。唉，但即使是她，只怕也是思念慕容公子的多，思念我段譽的少。」

包不同公然逐客，段譽雖對王語嫣戀戀不捨，總不能老著臉皮硬留下來，只得一狠心，站起身來，說道：「王姑娘，阿朱、阿碧兩位姑娘，在下這便告辭，後會有期。」

一三　水榭聽香　指點群豪戲

小船越划越近，阿朱忽然低聲道：「阿碧，你瞧，有點兒不對。」阿碧道：「嗯，怎麼點了這許多燈？」輕笑了兩聲，說道：「阿朱阿姊，你家裏在鬧元宵嗎？這般燈燭輝煌的，說不定他們在給你預做生日哩。」阿朱默不作聲，只凝望著遠處的點點燈火。

段譽遠遠望去，見一個小洲上八九間房屋，其中兩座是樓房，每間房子窗中都有燈火映出來。他心道：「阿朱所住之處叫做『聽香水榭』，想來和阿碧的『琴韻小築』差不多。聽香水榭中處處紅燭高燒，想是因爲阿朱姊姊愛玩熱鬧。」

小船離聽香水榭約莫里許時，阿朱停住了槳，說道：「王姑娘，我家裏來了敵人。」王語嫣吃了一驚，道：「甚麼？來了敵人？你怎知道？是誰？」阿朱道：「是甚麼敵人，那可不知。不過你聞啊，這般酒氣薰天的，定是許多惡客亂攪出來的。」王語嫣和阿碧用力嗅了幾下，都嗅不出甚麼。段譽辨得出的只少女體香，別的也就與常人無異。

阿朱的嗅覺卻特別靈敏，說道：「糟啦，糟啦！他們打翻了我的茉莉花露、玫瑰花露，啊喲不好，我的寒梅花露也給他們蹧蹋了……」說到後來，幾乎要哭出聲來。

段譽大是奇怪，問道：「你眼睛這麼好，瞧見了麼？」阿朱哽咽道：「不是的。我聞得到。我花了很多心思，才浸成了這些花露，這些惡客定是當酒來喝了！」阿碧道：「阿朱姊姊，怎麼辦？咱們避開呢，還是上去動手？」阿朱道：「不知敵人是不是很厲害……」段譽道：「不錯，倘若厲害呢，那就避之則吉。如是平庸之輩，還是去教訓教訓他們的好，免得阿朱姊姊的珍物再受損壞。」

阿朱心中正沒好氣，聽他這幾句話說了等如沒說，便道：「避強欺弱，這種事誰不會做？你怎知敵人很厲害呢，還是平庸之輩？」段譽張口結舌，說不出話來。阿碧軟語道：「阿朱阿姊，段公子是一番好意。」

阿朱道：「咱們這就過去瞧個明白，不過大夥兒得先換套衣衫，扮成了漁翁、漁婆兒一般。」她手指東首，說道：「那邊所住的打漁人家，都認得我的。咱們借衣裳去。」段譽拍手笑道：「妙極，妙極！」阿朱木槳一扳，便向東邊划去，想到喬裝改扮，便即精神大振，於家中來了敵人之事也不再如何著惱了。

阿朱先和王語嫣、阿碧到漁家借過衣衫換了。她自己扮成個老漁婆，王語嫣和阿碧則扮成了中年漁婆，然後再喚段譽過去，將他裝成個四十來歲的漁人。阿朱的易容之術巧妙之極，拿些麵粉糭膏，在四人臉上這裏塗一塊，那邊黏一點，霎時之間，各人的年紀、容貌全都大異了。她又借了漁舟、漁網、魚簍、釣桿、活魚等等，划了漁舟向聽香水榭駛去。

段譽、王語嫣等相貌雖然變了，聲音舉止卻不免處處露出破綻，阿朱那喬裝的本事，他們連一成都學不上。王語嫣笑道：「阿朱，甚麼事都你來出頭應付，我們只好裝啞巴。」阿朱笑道：「是了，包你不穿便是。」

漁舟緩緩駛到水榭背後。段譽只見前後左右處處都是柳樹，但陣陣粗暴的轟叫聲不斷從屋中傳出來。這等叫嚷吆喝，和周遭精巧幽雅的屋宇花木大爲不稱。

阿朱嘆了口氣，十分不快。阿碧在她耳邊道：「阿朱阿姊，趕走了敵人之後，我來幫你收作。」阿朱捏了捏她的手示謝。

她帶著段譽等三人從屋後走到廚房，見廚師老顧忙得滿頭大汗，正不停口的向鑊中吐唾沫，跟著雙手連搓，將污泥不住搓到鑊中。阿朱又好氣，又好笑，叫道：「老顧，你在幹甚麼？」老顧嚇了一跳，驚道：「你……你……」

阿朱笑道：「我是阿朱姑娘。」老顧大喜，道：「阿朱姑娘，來了好多壞東西，逼著我燒菜做飯，你瞧！」一面說，一面擤了些鼻涕抛在菜中，吃吃的笑了起來。阿朱皺眉道：「你燒這般髒的菜。」老顧忙道：「姑娘吃的菜，我做的時候一雙手洗得乾乾淨淨。壞人吃的，那是有多髒，便弄多髒。」

阿朱道：「下次我見到你做的菜，想起來便噁心。」老顧道：「不同，不同，完全不同！」阿朱雖是慕容公子的使婢，但在聽香水榭卻是主人，另有婢女、廚子、船夫、花匠等服侍。

阿朱問道：「有多少敵人？」老顧道：「先來的一伙有十八九個，後來的一伙有二十多個。」阿朱道：「有兩伙麼？是些甚麼人？甚麼打扮？聽口音是那裏人？」老顧罵道：「觸他伊啦娘……」罵人的言語一出口，忙伸手按住嘴巴，甚是惶恐，道：「阿朱姑娘，老顧眞該死。我……我氣得胡塗了。這兩起壞人，一批是北方蠻子，瞧來都是強盜。另一批是四川人，個個都穿白袍，也不知是啥路數。」

阿朱道：「他們來找誰？有沒傷人？」老顧道：「第一批強盜來找老爺，第二批怪人來找公子爺。我們說老爺故世了，公子爺不在，他們不信，前前後後大搜了一陣。莊上的丫頭都避開了，就是我氣不過，觸……」本來又要罵人，一句粗話到得口邊，總算及時縮回。阿朱等見他左眼烏黑，半邊臉頰高高腫起，想是吃了幾下狠的，無怪他要在菜餚中吐唾沫、擤鼻涕，聊以洩憤。

阿朱沉吟道：「咱們得親自去瞧瞧，老顧也說不明白。」帶著段譽、王語嫣、阿碧三人從廚房側門出去，經過一片茉莉花壇，穿過兩扇月洞門，來到花廳之外。離花廳後的門窗尚有數丈，已聽得廳中一陣陣喧嘩之聲。

阿朱悄悄走近，伸指甲挑破窗紙，湊眼向裏張望，見大廳上燈燭輝煌，但只照亮了東邊一面，十八九個粗豪大漢正自放懷暢飲，桌上杯盤狼藉，地下椅子東倒西歪，有幾人索性坐在桌上，有的手中抓著鷄腿、豬蹄大嚼。有的揮舞長刀，將盤中一塊塊牛肉用刀尖挑起了往口裏送。

阿朱再往西首望去，初時也不在意，但多瞧得片刻，不由得心中發毛，背上暗生涼意，但見二十餘人都身穿白袍，肅然而坐，桌上只點了一根蠟燭，燭光所及不過數尺方圓，照見近處那六七人個個臉上一片木然，既無喜容，亦無怒色，當眞有若殭屍。這些人始終不言不動的坐著，若不是有幾人眼珠偶爾轉動，眞還道個個都是死人。

阿碧湊近身去，握住阿朱的手，只覺她手掌冷冰冰地，更微微發顫，當下也挑破窗紙向裏張望，她眼光正好和一個蠟黃臉皮之人雙目相對。那人半死不活的向她瞪了一眼，阿碧吃了一驚，不禁「啊」的一聲低呼。

砰砰兩聲，長窗震破，四個人同時躍出，兩個是北方大漢，兩個是川中怪客，齊聲喝問：「是誰？」

阿朱道：「我們捉了幾尾鮮魚，來問老顧要勿要。今朝的蝦兒也是鮮龍活跳的。」她說的是蘇州土白，四條大漢原本不懂，但見四人都作漁人打扮，手中提著的魚蝦不住跳動，不懂也就懂了。一條大漢從阿朱手裏將魚兒搶過去，大聲叫道：「廚子，廚子！拿去做醒酒湯喝。」另一個大漢去接段譽手中的鮮魚。

那兩個四川人見是賣魚的，不再理會，轉身回入廳中。阿碧當他二人經過身旁時，聞到一陣濃烈的體臭，忍不住伸手掩鼻。一個四川客一瞥間見到她衣袖褪下，露出小臂膚白勝雪，嫩滑如脂，疑心大起：「一個中年漁婆，肌膚怎會如此白嫩？」反手一把抓住阿碧，問道：「格老子的，你幾歲？」阿碧吃了一驚，反手甩脫他手掌，說道：「你做啥介？動手動腳的？」她說話聲音嬌柔清脆，這一甩又出手矯捷，那四川客只覺手臂酸痲，一個踉蹌，向外跌了幾步。

這麼一來，底細登時揭穿，廳外的四人同聲喝問，廳中又擁出十餘人來，將段譽等團團圍住。一條大漢伸手去扯段譽的鬍子，假鬚應手而落。另一個漢子要抓阿碧，給阿碧斜身反推，跌倒在地。

衆漢子更大聲吵嚷：「是奸細，是奸細！」「喬裝假扮的賊子！」「快吊起來拷打！」擁著四人走進廳內，向東首中坐的老者稟報道：「姚寨主，拿到了喬裝的奸細。」

那老者身材魁梧雄偉，一部花白鬍子長至胸口，喝道：「那裏來的奸細？裝得鬼鬼祟祟的，想幹甚麼壞事？」

王語嫣道：「扮作老太婆，一點也不好玩，阿朱，我不裝啦。」說著伸手在臉上擦了幾下，糭膏和麵粉堆成的滿臉皺紋登時紛紛跌落，衆漢子見到一個中年漁婆突然變成了一個美麗絕倫的少女，無不目瞪口呆，霎時間大廳中鴉雀無聲，坐在西首一衆四川客的目光也都射到她身上。

王語嫣道：「你們都將喬裝去了罷。」向阿碧笑道：「都是你不好，洩漏了機關。」阿朱、阿碧、段譽三人當下各自除去了臉上的化裝。衆人看看王語嫣，又看看阿朱、阿碧，想不到世間竟有這般粉裝玉琢似的姑娘。

隔了好一陣，那魁梧老者才問：「你們是誰？到這裏來幹甚麼？」阿朱換了北方口音，笑道：「我是這裏主人，竟要旁人問我到這裏來幹甚麼，豈不奇怪？你們是誰？到這裏來幹甚麼？」那老者點頭道：「嗯，你是這裏的主人，那好極了。你是慕容家的小姐？慕容博是你爹爹罷？」阿朱微笑道：「我只是個丫頭，怎有福氣做老爺的女兒？閣下是誰？到此何事？」那老者聽她自稱是個丫頭，意似不信，沉吟半晌，才道：「你去請主人出來，我方能告知來意。」阿朱道：「我們老主人故世了，少主人出門去了。閣下有何貴幹，就跟我說好啦。閣下的姓名，難道不能示知麼？」

那老者道：「嗯，我是雲州秦家寨的姚寨主，姚伯當便是。」阿朱道：「久仰，久仰。」姚伯當笑道：「你一個小小姑娘，久仰我甚麼？」

王語嫣道：「雲州秦家寨，拿手武功是五虎斷門刀，當年秦公望前輩自創這斷門刀六十四招，後人忘了五招，聽說只五十九招傳下來。姚寨主，你學會了幾招？」

姚伯當大吃一驚，衝口而出：「我秦家寨五虎斷門刀原有六十四招，你怎知道？」王語嫣道：「書上是這般寫的，那多半不錯罷？缺了的五招是『白虎跳澗』、『一嘯風生』、『剪撲自如』、『雄霸羣山』，那第五招嘛，嗯，是『伏象勝獅』，對不對？」

姚伯當摸了摸鬍鬚，本門刀法中有五招最精要的招數失傳，他是知道的，但這五招是甚麼招數，本門之中卻誰也不知。這時聽她侃侃而談，既吃驚，又起疑，對她這句問話卻答不上來。

西首白袍客中一個三十餘歲的漢子陰陽怪氣的道：「秦家寨五虎斷門刀少了那五招，姚寨主貴人事忙，已記不起啦。這位姑娘，跟慕容博慕容先生如何稱呼？」王語嫣道：「慕容老爺子是我姑丈。閣下尊姓大名？」那漢子冷笑道：「姑娘家學淵源，熟知姚寨主的武功家數。在下的來歷，倒要請姑娘猜上一猜。」王語嫣微笑道：「那你得顯一下身手才成。單憑幾句說話，我可猜不出來。」

那漢子點頭道：「不錯。」左手伸入右手衣袖，右手伸入左手衣袖，便似冬日籠手取暖一般，隨即雙手伸出，手中已各握了一柄奇形兵刃，左手是柄六七寸長的鐵錐，錐尖卻曲了兩曲，右手則是個八角小鎚，鎚柄長僅及尺，鎚頭還沒常人的拳頭大，兩件兵器小巧玲瓏，倒像是孩童的玩具，用以臨敵，看來全無用處。

東首的北方大漢見了這兩件古怪兵器，便有數人笑出聲來。一個大漢笑道：「川娃子的玩意兒，也拿出來丟人現眼！」西首衆人齊向他怒目而視。

王語嫣道：「嗯，這是『雷公轟』，閣下想必長於輕功和暗器了。書上說『雷公轟』是四川青城派的獨門兵刃，『青』字九打，『城』字十八破，奇詭難測。閣下多半是複姓司馬罷？」

那漢子一直臉色陰沉，聽了她這幾句話，不禁聳然動容，和他身旁三名副手面面相覷，隔了半晌，才道：「姑蘇慕容氏於武學一道淵博無比，果眞名不虛傳。在下司馬林。請問姑娘，是否『青』字眞有九打，『城』字眞有十八破？」

王語嫣道：「小女子淺見，請閣下指教。我以爲『青』字稱作十打較妥，鐵菩提和鐵蓮子外形雖似，用法全然不同，可不能混爲一談。至於『城』字十八破，那『破甲』、『破盾』、『破牌』三項招數相互之間並無甚大差異，似乎只拿來湊成十八之數，其實可以取消或者合併，稱爲十五破或十六破，反更爲精要。」

司馬林只聽得目瞪口呆，他的武功「青」字只學會了七打，鐵蓮子和鐵菩提的分別更完全不知；至於破甲、破盾、破牌三種功夫，原是他畢生最得意的武學，向來是青城派的鎮山絕技，不料這少女卻說儘可取消。他先是一驚，隨即大爲惱怒，心道：「我的武功、姓名，慕容家自然早就知道了，他們想折辱於我，便編了一套鬼話出來，命一個少女來大言炎炎。」當下也不發作，只道：「多謝姑娘指教，令在下茅塞頓開。」微一沉吟間，向他左首的副手道：「諸師弟，你不妨向這位姑娘領教領教。」

那副手諸保昆是個滿臉痲皮的醜陋漢子，似比司馬林還大了幾歲，一身白袍之外，頭上更用白布包纏，宛似滿身喪服，於朦朧燭光之下更顯得陰氣森森。他站起身來，雙手在衣袖中一拱，取出的也是一把短錐、一柄小鎚，和司馬林一模一樣的一套「雷公轟」，說道：「請姑娘指點。」

旁觀眾人均想：「你的兵刃和那司馬林全無分別，這位姑娘既識得司馬林的，難道就不識得你的？」王語嫣也道：「閣下既使這『雷公轟』，自然也是青城一派了。」司馬林道：「我這諸師弟是帶藝從師。本來是那一門那一派，卻要考較考較姑娘的慧眼。」王語嫣心想：「諸師弟原來的功夫門派，連我也不大了然，你如猜得出，那可奇了。」王語嫣心想：「這倒確是個難題。」

她尚未開言，那邊秦家寨的姚伯當搶著說道：「司馬掌門，你要人家姑娘識出你師弟的本來面目，豈非沒趣之極？」司馬林愕然道：「甚麼沒趣之極？」姚伯當笑道：「令師弟現下滿臉密圈，彫琢得十分精細。他的本來面目嘛，自然就沒這麼考究了。」

東首衆大漢轟聲大笑。

諸保昆生平最恨人嘲笑他的痲臉，聽姚伯當這般公然譏嘲，如何忍耐得住？也不理姚伯當是北方大豪、一寨之主，左手鋼錐尖對準了他胸膛，右手小鎚在錐尾一擊，嗤的一聲急響，破空聲有如尖嘯，一枚暗器向姚伯當胸口疾射過去。

秦家寨和青城派一進聽香水榭，暗中便較上了勁，雙方互不爲禮，你眼睛一瞪，我鼻孔一哼，倘若王語嫣等不來，一場大架多半已打上了。姚伯當出口傷人，本意原在挑釁，卻萬想不到對方說幹就幹，這暗器竟來得如此迅捷，危急中不及拔刀擋格，左手搶過身前桌上的燭台，看準了暗器一挑。噹的一聲響，暗器轉而向上，啪的一下，射入樑中，原來是根三寸來長的鋼針。鋼針雖短，力道卻異常強勁，姚伯當左手虎口一痲，燭台掉落，在地下嗆啷啷的直響。

秦家寨羣盜紛紛拔刀，大聲叫嚷：「暗器傷人麼？」「算是那一門子的英雄好漢？」「好不要臉，操你奶奶雄！」一個大胖子更滿口污言穢語，將對方的祖宗十八代都罵上了。青城派衆人卻始終陰陽怪氣的默不作聲，對秦家寨羣盜的叫罵宛似不聞。

姚伯當適才忙亂中去搶燭台，倉卒之際，原沒拿穩，但以數十年的功力修爲，竟給小小一枚鋼針打落手中物事，以武林中的規矩而論，已然輸了一招，心想：「對方武功很有點兒邪門，聽那小姑娘說，青城派有甚麼『青』字九打，似乎都是暗青子功夫，倘若一個不小心，怕要吃虧。」揮手止住屬下羣盜叫鬧，笑道：「諸兄弟這一招功夫俊得很，可也陰毒得很哪！那叫甚麼名堂？」諸保昆嘿嘿冷笑，並不答話。

秦家寨那大胖子道：「多半叫作『不要臉皮，暗箭傷人』！」另一個中年人笑道：「人家本來是不要臉皮了嘛。這一招的名稱很好，名副其實，有學問，有學問！」言語之中，又是取笑對方的麻臉。

王語嫣搖了搖頭，柔聲道：「姚寨主，這就是你的不對了。」姚伯當道：「怎麼？」王語嫣道：「任誰都難保有病痛傷殘。小時候摔了一交，運氣不好便跌瘸了腿。跟人交手，說不定便丟了一手一目。武林中的朋友們身上有甚麼損傷，那是平常之極的事，是不是？」姚伯當只得點了點頭。王語嫣又道：「這位諸爺幼時染上天花，身上有些疤痕，那有甚麼可笑？男子漢大丈夫，第一論人品心腸，第二論才幹事業，第三論文學武功。臉蛋兒俊不俊，有甚麼相干？」

姚伯當不由得啞口無言，哈哈一笑，說道：「小姑娘的言語倒也有些道理。這麼說來，是老夫取笑諸兄弟的不是了。」王語嫣嫣然一笑，道：「老爺子坦然自認其過，足見光明磊落。」轉臉向諸保昆搖搖頭，道：「不行的，那沒用！」說這句話時，臉上充滿了溫柔同情，便似一個做姊姊的，見到小兄弟忙得滿頭大汗要做一件力所不勝之事，因而出言規勸一般，語調也甚親切。

諸保昆聽她說武林中人身上有何損傷乃家常便飯，又說男子漢大丈夫當以品格功業爲先，心中甚是舒暢，他一生始終爲一張痲臉而鬱鬱不樂，從來沒聽人開解得如此誠懇有理，待聽她最後說「不行的，那沒用」，便問：「姑娘說甚麼？」心想：「她說我這『天王補心針』不行麼？沒用麼？她不知我這錐中共有一十二枚鋼針。倘若不停手的擊鎚連發，早就要了這老傢伙的性命。只是在司馬林之前，卻不能洩漏了機關。」

只聽王語嫣道：「你這『天王補心針』，固然是一門極霸道的暗器……」諸保昆身子一震，「哦」的一聲。司馬林和另外兩個青城派高手不約而同的叫了出來：「甚麼？」諸保昆臉色已變，說道：「姑娘錯了，這不是天王補心針。這是我們青城派的暗器，是『青』字第四打的功夫，叫做『青蜂釘』。」王語嫣微笑道：「『青蜂釘』的外形倒是這樣的。你發這天王補心針，所用的器具、手法，確和青蜂釘完全一樣，但暗器的本質不在外形和發射的姿式，而在暗器的勁力和去勢。大家發一枚鋼鏢，少林派有少林派的手勁，崑崙派有崑崙派的手勁，那是勉強不來的。你這是……」

諸保昆眼光中陡然殺氣大盛，左手的鋼錐倏忽舉到胸前，只要鎚子在錐尾這麼一擊，立時便有鋼針射向王語嫣。旁觀衆人中倒有一半驚呼出聲，適才見他發針射擊姚伯當，去勢之快，勁道之強，暗器中罕有其匹，顯然那鋼錐中空，裏面裝有強力的機簧，否則決非人力之所能，而錐尖彎曲，乃是僞飾，使人決計想不到可由此中發射暗器，誰知錐中空管卻是筆直的。虧得姚伯當眼明手快，這才逃過了一劫，倘若他再向王語嫣射擊，這樣一個嬌滴滴的美人如何閃避得過？但諸保昆見她如此麗質，畢竟下不了殺手，又想到她適才爲己辯解，心存感激，喝道：「姑娘，你別多嘴，自取其禍！」

就在此時，一人斜身搶過擋在王語嫣之前，卻是段譽。

王語嫣微笑道：「段公子，多謝你啦。諸大爺，你不下手殺我，也多謝你。不過你就算殺了我，也沒用的。青城、蓬萊兩派世代爲仇。你所圖謀的事，八十餘年之前，貴派第七代掌門人海風子道長就曾試過。他的才幹武功堪稱頂尖好手，卻也難以成功。」

青城派衆人聽了，目光都轉向諸保昆，狠狠瞪視，無不起疑：「難道他竟是我們死對頭蓬萊派的門下，到本派臥底來的？怎地他一口四川口音，絲毫不露山東鄉談？」

原來山東半島上的蓬萊派雄長東海，和川西青城派一個在東，一個在西，相距數千里，但百餘年前兩派高手結下了怨仇，從此輾轉報復，仇殺極慘。兩派各有絕藝，互相剋制，當年雙方所以結怨生仇，也是因談論武功而起。經過數十場大爭鬥、大仇殺，到頭來蓬萊固勝不了青城，青城也勝不了蓬萊。每鬥到慘烈處，往往雙方好手兩敗俱傷，同歸於盡。王語嫣所說的海風子乃蓬萊派中的傑出人才。他參究兩派武功的優劣長短，心知憑自己修爲，當可在這一代中蓋過青城，但日後自己逝世，青城派中出了聰明才智之士，便又能蓋過本派。爲求一勞永逸，便派了自己最得意的弟子混入青城派中偷學武功，以求知己知彼。可是那弟子武功沒學全，便給青城派發覺，即行處死。這麼一來，雙方仇怨更深，而防備對方偷學本派武功的戒心，更是大增。

這數十年中，青城派規定不收北方人爲徒，只要帶一點兒北方口音，別說他是山東人，便河北、河南、山西、陝西，也都不收。後來規矩更加嚴了，變成非川人不收。

「青蜂釘」是青城派的獨門暗器，「天王補心針」則是蓬萊派的功夫。諸保昆發的明明是「青蜂釘」，王語嫣卻稱之爲「天王補心針」，這一來青城派上下自均大爲驚愕。蓬萊派和青城派一般的規矩，也是嚴定非山東人不收，其中更以魯東人爲佳，甚至魯西、魯南之人，要投入蓬萊派也千難萬難。一人喬裝改扮，不易露出破綻，但說話的鄉音語調，一千句話中總難免洩漏一句。諸保昆出自川西灌縣諸家，那是西川的世家大族，怎會是蓬萊派門下？各人當眞做夢也想不到。司馬林先前要王語嫣猜他師承來歷，只不過出個題目難難小姑娘，全無懷疑諸保昆之意，那知竟得了這樣一個驚心動魄的答案。

這其中吃驚最甚的，自然是諸保昆了。原來他師父都靈道人是蓬萊派高手，年輕時吃了青城派大虧，處心積慮的謀求報復，在四川各地暗中窺視，找尋青城派的可乘之隙。這一年在灌縣見到了諸保昆，那時他還是個孩子，但根骨極佳，實是學武的良材，於是籌劃到一策。他命人扮作江洋大盜，潛入諸家，綁住諸家主人，大肆劫掠之後，拔刀要殺了全家滅口，又欲姦淫諸家的兩個女兒。都靈子早就守候在外，直到千鈞一髮的最危急之時，這才鋌身而出，逐走一羣假盜，奪還全部財物，令諸家兩個姑娘得保清白。諸家主人自是千恩萬謝，感激涕零。都靈子動以言辭，說道：「若無上乘武藝，縱有萬貫家財，也難免為歹徒所欺。這羣盜賊武功不弱，這番受了挫折，難免不捲土重來。」那諸家是當地身家極重的世家，見家中所聘的護院武師給盜賊三拳兩腳便即打倒在地，聽說盜賊不久再來，嚇得魂飛天外，苦苦哀求都靈子住下。都靈子假意推辭一番，才勉允所請，過不多時，便引得諸保昆拜之為師。

都靈子除了刻意與青城派為仇之外，為人倒也不壞，武功也甚了得。他囑咐諸家嚴守秘密，暗中教導諸保昆練武。十年之後，諸保昆已成為蓬萊派中數一數二的人物。這都靈子也眞耐得，他自在諸府定居之後，當即假裝咽喉生瘡，扮作啞巴，自始至終不與誰交談一言半語，傳授諸保昆功夫之時，除了手腳比劃姿式，一切指點講授全都用筆書寫，絕不吐出半句山東鄉談。因此諸保昆雖和他朝夕相處十年之久，卻一句山東話也沒聽見過。待得諸保昆武功大成，都靈子寫下前因後果，要弟子自決，那假扮盜賊一節，自然隱瞞不提。在諸保昆心中，師父不但是全家的救命恩人，這十年來，更待己恩德深厚，將全部蓬萊派的武功傾囊相授，早就感激無已，一明白師意，更無半分猶豫，便去投入青城派掌門司馬衛門下。這司馬衛，便是司馬林的父親。

其時諸保昆年紀已經不小，兼之自稱曾跟家中護院的武師練過一些尋常武功，司馬衛原不肯收。但諸家是川西大財主，有錢有勢，青城派雖是武林，終究在川西生根，不願失歡於當地豪門，再想收一個諸家的子弟為徒，頗增本派聲勢，就此答允了下來。待經傳藝，發覺諸保昆的武功著實不錯，盤問了幾次，諸保昆總是依著都靈子事先的指點，揑造了一派說辭以答。司馬衛礙著他父親的面子，也不過份追究，心想這等富家子弟，能學到這般身手，已算十分難得了。

諸保昆投入青城之後，得都靈子詳加指點，那幾門青城派的武學須得加意鑽研。他逢年過節，送師父、師兄，以及衆同門的禮極重，師父有甚需求，不等開言示意，搶先便辦得妥妥貼貼，反正家中有的是錢，一切輕而易舉。司馬衛心中過意不去，在武功傳授上便也絕不藏私，如此七八年下來，諸保昆已盡得青城絕技。

本來在三四年之前，都靈子已命他離家出遊，到山東蓬萊山去出示青城武功，以便盡知敵人的秘奧，然後一舉而傾覆青城派。但諸保昆在青城門下數年，深感司馬衛待己情意頗厚，便當自己是極親厚弟子一般的傳授武功，想到要親手覆滅青城一派，誅殺司馬衛全家，委實不忍，暗暗打定主意：「總須等司馬衛師父去世之後，我方能動手。司馬林師兄待我平平，殺了他也沒甚麼。」因此上又拖了幾年。都靈子幾次催促，諸保昆總是推說：青城派的「青」字九打和「城」字十八破尚未學全。都靈子花了這許多心血，自不肯功虧一簣，只待他盡得其秘，這才發難。

去年冬天，司馬衛在川東白帝城附近，給人用「城」字十二破中的「破月錐」功夫穿破耳鼓，內力深入腦海，因而斃命。那「破月錐」功夫雖名稱中有個「錐」字，其實並非使用鋼錐，而是五指成尖錐之形戳出，以渾厚內力穿破敵人耳鼓而入腦。

司馬林和諸保昆在成都得到訊息，連夜東來，查明司馬衛的傷勢，兩人又驚又悲，均想本派能使這「破月錐」功夫的，除司馬衛自己外，只司馬林、諸保昆，以及另外兩名耆宿高手。但事發之時，四人明明皆在成都，正好在一起冬至聚宴，誰也沒有嫌疑。然則殺害司馬衛的兇手，除了那號稱「以彼之道，還施彼身」的姑蘇慕容氏之外，再也不能另有旁人了。當下青城派傾巢而出，盡集派中高手，到姑蘇來尋慕容氏算帳。

諸保昆臨行之前，暗中曾向都靈子詢問，是否蓬萊派作的手腳。都靈子用筆寫道：「司馬衛武功與我在伯仲之間，我若施暗算，僅用天王補心針方能取他性命。倘若多人圍攻，須用本派鐵拐陣。」諸保昆心想不錯，他此刻已深知兩位師父的武功修為誰也奈何不了誰，說到要用「破月錐」殺死司馬衛，別說都靈子不會這門功夫，就是會使，也沒法勝過司馬衛的功力。是以他更無懷疑，隨著司馬林到江南尋仇。都靈子也不加阻攔，只叫他事事小心，但求多增閱歷見聞，不可枉自為青城派送了性命。

到得蘇州，一行人四下打聽，好容易來到聽香水榭，恰好雲州秦家寨的羣盜先到了一步。青城派門規甚嚴，若無掌門人號令，誰也不敢亂說亂動，見秦家寨羣盜這般亂七八糟，都好生瞧他們不起，雙方言語間便頗不客氣。青城派志在復仇，於聽香水榭中的一草一木都不亂動半點，所吃的乾糧也是自己帶來。這一來反倒佔了便宜，老顧的唾沫鼻涕、滿手污垢，青城派衆人就沒嘗到。

王語嫣、阿朱等四人突然到來，奇變陡起。諸保昆以青城手法發射「青蜂釘」，連司馬衛生前也絲毫不起疑心，那知竟給王語嫣這小姑娘一口叫破。這一下諸保昆猝不及防，要待殺她滅口，只因一念之仁，下手稍慢，已然不及。何況「天王補心針」五字既讓司馬林等聽了去，縱將王語嫣殺了，也已無濟於事，徒然更顯作賊心虛而已。

這當兒諸保昆全身冷汗直淋，腦中一團混亂，一回頭，只見司馬林等各人雙手籠在衣袖之中，都狠狠瞪著自己。司馬林冷冷的道：「諸爺，原來你是蓬萊派的？」他不再稱諸保昆爲師弟，改口稱之爲諸爺，顯然不再當他是同門了。

諸保昆承認也不是，不承認也不是，神情極爲尷尬。

司馬林雙目圓睜，怒道：「你到青城派來臥底，學會了『破月錐』的絕招，便即害死我爹爹。你這狼心狗肺之徒，忒也狠毒。」雙臂向外一張，手中已握了雷公轟雙刃。

他想，本派功夫既爲諸保昆學得，自去轉授蓬萊派中高手。他父親死時，諸保昆雖確在成都，但蓬萊派既學到了這手法，那就誰都可以用來害他父親。

諸保昆臉色鐵青，心想師父都靈子派他混入青城派，原是有此用意，但迄今爲止，自己可的確沒洩漏過半點青城派武功。事情到了這步田地，如何還能辯白？看來眼前便是一場惡戰，對方人多勢衆，司馬林及另外兩位高手的功夫全不在自己之下，今日勢必性命難保，心道：「我雖未做此事，但自來便有叛師之心，就算給青城派殺了，那也罪有應得。」將心一橫，大聲道：「師父決不是我害死的……」

司馬林喝道：「自然不是你親自下手，但這門功夫是你所傳，同你親自下手更有甚麼分別？」向身旁兩個高高瘦瘦的老者說道：「姜師叔、孟師叔，對付這等叛徒，不必講究武林中單打獨鬥的規矩，咱們一起上。」兩名老者點了點頭，雙手從衣袖之中伸出，也都是左手持錐，右手握鎚，分從左右圍上。

諸保昆退了幾步，將背脊靠在廳中的一條大柱上，以免前後受敵。

司馬林大叫：「殺了這叛徒，爲爹爹復仇！」向前疾衝，舉鎚便往諸保昆頭頂打去。諸保昆側身讓過，左手還了一錐。那姓姜老者喝道：「你這叛徒奸賊，虧你還有臉使用本派武功。」左手錐刺他咽喉，右手小鎚「鳳點頭」連敲三鎚。

秦家寨羣盜見那姓姜老者小鎚使得如此純熟，招數又極怪異，均大起好奇之心。姚伯當等都暗暗點頭，心想：「青城派名震川湘，實非倖至。」

司馬林心急父仇，招數太過莽撞，諸保昆倒還能對付得來，可是姜孟兩個老者運起青城派「穩、狠、陰、毒」四大要訣，錐刺鎚擊，招招往他要害招呼，諸保昆左支右絀，頃刻間險象環生。

他三人的鋼錐和小鎚招數，每一招諸保昆都爛熟於胸，看了一招，便推想得到以後三四招的後著變化。全仗於此，這才以一敵三，支持不倒，又拆十餘招，心中突然一酸，暗想：「司馬師父待我實在不薄，司馬林師兄和姜孟兩位師叔所用的招數，我無一不知。練功拆招之時尚能故意藏私，不露最要緊的功夫，此刻生死搏鬥，他們三人自然竭盡全力，可見青城派功夫確是已盡於此。」他感激師恩，忍不住大叫：「師父決不是我害死的……」叫聲中已帶哭音。

便這麼一分心，司馬林已撲到離他身子尺許之處。青城派所用兵刃極短極小，厲害處全在近身肉搏。司馬林這一撲近身，如對手是別派人物，他可說已勝了七八成，但諸保昆的武功跟他一模一樣，這便宜雙方卻是相等。燭光之下，旁觀眾人均感眼花繚亂，只見司馬林和諸保昆二人出招都是快極，雙手亂揮亂舞，只在雙眼一眨的剎那之間，兩人已拆了七八招。鋼錐上戳下挑，小鎚橫敲豎打，二人均似發了狂一般。但兩人招數練得熟極，對方攻擊到來，自然而然的擋格還招。兩人一師所授，招數法門殊無二致，司馬林年輕力壯，諸保昆經驗較富。頃刻間數十招過去，旁觀眾人但聽得叮叮噹噹兵刃撞擊之聲不絕，兩人如何進攻守禦，已全然瞧不出來。

孟姜二老者見司馬林久戰不下，突然齊聲唿哨，著地滾去，分攻諸保昆下盤。凡使用短兵刃的，除了女子，大都擅長地堂功夫，在地下滾動跳躍，令敵人無所措手。諸保昆於這「雷公著地轟」的功夫原亦熟知，但雙手應付司馬林的一錐一鎚之後，再無餘裕去對付姜孟二老，只得竄跳閃避。姜老者鐵鎚自左向右擊去，孟老者的鋼錐卻自右方戳來。諸保昆飛左足逕踢孟老者下顎。孟老者罵道：「龜兒子，拚命麼？」向旁疾退。姜老者乘勢直上，小鎚急掃，便在此刻，司馬林的小鎚也已向他眉心敲到。諸保昆在電光石火之間權衡輕重，舉鎚擋格司馬林的小鎚，左腿硬生生的受了姜老者一擊。

鎚子雖小，敲擊的勁力卻著實厲害，諸保昆但覺痛入骨髓，一時也不知左腿是否已經折斷，噹的一聲，雙鎚相交，火星閃爆，「啊」的一聲大叫，左腿又中了孟老者一錐。

這一錐他本可閃避，但如避過了這一擊，姜孟二老的「雷公著地轟」即可組成「地母雷網」，便成無可抵禦之勢，反正料不定左腿是否已斷，索性再抵受鋼錐的一戳。數招之間，他腿上鮮血飛濺，洒得四壁粉牆上都是斑斑點點。

王語嫣見阿朱皺著眉頭，撅起了小嘴，知她厭憎這一干人羣相鬥毆，弄髒了她雅潔的房舍，微微一笑，叫道：「喂，你們別打了，有話好說，爲甚麼這般蠻不講理？」司馬林等三人一心要將「弒師奸徒」斃於當場；諸保昆雖有心罷手，卻那裏能夠？王語嫣見四人只顧惡鬥，不理自己的話，而不肯停手的主要是司馬林等三人，便道：「都是我隨口說一句『天王補心針』的不好，洩漏了諸爺的門戶機密。司馬掌門，你們快住手！」司馬林喝道：「父仇不共戴天，焉能不報？你囉唆甚麼？」

王語嫣道：「你不停手，我可要幫他了！」

司馬林心中一凜：「這美貌姑娘的眼光十分厲害，武功也必甚高，她一幫對方，可有點兒不妙。」隨即轉念：「咱們青城派好手盡出，最不濟一擁而上，難道還怕了她這麼個嬌滴滴的小姑娘？」手上加勁，更如狂風驟雨般狠打急戳。

王語嫣道：「諸爺，你使『李存孝打虎勢』，再使『張果老倒騎驢』！」諸保昆一怔，心想：「前一招是青城派武功，後一招是蓬萊派的功夫，這兩招決不能混在一起，怎可相聯使用？」但這時情勢緊急，更無考較餘暇，一招「李存孝打虎」使將出去，噹噹兩聲，恰好擋開了司馬林和姜老者擊來的兩鎚，跟著轉身，歪歪斜斜的退出三步，正好避過姜老者的三下伏擊。姜老者這一招伏擊錐鎚並用，連環三擊，極是陰毒狠辣。諸保昆這三步每一步都似醉漢踉蹌，不成章法，卻均在間不容髮的空隙之中，恰好避過了對方的狠擊，兩人倒似是事先練熟了來炫耀本事一般。

這三下伏擊本已十分精巧，閃避更妙到顛毫。秦家寨羣盜只瞧得心曠神怡，諸保昆每避過一擊，便喝一聲采，連避三擊，羣盜三個連環大采。青城派衆人本來臉色陰沉，這時神氣更加難看。

段譽叫道：「妙啊！諸兄，王姑娘有甚麼吩咐，你只管照做，包你不會吃虧。」

諸保昆走這三步「張果老倒騎驢」時，全沒想到後果，腦海中一片渾渾噩噩，但覺死也好，活也好，早就將性命甩了出去；沒料到青城、蓬萊兩派截然不同的武功，居然能連接在一起運使，就此避過這三下險招。他心中的震駭，比秦家寨、青城派諸人更大得多了。

只聽王語嫣又叫：「你使『韓湘子雪擁藍關』，再使『曲徑通幽』！」這是先使蓬萊派武功，再使青城派武功，諸保昆想也不想，小鎚和鋼錐在身前一封，便在此時，司馬林和孟老者雙錐一齊戳到。三人原是同時出手，但在旁人瞧來，倒似諸保昆先行嚴封門戶，而司馬林和孟老者二人明明見到對方封住門戶，無隙可乘，仍然花了極大力氣使一著廢招，將兩柄鋼錐戳到他鎚頭之上，噹的一擊，兩柄鋼錐同時彈開。諸保昆更不思索，身形一矮，鋼錐反手斜斜刺出。

姜老者正要搶上攻他後路，萬萬想不到他這一錐竟會在這時候從這方位刺到。「曲徑通幽」這一招是青城派的武功，姜老者熟知於胸，如此刺法全然不合本派武功的基本道理，諸保昆如在平日練招時使將出來，姜老者非哈哈大笑不可。可是就這麼無理的一刺，姜老者便如要自殺一般，快步奔前，將身子湊向他鋼錐，明知糟糕，卻已不及收勢，噗的一聲響，鋼錐已插入他腰間。他身形一晃，俯身倒地。青城派中搶出二人，將他扶了回去。

司馬林罵道：「諸保昆你這龜兒子，你親手刺傷姜師叔，總不再是假的了罷？」王語嫣道：「這位姜老爺子是我叫他傷的。你們快停手罷！」司馬林怒道：「你有本領，便叫他殺了我！」王語嫣微笑道：「諸爺，你使一招『鐵拐李月下過洞庭』，再使一招『鐵拐李玉洞論道』。」

諸保昆應道：「是！」心想：「我蓬萊派武功之中，只有『呂純陽月下過洞庭』，只有『漢鍾離玉洞論道』，怎地這位姑娘牽扯到鐵拐李身上去啦？想來她於本派武功所知究屬有限，隨口說錯了。」但當此緊急之際，司馬林和孟老者決不讓他出口發問，仔細參詳，只得依平時所學，使一招「呂純陽月下過洞庭」。

相傳「八仙過海」是在山東蓬萊附近落海，嶗山腳下便有模擬八仙聚會的石陣，因此蓬萊派武功中的招數不少以八仙爲名。這招「月下過洞庭」本來大步而前，姿式飄逸，有如凌空飛行一般，但他左腿接連受了兩處創傷之後，大步跨出時一跛一拐，那裏還像呂純陽，不折不扣便是個鐵拐李。可是一跛一拐，竟也大有好處，司馬林連擊兩錐，盡數落了空。跟著「漢鍾離玉洞論道」這招，也是左腿一拐，身子向左傾斜，右手中小鎚當作蒲扇，横掠而出時，孟老者正好將腦袋送將上來。啪的一聲，這一鎚剛巧打在他嘴上，滿口牙齒，登時便有十餘枚擊落在地，只痛得他亂叫亂跳，拋去兵刃，雙手捧住了嘴巴，一屁股坐倒。

司馬林暗暗心驚，一時拿不定主意，要繼續鬥將下去，還是暫行罷手，日後再作復仇之計。眼見王語嫣剛才教的這兩招實在太也巧妙，事先算定孟師叔三招之後，定會撲向諸保昆右側，而諸保昆在那時小鎚橫搶出去，正好擊中他嘴巴。偏偏諸保昆左腿跛了，「漢鍾離玉洞論道」變成了「鐵拐李玉洞論道」，小鎚斜著出去，否則正擊而出，便差了數寸，打他不中。

司馬林尋思：「要殺諸保昆這龜兒子，須得先阻止這女娃子，不許她指點武功。」正在計謀如何下手加害王語嫣，忽聽她朗聲道：「諸相公，你是蓬萊派弟子，混入青城派去偷學武功，原本大大不該。我信得過司馬衛老師父不是你害的，憑你所學，就算去教了別的好手，也決不能以『破月錐』這招，來害死司馬老師父。但偷學武功，總是你的錯，快向司馬掌門賠個不是，也就是了。」

諸保昆心想此言不錯，何況她於自己有救命之恩，全仗她所教這幾招方得脫險，她的吩咐自不能違拗，當即將小鎚鋼錐反刃向內，雙手抱拳，向司馬林深深一揖，說道：「掌門師哥，是小弟的不是……」

司馬林向旁一讓，雙手攏入袖中，似乎藏過了兵刃，惡狠狠的罵道：「你先人板板，你龜兒還有臉叫我掌門師哥？」

王語嫣叫道：「快！『遨遊東海』！」

諸保昆心中一凜，身子急拔，躍起丈許，但聽得嗤嗤嗤響聲不絕，十餘枚餵有劇毒的青蜂釘從他腳底射過，相去只一瞬眼之間。若不是王語嫣出言提醒，又若不是她叫出「遨遊東海」這一招，單只說「提防暗器」，自己定然凝神注視敵人，那知道司馬林居然在袖中發射青蜂釘，再要閃避，已然不及了。

司馬林這門「袖裏乾坤」的功夫，那才是青城派司馬氏傳子不傳徒的家傳絕技。這是司馬氏本家的規矩，孟姜二老者也是不會，司馬衛不傳諸保昆，只不過遵守祖訓，也算不得藏私。殊不知司馬林臉上絲毫不動聲色，雙手只在袖中這麼一攏，暗暗扳動袖中「青蜂釘」的機括，王語嫣卻已叫破，還指點了一招避這門暗器的功夫，那便是蓬萊派的「遨遊東海」。

司馬林這勢所必中的一擊竟然沒能成功，如遇鬼魅，指著王語嫣大叫：「你不是人，你是鬼，你是慕容家的女鬼！」

孟老者滿口牙齒給小鎚擊落，有三枚在忙亂中吞入了肚。他年紀已高，但眼明髮烏，牙齒堅牢，向來以此自負，其時牙齒掉一枚便少一枚，無假牙可裝，自是痛惜異常，滿嘴漏風的大叫：「抓了這女娃子，抓了這女娃子！」

青城派中門規甚嚴，孟老者輩份雖高，但一切事務都須由掌門人示下。衆弟子目光都望著司馬林，只待他一聲令下，便即齊向王語嫣撲去。

司馬林冷冷的問道：「王姑娘，本派武功，何以你這般熟悉？」王語嫣道：「我是書上看來的。青城武功以詭變險狠見長，變化也不如何繁複，並不難記。」司馬林道：「那是甚麼書？」王語嫣道：「嗯，也不是甚麼了不起的書。記載青城武功的書有兩部，一部是《青字九打》，一部是《城字十八破》，你是青城派掌門，自然都看過了。」

司馬林暗叫：「慚愧！」他幼時起始學藝之時，父親便對他言道：「本門武功，原有青字九打，城字十八破，可惜後來日久失傳，殘缺不全，以致這些年來，始終跟蓬萊派打成個僵持不決的局面。倘若有誰能找到這套完全的武功，不但滅了蓬萊派只一舉手之勢，就要稱雄天下，也不足爲奇。」這時聽她說看過此書，不由得胸頭火熱，說道：「此書可否借與在下一觀，且看與本派所學，有何不同之處？」

王語嫣尚未回答，姚伯當已哈哈大笑，說道：「姑娘別上這小子的當。他青城派武功簡陋得緊，青字最多有這麼三打四打，城字也不過這麼十一二破。他想騙你的武學奇書來瞧，千萬不能借。」

司馬林給他拆穿了心事，青鬱鬱的一張臉上泛起黑氣，說道：「我自向王姑娘借書，又關你秦家寨甚麼事了？」

姚伯當笑道：「自然關我秦家寨的事。王姑娘這個人，心中記得了這許許多多希奇古怪的武功，誰得到她，誰便天下無敵。我姓姚的見到金銀珠寶，俊童美女，向來伸手便取，像王姑娘這般千載難逢的奇貨，如何肯不下手？司馬兄弟，你青城派想要借書，不妨來問問我，問我肯是不肯。哈哈，哈哈！你倒猜上一猜，我肯是不肯？」

姚伯當這幾句話說得無禮之極，傲慢之至，但司馬林和孟姜二老聽了，都不由得怦然心動：「這小小女子，於武學上所知，當眞深不可測。瞧她這般弱不禁風的模樣，要她自己動手，多半沒甚麼能耐，但她經眼看過的武學奇書如此之多，兼之又能融會貫通。咱們若能將她帶到青城山中，也不僅僅是學全那靑字九打、城字十八破而已。秦家寨已起不軌之心，今日勢須大戰一場了。」

只聽姚伯當又道：「王姑娘，我們原本是來尋慕容家晦氣的，瞧這模樣，你似乎是慕容家的人了。」王語嫣聽到「你似乎是慕容家的人了」這話，又羞又喜，輕啐一口，說道：「慕容公子是我表哥，你找他有甚麼事？他又有甚麼地方得罪你了？」

姚伯當哈哈一笑，說道：「你是慕容復的表妹，那再好也沒有了。姑蘇慕容家祖上欠了我秦家寨一百萬兩金子、五百萬兩銀子，至今已有好幾百年，利上加利，這筆帳如何算法？」王語嫣一愕，道：「那有這種事？我姑丈家素來豪富，怎會欠你家的錢？幾百年前，世上也還沒雲州秦家寨這字號。」

姚伯當道：「是欠還是不欠，你這小姑娘知道甚麼？我找慕容博討債，他倒答允還的，可是一文錢也沒還，便雙腳一挺死了。老子死了，父債子還。那知慕容復見債主臨門，竟躲起來不見，我有甚麼法子，只好來找件抵押的東西。」王語嫣道：「我表哥慷慨豪爽，倘若欠了你錢，早就還了，就算沒欠，你向他討些金銀使用，他也決不推托，豈有怕了你而躲避之理？」

姚伯當眉頭一皺，說道：「這樣罷，這種事情一時也辯不明白。姑娘今日便暫且隨我北上，到秦家寨去盤桓一年半載。秦家寨的人決不動姑娘一根寒毛。我姚伯當的老婆是河朔一方出名的雌老虎，老姚在女色上面一向規矩之極，姑娘儘管放心便是。你也不用收拾了，咱們拍手就走。待你表哥湊齊了金銀，還清了這筆陳年舊債，我自然護送姑娘回到姑蘇，跟你表哥完婚。秦家寨自當送一筆重禮，姚伯當還得來喝你喜酒呢。」說著裂開了嘴，又哈哈大笑。

這番言語十分粗魯，最後這幾句更是隨口調侃，但王語嫣聽來卻心中甜甜的十分受用，微笑道：「你這人便愛胡說八道的，我跟你到秦家寨去幹甚麼？要是我姑丈家真的欠了你銀錢，多半是年深月久，我表哥也不知道，只要雙方對證明白，我表哥自然會還你的。」

姚伯當本意是想擄走王語嫣，逼她吐露武功，甚麼一百萬兩黃金、五百萬兩白銀，全是信口開河，這時聽她說得天真，竟對自己的胡謅有幾分信以為真，便道：「你還是跟我去罷。秦家寨好玩得很，我們養有打獵用的黑豹、大鷹，又有梅花鹿、四不像，包你一年半載也玩不厭。你表哥一得知訊息，便會趕來跟你相會。就算他不還錢，我也就馬馬虎虎一筆勾銷，咱北方人重義輕財，交朋友為先，我不但隆重接待，還送份厚禮，讓你和他同回蘇州，你說好不好呢？」這幾句話，可當真將王語嫣說得怦然心動。

司馬林見她眼波流轉，臉上喜氣浮動，心想：「倘若她答允同去雲州秦家寨，我再出言阻止，其理就不順了。」不等她接口，搶著便道：「雲州是塞外苦寒之地，王姑娘這般嬌滴滴的江南大小姐，豈能去挨此苦楚？我成都府號稱錦官城，所產錦繡甲於天下，何況風景美麗，好玩的東西更比雲州多上十倍。以王姑娘這般人才，到成都去多買些錦緞穿著，當眞是紅花綠葉，加倍美麗。慕容公子才貌雙全，自也愛你打扮得花花俏俏的。」他既認定父親是蓬萊派所害，對姑蘇慕容氏也就沒仇怨了。

姚伯當喝道：「放屁，放屁，放你娘的狗臭屁！蘇州城裏難道還少得了絲綢錦緞？你睜大狗眼瞧瞧，眼前這三位美貌姑娘，那一位不會穿著標致衣衫？」司馬林冷哼一聲，說道：「很臭，果然很臭！」姚伯當怒道：「你說我麼？」司馬林道：「不敢！我說狗臭屁果然很臭。」

姚伯當唰地拔出單刀，叫道：「司馬林，我秦家寨對付你青城派，大概半斤八兩。

但如秦家寨跟蓬萊派聯手，多半能滅了你青城派罷？」司馬林臉上變色，心想：「此言果然不假。爹爹故世後，青城派力量已不如前，再加諸保昆這奸賊偷學了本派武功，倘若秦家寨再跟我們作對，此事大大可慮。常言道先下手爲強，後下手遭殃。格老子，今日之事，只有殺他個措手不及。」淡淡的道：「你待怎樣？」

姚伯當見他雙手籠在衣袖之中，知他隨時能有陰毒暗器從袖中發出，當下全神戒備，說道：「我請王姑娘到雲州去作客，等候慕容公子來接她回去。你卻來多管閒事，偏不答允，是不是？」司馬林道：「你雲州地方太差，未免委屈了王姑娘，我要請王姑娘去成都府耍子。」

姚伯當道：「好罷，咱們便在兵刃上分勝敗，是誰得勝，誰就做王姑娘的主人。」司馬林道：「便是這樣。反正打敗了的，便想作主人，也總不能將王姑娘請到陰曹地府去。」言下之意是說，這場比拚並非較量武功，實是判生死、決存亡的搏鬥。姚伯當哈哈一笑，大聲說道：「姚某一生過的，就是刀頭上舐血的日子，司馬掌門想用這『死』字來嚇人，老子絲毫沒放在心上。」司馬林道：「咱們如何比法？我跟你單打獨鬥，還是大夥兒一擁齊上？」

姚伯當道：「就是老夫陪司馬掌門玩玩罷……」只見司馬林突然轉頭向左，臉上大驚失色，似乎發生了極奇特的變故。姚伯當一直目不轉睛的瞪著他，防他忽施暗算，此時不由自主的也側頭向左瞧去，只聽得嗤嗤嗤三聲輕響，猛地警覺，暗器離他胸口已不到三尺。他心中一酸，自知已然無倖。

便在這千鈞一髮的當兒，突然間一件物事橫過胸前，噠噠幾聲，將射來的幾枚毒釘盡數打落。毒釘來勢奇速，以姚伯當如此久經大敵之人，兀自不能避開，可是這件物事更快了數倍，竟後發先至，格開了毒釘。這物事是甚麼東西，姚伯當和司馬林都沒瞧見。

王語嫣卻歡聲叫了起來：「是包叔叔到了嗎？」

只聽得一個極古怪的聲音道：「非也非也，不是包叔叔到了。」

王語嫣笑道：「你還不是包叔叔？人沒到，『非也非也』已先到了。」那聲音道：「非也非也，我不是包叔叔。」王語嫣笑道：「非也非也，那麼你是誰？」那聲音道：「慕容兄弟叫我『三哥』，你卻叫我『叔叔』。非也非也，你叫錯了！」

王語嫣暈生雙頰，笑道：「你還不出來？」那聲音卻不再響。過了一會，王語嫣見再沒動靜，叫道：「喂，你出來啊，快幫我們趕走這批亂七八糟的傢伙。」四下裏寂然無聲，顯然那姓包之人已然遠去。王語嫣微感失望，問阿朱道：「他到那裏去啦？」

阿朱微笑道：「包三爺自來便是這脾氣，姑娘你說『你還不出來？』他本來是要出來的，聽了你這話，偏偏跟你鬧彆扭。只怕這當兒是不肯來了。」

姚伯當這條性命本來十成中已去了九成九，多承那姓包的出手相救，自是感激。他和青城派原本無怨無仇，這時卻不免要殺司馬林而後快，單刀一豎，喝道：「無恥之徒，你偷放暗器，能傷得了老夫嗎？」揮刀便向司馬林當頭劈去。司馬林雙手一分，左手鋼錐，右手小鎚，和姚伯當的單刀鬥了起來。姚伯當膂力沉猛，刀招狠辣，司馬林則以輕靈小巧見長。青城派和秦家寨今日第一次較量，雙方都由首腦人物親自出戰，勝敗不但關係生死，且亦牽連到兩派的興衰榮辱，兩人誰也不敢怠忽。

拆到七十餘招後，王語嫣忽向阿朱道：「你瞧，秦家寨的五虎斷門刀，所失的只怕不止五招。那一招『負子渡河』和『重節守義』，姚當家的不知何以不用？」阿朱不懂「五虎斷門刀」的武功家數，只能唯唯以應。

姚伯當在酣鬥之際，驀地聽到這幾句話，又大吃一驚：「小姑娘的眼光恁地了得。五虎斷門刀的六十四招刀法，近數十年來只賸下五十九招，那原本不錯，可是到了我師父手上，沒學成『負子渡河』和『重節守義』那兩招。這兩招就此失傳，變成只賸五十七招。為了顧全顏面，我將兩個變招稍加改動，補足五十九招之數，竟也給她瞧了出來。」

本來普天下綠林山寨都是烏合之衆，任何門派的武人都可聚在一起，幹那打家劫舍的勾當。惟獨雲州秦家寨的衆頭領都是「五虎斷門刀」的門人弟子。別門別派的好手明知在秦家寨不會給當作自己人，也不會前去投奔入夥。姚伯當的師父姓秦，既是秦家寨的大頭領，又是「五虎斷門刀」的掌門人，因親生兒子秦伯起武功才幹都頗平庸，便將這位子傳給了大弟子姚伯當。數月之前，秦伯起在陝西給人以一招三橫一直的「王字四刀」砍在面門而死，那正是「五虎斷門刀」中最剛最猛的絕招，人人料想必是姑蘇慕容氏下的手。姚伯當感念師恩，盡率本寨好手，到蘇州來爲師弟報仇。不料正主兒沒見，險些喪生於青城派的毒釘之下，反是慕容復的朋友救了自己性命。

他既恨司馬林陰毒暗算，聽得王語嫣叫破自己武功中的缺陷後又心下有愧，急欲打敗司馬林，以便在本寨維持威嚴。可是這一求勝心切，登時心浮氣躁。他連使險著，都給司馬林避過。姚伯當大喝一聲，揮刀斜砍，待司馬林向左躍起，驀地右腿踢出。司馬林身在半空，沒法再避，左手鋼錐向對方腳背上猛戳下去，要姚伯當自行收足。姚伯當這一腳果然不再踢實，左腿卻鴛鴦連環，向他右腰疾踢過去。

司馬林小鎚斜揮，啪的一聲，正好打在姚伯當的鼻樑正中，立時鮮血長流，便在此時，姚伯當的左腿也已踢在司馬林腰間。但他臉上受擊在先，心中一驚，這一腿的力道還不到平時的兩成。司馬林雖給踢中，除了略覺疼痛外，並沒受傷。就這麼先後頃刻之差，勝敗已分，姚伯當虎吼一聲，提刀欲待上前相攻，但覺頭痛欲裂，登時腳下踉蹌，站立不穩。

司馬林這一招勝得頗有點僥倖，情知倘若留下了對方這條性命，此後禍患無窮，當下右手小鎚急晃，待姚伯當揮刀擋架，左手鋼錐向他心窩中直戳下去。

秦家寨副寨主見情勢不對，一聲唿哨，突然單刀脫手，向司馬林擲去。一瞬眼間，大廳上風聲呼呼，十餘柄單刀齊向司馬林身上招呼。原來秦家寨武功之中，有這麼一門單刀脫手投擲的絕技，叫做「咆哮下山」。每柄單刀均有七八斤至十來斤重，出力擲出，勢道極猛，何況十餘柄單刀同時飛到，司馬林委實擋無可擋，避無可避。

眼見他便要身遭亂刀分屍之禍，驀地裏燭影一暗，一人飛身躍到司馬林身旁，伸掌揷入刀叢之中，東抓西接，將十餘柄單刀盡數接過，以左臂圍抱在胸前，哈哈一聲長笑，大廳正中椅上已端端正正的坐著一人。跟著嗆啷啷一陣響，十餘柄單刀盡數投在足邊。

衆人駭然相視，但見是個容貌瘦削的中年漢子，身形甚高，穿一身灰布長袍，臉上帶著一股乖戾執拗的神色。衆人適才見了他搶接鋼刀的身手，無不驚佩，誰都不敢說甚麼話。

只段譽笑道：「這位兄台出手甚快，武功想必是極高的了。尊姓大名，可得聞歟？」那高瘦漢子尚未答話，王語嫣走上前去，笑道：「包三哥，我只道你不回來了，正好生牽記。不料你又來啦，眞好，眞好！」段譽道：「唔，原來是包三先生。」

那包三先生向他橫了一眼，冷冷道：「你這小子是誰，膽敢跟我囉裏囉唆的？」段譽道：「在下姓段名譽，生來無拳無勇，可是混跡江湖，居然迄今未死，也算是奇事一件。」包三先生眼睛一瞪，一時倒不知如何發付於他。

司馬林上前深深一揖，說道：「青城派司馬林多承相助，大恩大德，永不敢忘。請問包三先生的名諱如何稱呼，也好讓在下常記在心。」

包三先生雙眼一翻，飛起左腳，砰的一聲，踢了他一個觔斗，喝道：「憑你也配來問我名字？我又不是存心救你，只不過這兒是我阿朱妹子的莊子，人家將你這臭小子亂刀分屍，滿地鮮血，豈不污了這聽香水榭的地皮？快給我走罷！」

司馬林見他飛腳踢出，急待要躲，已然不及，這觔斗摔得好生狼狽，聽他說得如此欺人，按照江湖上的規矩，若不立刻動手拚命，也得訂下日後的約會，決不能在衆人眼前受此羞辱而沒個交代。他硬了頭皮，說道：「包三先生，我司馬林今日受人圍攻，寡不敵衆，險些命喪於此，多承你出手相救。司馬林恩怨分明，有恩報恩，有怨報怨，請了，請了！」他明知這一生不論如何苦練，也決不能練到包三先生這般武功，只好以「有恩報恩，有怨報怨」八個字，含含混混的交代了場面。

包三先生渾沒理會他說些甚麼，自管自問王語嫣道：「王姑娘，舅太太怎地放你到這裏來？」王語嫣笑道：「你倒猜猜，是甚麼道理？」包三先生沉吟道：「這倒有點難猜了。」

司馬林見包三先生只顧和王語嫣說話，對自己的場面話全沒理睬，那比之踢自己一個觔斗欺辱更甚，不由得心中深種怨毒，適才他相救自己的恩德那是半分也不顧了，左手一揮，帶了青城派的衆人便向門外走去。

包三先生道：「且住！」司馬林回過身來，問道：「甚麼？」包三先生道：「聽說你到蘇州來，是爲了給你父親報仇。這可找錯了人。你父親司馬衛，不是慕容公子殺的。」司馬林道：「何以見得？包三先生又怎知道？」

包三先生怒道：「我既說不是慕容公子殺的，自然就不是他殺的了。就算眞是他殺的，我說過不是，那就不能算是。難道我說過的話，都作不得數麼？」

司馬林心想：「這話可也眞橫蠻之至。」便道：「父仇不共戴天，司馬林雖武藝低微，但就算粉身碎骨，也當報此深仇。先父到底是何人所害，還請示知。」包三先生哈哈一笑，說道：「你父親又不是我兒子，是給誰所殺，關我甚麼事？我說你父親不是慕容公子殺的，多半你不肯信。好罷，就算是我殺的。你要報仇，衝著我來罷！」

司馬林臉孔鐵青，說道：「殺父之仇，豈是兒戲？包三先生，我自知不是你敵手，你要殺便殺，如此辱我，卻萬萬不能。」包三先生笑道：「我偏不殺你，偏要辱你，瞧你怎奈何得我？」司馬林氣得胸膛都要炸了，但說一怒之下就此上前拚命，卻終究不敢，站在當地，進退兩難，好生尷尬。

包三先生笑道：「憑你老子司馬衛這點兒微末功夫，那用得著我慕容兄弟費心？慕容公子武功高我十倍，你自己想想，司馬衛也配他親自動手麼？」

司馬林尚未答話，諸保昆已抽出兵刃，大聲道：「包三先生，司馬衛老先生是我授藝的恩師，我不許你這般辱他死後的聲名。」包三先生笑道：「你是個混入青城派偷師學藝的奸細，管甚麼隔壁閒事？」諸保昆大聲道：「司馬師父待我仁至義盡，諸保昆愧無以報，今日為維護先師聲名而死，稍減我欺瞞他的罪孽。包三先生，你向司馬掌門認錯道歉。」包三先生笑道：「包三先生生平決不認錯，明知錯了，一張嘴也要死撐到底。司馬衛生前不肯奉我慕容家的號令，早就該殺了。殺得好，殺得好！」

諸保昆怒叫：「你出兵刃罷！」包三先生笑道：「司馬衛的兒子徒弟，都是這麼批膿包貨色，除了暗箭傷人，甚麼都不會。」

諸保昆叫道：「看招！」左手鋼錐，右手小鎚，同時向他攻去。包三先生更不起身，左手衣袖揮出，一股勁風向他面門撲去。諸保昆但感氣息窒迫，斜身閃避。包三先生右足一勾，諸保昆撲地倒了。包三先生右腳乘勢踢出，正中他臀部，將他直踢出廳門。諸保昆在空中一個轉折，肩頭著地，一碰便即翻身站起，一蹺一拐的奔進廳來，又舉錐向包三先生胸上戳到。包三先生伸掌抓住他手腕，一甩之下，將他身子高高拋起，啪的一聲巨響，重重撞在樑間。諸保昆摔跌下地，翻身站起，第三次又撲將過來。

包三先生皺眉道：「你這人眞也不知好歹，難道我就殺你不得麼？」諸保昆叫道：「你殺了我最好……」包三先生雙臂探出，抓住他雙手向前一送，喀喀兩聲，諸保昆雙臂臂骨已然拗斷，跟著一錐戳在自己左肩，一鎚擊在自己右肩，雙肩登時鮮血淋漓。他這一下受傷極重，雖仍想拚命，卻已有心無力。

青城派衆人面面相覷，不知是否該當上前救護。但見他爲了維護先師聲名而不顧性命，確非虛假，對他恨惡之心卻也消了大半。

阿朱一直在旁觀看，默不作聲，這時忽然揷口道：「司馬大爺、諸大爺，我姑蘇慕容家倘若當眞殺了司馬老先生，豈能留下你們性命？包三爺若要盡數殺了你們，只怕也不是甚麼難事，至少他不必救司馬大爺性命。王姑娘也不會一再相救諸大爺。到底是誰出手傷害司馬老先生，各位還是回去細細訪查爲是。」

司馬林心想這話甚是有理，便欲說幾句話交代。包三先生怒道：「這裏是我阿朱妹子的莊子，主人已下逐客令了，你兀自不識好歹？」司馬林道：「好！後會有期。」微一點頭，便欲走出。

包三先生喝道：「且慢！」伸手到自己長衣胸口，取出一枝小旗，展了開來，小旗是深黑色錦緞，中間繡了個白色圓圈，白圈內繡了個金色的「燕」字。包三先生將小旗輕揮幾下，說道：「司馬掌門，你拿了這面旗去，就算是姑蘇慕容氏的麾下。以後不論有何艱難危困，捧了這面旗到蘇州來，事事逢凶化吉。」

司馬林知道只要一接這面小旗，青城派便得了個大靠山，再也不怕蓬萊派的欺壓尋仇，但自此之後，也必須遵奉「姑蘇慕容」的號令，慕容氏若有人持此小旗來到青城山，要錢則十萬八萬，要人則一千八百，青城派非奉承應命不可，否則轉眼間便會覆滅。雖說就此成爲他人部屬，名聲既大受損害，行事又不得自由，但從此得保安全，當此內外交困之際，自己武功才能皆不足以帶領青城派獨立於天地之間，衡量利弊，自以接這小黑旗爲善。但包三先生言語無禮，這等強加逼迫，自己身爲一派掌門，在武林中也算頗有名頭，給他呼呼喝喝，便即屈服，此後如何還有臉面在江湖上行走？不如寧死不辱，給他殺了，也就是了，當下雙手攏在衣袖之中，準擬與包三先生拚命。

阿朱見包三先生一到，己方即佔全面勝勢，但這位三爺脾氣太差，這般說話，不給對方留半分顏面，對方倘若是寧折不曲的性子，出手硬拚，包三先生就算將青城派盡數殺了，對公子的大業也沒甚麼好處，便即朗聲道：「司馬掌門，我家公子出門之時，曾有言語吩咐下來，說道雲州秦家寨和四川青城派的各位英雄，都是江湖上的好朋友、好漢子，兩派武功均有獨得造詣，只可惜大家隔得遠了，沒能結交爲友。最近聽說秦家寨和青城派中有兩位英雄不幸在外給萬惡奸人暗害，慕容公子十分惋惜，他這番出門，便是去仔細查訪，找到兇手，殺了給秦大爺和司馬老爺報仇。」

秦家寨和青城派眾人聽她這番話，自是說秦伯起和司馬衛二人決不是慕容復殺的，否則這小姑娘不會說兇手是「萬惡奸人」，而慕容復又那有出去「追兇」之理？雖然這個伶牙利齒的小姑娘說話未必可靠，但她畢竟是慕容家的人，言語中又捧了秦家寨和青城派，眾人心頭的氣也平了不少。

只聽阿朱又道：「慕容公子又吩咐了，倘若秦家寨和青城派的好朋友們受了奸人挑撥，誤會我姑蘇慕容家而前來查問，我們務須好好招待，同仇敵愾，攜手對付敵人。如若我們遇到危難，也當不顧姑蘇慕容家的名頭，直截向姚寨主和司馬掌門求援，他兩位慷慨豪邁，一定肯施援手。這位包三爺，武功是很高的，不過性子太過直爽，我們自己人也常常給他得罪了。但他為人面惡心慈，心裏對誰也沒有惡意。大家知道他脾氣，也從來不會當眞計較。他自己知道對不住，心裏抱歉，以後只有對我們更加好些。」

包三先生知她是給自己打圓場，心想當以慕容家的大業為重，便即雙手抱拳，說道：「兄弟包不同，得罪了好朋友，請大家原諒。否則我家公子回來，必定怪罪！」說著連連拱手。廳上羣豪紛紛回禮，臉色登時平和。

王語嫣跟著說道：「五虎斷門刀六十四招，青字九打、城字十八破，都是極高明的招數，傳承時日久了，如有缺失不全之處，小妹定當提出來向各位請教，大夥兒截長補短，相互切磋，歸於完美，豈不是好？」

秦家寨和青城派羣豪一齊鼓掌叫好，知她這麼說，是答允將兩派招式中的不足之處，傾囊以授，一一補足，甚麼「請教」、「切磋」云云，那是顧全了兩派面子。姚伯當和司馬林本來深以本派武功中招式有缺爲憾，企盼能請得王語嫣跟自己回去，但一來她未必肯教，二來包不同既到，再也沒法強邀硬請，這時聽她這麼說，多年心願一旦得償，盡皆大喜過望。

司馬林與姜孟兩位師叔低聲商議了幾句，便走到包不同跟前，雙手接過小旗，躬身說道：「青城一派今後謹奉慕容氏號令，請包三先生多賜指教。供奉禮敬，籌備後便即送上。」

包不同神色立變，遞過小旗，恭謹還禮，說道：「司馬掌門，以後咱們是一家人了。適才得罪，兄弟多有不是，這裏誠懇謝過。」司馬林道：「不敢！」與本派諸人一齊躬身道別。王語嫣道：「司馬掌門，貴派武功上的招數，小女子日後必向你討教。」司馬林道：「靜候王姑娘指點。」出門而去，諸保昆等都跟了出去。

包不同側過了頭，向姚伯當橫看豎看，不發一言。秦家寨羣盜適才以單刀飛擲司馬林，手中兵刃都讓包不同接了下去，堆在足邊，眼見他對姚伯當神情又顯輕侮，均起了一拚之心，但人人赤手空拳，卻如老虎沒了爪牙。

包不同哈哈一笑，右足連踢，每一腳都踢在刀柄之上，十餘柄單刀紛紛飛起，向秦家寨羣盜擲了過去，去勢甚緩。羣豪隨手接過，刀一入手，便是一怔，接這柄刀實在方便之至，顯是對方故意送到自己面前，跟著不能不想到，他能令自己如此方便接刀，自也能令自己接刀異常困難，甚至刀尖轉向，插入了自己身子，也毫不爲奇。人人手握刀柄，神色均極狼狽。

姚伯當走上一步，丟單刀在地，抱拳說道：「包三先生於姚伯當有救命之恩，在下這條性命是閣下所賜。秦家寨小小山寨，如蒙『姑蘇慕容』肯予收錄，不勝榮幸之至，今後自當唯命是從，恪遵不敢有違。」說著又走上一步。

包不同哈哈大笑，說道：「好極，好極！」左手拿出一面黑緞小旗，交在他手裏。姚伯當雙手恭恭敬敬的接過，高舉過頂，轉身向羣盜說道：「衆位兄弟，咱們秦家寨今後齊奉慕容氏號令，忠心不二，生死不渝。那一位不願意的，大可退出秦家寨去，姚伯當不敢勉強，今後不當你是朋友，也不當你是對頭，陽關大道，獨木小橋，各走各的便了。」羣盜轟然說道：「我們一同追隨姚大哥，此後遵奉姑蘇慕容氏號令，決無異心！」

包不同笑道：「好極，好極！兄弟言行無禮，作事不當，得罪了好朋友。今後大家是一家人，請各位原諒擔代。」說著抱拳團團作揖。羣盜轟笑還禮。

姚伯當向王語嫣道：「王姑娘，姚伯當請客，請足十年。不論那一天你有興致，跟慕容公子、包三先生，以及這裏各位小姐相公，來到雲州，姚伯當自當竭誠招待。恭候各位大駕。」王語嫣微笑道：「多謝姚寨主好意！自當前來向各位請教。」姚伯當躬身告辭，率衆而去，臨去時放下一大包銀兩，打賞下人。

包不同向段譽端相多時，捉摸不透他是何等樣人，問王語嫣道：「這人是甚麼路數？要不要叫他滾出去？」

王語嫣道：「我和阿朱、阿碧都給家裏的嚴媽媽捉住了，處境危急，幸蒙這位段公子相救。再說，他知道玄悲和尚給人以『大韋陀杵』打死的情形，咱們可以向他問問。」包不同道：「這麼說，你是要他留著了？」王語嫣道：「不錯。」包不同微笑道：「你不怕我慕容兄弟喝醋？」王語嫣睜著大大的眼睛，道：「甚麼喝醋？」包不同指著段譽道：「這人油頭粉臉，油腔滑調，你可別上了他當。」王語嫣仍是不解，問道：「我上了他甚麼當？你說他會捏造少林派的訊息麼？我想不會罷。」

包不同不再多說，向著段譽嘿嘿嘿的冷笑三聲，說道：「聽說少林寺玄悲和尚在大理給人用『大韋陀杵』功夫打死了，又有一批胡塗混蛋賴在我們慕容氏頭上，到底是怎麼回事，你照實說來。」

段譽心中有氣，冷笑道：「你是審問囚犯不是？我如不說，你便要拷打我不是？」包不同一怔，不怒反笑，喃喃的道：「大膽小子，大膽小子！」突然走上前去，一把抓住他左臂，手上微一用力，段譽已痛入骨髓，大叫：「喂，你幹甚麼？」

包不同道：「我是在審問囚犯，嚴刑拷打。」段譽任其自然，只當這條手臂不是自己的，微笑道：「你只管拷打，我可不來理你了。」包不同手上加勁，只揑得段譽臂骨格格作響，如欲斷折。段譽強忍痛楚，只是不理。

阿碧忙道：「包三爺，這位段公子是我們救命恩人，他脾氣高傲得緊，你別傷他！」包不同點點頭，道：「很好，很好，脾氣高傲，那就合我『非也、非也』的胃口。」說著緩緩放開段譽手臂。

阿朱笑道：「說到胃口，大家也都餓了。老顧，老顧，老顧！」提高嗓子叫了幾聲。老顧從側門中探頭進來，見姚伯當、司馬林等一干人已去，歡天喜地的走進廳來。阿朱道：「你先去刷一次牙，洗兩次臉，再洗三次手，然後給我們弄點精致小菜。有一點兒不乾淨，包三爺定要跟你過不去。」老顧微笑點頭，連說：「包你乾淨，包你乾淨！」

聽香水榭中的婢僕在一間花廳中設了筵席。阿朱請包不同坐了首座，段譽坐了次位，王語嫣坐第三位，阿碧和她自己在下首相陪。

王語嫣沒等斟酒，便問：「三哥，他……他……」

包不同向段譽白了一眼，說道：「王姑娘，這裏有外人在座，有些事情是說不得的。這人也不知是甚麼來歷，油頭粉臉的小白臉，我向來信不過……」

段譽聽得氣往上衝，霍地站起，便欲離座而去。他一向不喜炫耀自己身分，若吐露自己是大理國鎮南王世子，包不同縱不重視他是王子貴冑，然大理段氏是當世赫赫有名的武林世家，段氏子弟自非平常之輩。可是他雅不欲憑「大理段家」之名而受人尊重。

阿碧忙道：「段公子你勿要生氣，我們包三爺的脾氣末，向來是這樣的，一定要跟人家挺撞幾句，才吃得落飯。他說話如果不得罪人，日頭從西天出來了。你請坐！」

段譽向王語嫣瞧去，見她臉色似乎也要自己坐下，雖然不能十分確定，終究捨不得不跟她同席，於是又坐了下來，說道：「包三先生說我油頭粉臉，靠不住得很。你們的慕容公子呢，相貌跟包三先生差不多嗎？」

包不同哈哈大笑，說道：「這句話問得好。我們公子爺比段兄可英俊得多了……」王語嫣聽了這話，登時容光煥發，似乎要打從心底裏笑出來。只聽包不同續道：「……我們公子爺的相貌英氣勃勃，雖然俊美，跟段兄的膿包之美可大不相同，大不相同！至於區區在下，則是英而不俊，一般的英氣勃勃，卻是醜陋異常，可稱英醜。」段譽等都笑了起來。

包不同喝了一杯酒，說道：「公子派我去福建路辦一件事，那是暗中給少林派幫一個大忙，至於辦甚麼事，要等這位段兄走了之後才可以說。我們既要跟少林派交朋友，那就決不會隨便去殺少林寺的和尚，何況公子爺從來沒去過大理，『姑蘇慕容』武功雖高，於萬里外發出『大韋陀杵』拳力取人性命的本事，只怕還沒練成。」

段譽點頭道：「包兄此言倒也有理。」

包不同搖頭道：「非也，非也！」段譽一怔，心想：「我說你的話有理，怎地你反說不對？」只聽包不同道：「並不是我的話說得有理，而是實情如此。段兄只說我的話有理，倒似實情未必如此，只不過我能言善道，說得有理而已。你這話可就大大不對了。」段譽微笑不語，心想也不必跟他多辯。

包不同道：「我昨天回到蘇州，遇到了風四弟，哥兒倆一琢磨，定是有甚麼王八羔子跟『姑蘇慕容』過不去，暗中傷人，讓人家把這些事都寫在『姑蘇慕容』的帳上。本來嘛，在江湖上宣揚『姑蘇慕容』的名頭，也是一件大大的美事，再加上有架可打，何樂而不爲？」阿朱笑道：「四爺一定開心得不得了，那正是求之不得。」

包不同搖頭道：「非也，非也！四弟要打架，如何會求之不得？他是無求而不自得，走遍天下，到處有架打的。」段譽見他對阿朱的話也要駁斥，才相信阿碧先前的話不錯，此人果然以挺撞旁人爲樂。

王語嫣道：「你跟風四哥琢磨出來甚麼沒有？是誰暗中在跟咱們過不去？」包不同道：「第一，不會是少林派，他們不會殺自己的大和尚。第二，不會是丐幫，因爲他們的副幫主馬大元給人用『鎖喉功』殺了。『鎖喉功』是馬大元的成名絕技。殺馬大元沒甚麼大不了，用『鎖喉功』殺馬大元，當然是要嫁禍於『姑蘇慕容』。」段譽點了點頭。包不同道：「段兄，你連連點頭，心中定是說，我這幾句話倒也有理。」

段譽道：「非也，非也！第一，我只不過點了一點頭，而非連連點頭。第二，那是實情如此，而非單只包兄說得有理。」

包不同哈哈大笑，說道：「你學了我的腔調，這是『以彼之道，還施彼身』之法，你想投入『姑蘇慕容』麾下嗎？用意何在？是看中了我的阿碧小妹子嗎？」

阿碧登時滿臉通紅，嗔道：「三爺，你又來瞎三話四了，我可嘸沒得罪你啊。」包不同道：「非也，非也！人家看中你，那是因爲你溫柔可愛。我這樣說，爲了你沒得罪我。要是你得罪我，我就說你看中人家小白臉，人家小白臉卻看不中你。」阿碧更加窘了。阿朱道：「三爺，你別欺侮我阿碧妹子。你再欺侮她，下次我去欺侮你的靚靚。」

包不同哈哈大笑，說道：「我女兒閨名包不靚，你叫她靚靚，那是捧她的場，不是欺侮她。阿碧妹子，我不敢欺侮你了。」似乎人家威脅要欺侮他女兒，他倒眞有點忌憚。

他轉頭向王語嫣道：「到底是誰在跟咱們過不去，遲早會打聽出來的。風四弟也是剛從江西回來，詳情不大清楚。我們哥兒倆便同上青雲莊去。鄧大嫂說得到訊息，丐幫大批好手來到江南，多半是要跟咱們過不去。四弟立時便要去打架，好容易給大嫂勸住了。」阿朱微笑道：「畢竟大娘有本事，居然勸得住四爺，叫他別去打架。」包不同道：「非也，非也！不是大嫂有本事，而是她言語有理。大嫂說道：公子爺的大事爲重，不可多樹強敵。」

他說了這句話，王語嫣、阿朱、阿碧三人對望了一眼，臉色都很鄭重。

段譽假裝沒注意，夾起一筷薺菜炒鷄片送入口中，說道：「老顧的手段倒也不錯，但比阿朱姊姊、阿碧姊姊，畢竟還差著老遠。」阿碧微笑道：「老顧燒菜比阿朱阿姊差點，比我可好得多了。」包不同道：「非也，非也！你兩個各有各的好。」阿朱笑道：「三爺，今日小妹不能親自下廚給你做菜，下次你駕臨時補數……」

剛說了這句話，忽然間空中傳來玎玲、玎玲兩響淸脆的銀鈴之聲。

阿朱、阿碧齊道：「二爺有訊息捎來。」二人離席走到簷前，抬起頭來，只見一頭白鴿在空中打了個圈子，撲將下來，停在阿朱手中。阿碧伸過手去，解下縛在鴿子腿上的一個小竹筒，倒出一張紙箋來。包不同走上前去，夾手搶過，看了幾眼，說道：「既是如此，咱們快去！」向王語嫣道：「喂，你去不去？」

王語嫣問道：「去那裏？有甚麼事？」

包不同一揚手中的紙箋，道：「二哥有信來，說西夏國『一品堂』有大批好手突然來到江南，不知是甚麼用意，要我帶同阿朱、阿碧兩位妹子去查查。」

王語嫣道：「我自然跟你們一起去。西夏『一品堂』的人，也要跟咱們爲難嗎？對頭可越來越多了。」說著微微皺眉。

包不同道：「也未必是對頭，不過他們來到江南，總不會是爲了遊山玩水，燒香拜佛。好久沒遇上高手了，又是丐幫，又是西夏『一品堂』，嘿嘿，這一次可熱鬧了。」說著眉飛色舞，顯然頗以得能參與大戰爲喜。

王語嫣走近身去，要瞧瞧信上還寫些甚麼。包不同將信遞了給她。王語嫣見信上寫了七八行字，字跡清雅，頗有勁力，雖然每一個字都識得，但全然不成文理。她讀過的書著實不少，這般文字卻第一次看到，皺眉道：「那是甚麼？」

阿朱微笑道：「這是公冶二爺想出來的古怪玩意，是從詩韻和切音中變化出來的，平聲字讀作入聲，入聲字讀作上聲，一東的當作三江，如此掉來掉去。我們瞧慣了，便知信中之意，在外人看來，那是全然的不知所云。」

阿碧見王語嫣聽到「外人」兩字，臉上微有不豫之色，忙道：「王姑娘又勿是外人。王姑娘，你如要知道，待會我跟你說便是了。」王語嫣登現喜色。

包不同道：「早就聽說西夏『一品堂』搜羅的好手著實不少，中原西域甚麼門派的人都有，有王姑娘同去，只消看得幾眼，就清楚了他們的底細。這件事了結之後，咱們便去河南，跟公子爺取齊。」王語嫣大喜，拍手叫道：「好極，好極。我也去！」

阿碧道：「咱們儘快辦好這裏的事，趕去河南，不要公子爺卻又回來，路上錯過了。還有那個吐蕃和尚，不知在我那邊搗亂得怎麼了？」包不同道：「公冶二嫂已派人去查過，那和尚已經走了。你放心，下次三哥再幫你打這和尚。」段譽心道：「三哥是說甚麼也打不過和尚的。和尚不打你三哥，你三哥就該謝天謝地了。」

阿碧道：「多謝三爺！」包不同道：「非也，非也！鄧大哥、公冶二哥、我包三哥、風四弟、你們阿朱五妹、阿碧六妹，咱六個在慕容家一殿爲臣，同生共死，你們該當稱我爲三哥，不可再甚麼『爺』不『爺』的了。除非你們不想認我這個哥哥！」阿朱、阿碧齊聲道：「是，三哥！」三人同聲大笑。

包不同又道：「就只怕王姑娘跟著咱們，王夫人下次見到我，非狠狠罵我一頓不可……」突然轉過頭來，向段譽道：「你老是在旁聽著，我說話可有多不痛快！姓段的，你這就請便罷。我們談論自己的事，似乎不必要你來加上一雙耳朵、一張嘴巴。我們去跟人家比武，也不必要你觀戰喝采。」

段譽明知在這裏旁聽，不免惹人之厭，這時包不同更公然逐客，而且言語十分無禮，雖對王語嫣戀戀不捨，總不能老著臉皮硬留下來，只得一狠心，站起身來，說道：「王姑娘，阿朱、阿碧兩位姑娘，在下這便告辭，後會有期。」

王語嫣道：「半夜三更的，你到那裏去？太湖中的水道你又不熟，不如今晚在這兒歇宿一宵，明日再走不遲。」

段譽聽她言語中雖是留客，但神思不屬，顯然一顆心早飛到了慕容公子身畔，不由得又惱怒，又沒趣。他是皇室世子，自幼任性，雖然最近經歷了不少驚險折磨，卻從未受過這般奚落冷遇，當即說道：「今天走，明天走，那也沒多大分別，告辭了。」

阿朱道：「既是如此，我派人送你出湖便是。」段譽見阿朱也不堅留，更加不快，尋思：「那慕容公子到底有甚麼了不起？人人都當他天上鳳凰一般。甚麼少林派、丐幫、西夏『一品堂』，他們都不怎麼放在心上，只盼望儘快去和慕容公子相會。」便道：「也不用了，你只須借我一船一槳，我自己會划出去的。」

阿碧沉吟道：「你不認得湖裏水道，恐怕不大好罷。小心別又撞上那個和尙。還是我送你一程。要是我跟你在一起，只須在湖裏轉幾個彎，就撇下他啦！」

段譽氣憤憤的道：「你們還是趕緊去和慕容公子相會爲是。我再撞上和尙，最多也不過給他燒了。我又不是你們的表哥表弟、公子少爺，何勞關懷？」說著大踏步便走出廳門。只聽包不同道：「那吐蕃和尙不知是甚麼來歷，也得查個明白。」王語嫣道：「表哥多半知道的，只要見到了他……」

阿朱和阿碧送段譽出去。阿碧道：「段公子，將來你和我們公子爺見了面，說不定能結成好朋友呢。我們公子爺是挺愛結交朋友的。」段譽冷笑道：「這個我可高攀不上。」阿碧聽他語聲中頗含氣憤，很感奇怪，問道：「段公子，你爲甚麼不高興？可是我們相待太過簡慢麼？包三哥向來是這脾氣，段公子不必太過介意。我和阿朱阿姊跟你賠罪啦。」說著行下禮去，阿朱笑嘻嘻的跟著行禮。

段譽還了一揖，揚長便走，快步走到水邊，踏入一艘小船，扳槳將船盪開，駛入湖中。只覺胸中鬱悶難當，到底爲了甚麼原因，自己卻也說不上來，只知再在岸上待得片時，說不定便要失態，甚至是淚水奪眶而出。但扳槳划得幾下，小船只團團打轉，便像昨日鳩摩智那樣，說甚麼也沒法將船划得離岸。

那大漢道：「酒保，再打二十斤酒來！」

那酒保伸了伸舌頭，去抱了一大罈酒來。段譽和那大漢你一碗，我一碗，喝了個旗鼓相當，只一頓飯時分，兩人都已喝了三十來碗。

一四　劇飲千杯男兒事

太湖中的小舟無篷無帆，甚是簡便，木槳兼作舵用，船身趨向，東西南北，全由木槳在水中撥動，鳩摩智和段譽雖然聰明，未學過划槳之法，越是出力，小船在湖中團團轉動越快。阿朱笑道：「段公子，勿來事格，讓阿碧妹子送你去罷。」段譽兀自不服氣，雙手使力，滿臉脹得通紅，小船反向岸邊靠將過來。阿碧輕輕一躍，上了船頭，微笑道：「段公子，我送你！」木槳只在水中輕撥幾下，小船便掉過船頭，離岸而去。阿朱揚手叫道：「段公子，再見啦！」

段譽停槳不划，心裏鬱悶難宣。他受無量劍和神農幫欺凌、爲南海鱷神逼迫、遭延慶太子囚禁、給鳩摩智俘虜、在曼陀山莊當花匠種花，所經歷的種種苦楚折辱著實不小，但心中從未有如此刻這般的怨憤氣惱。

其實聽香水榭中並沒那一個當眞令他十分難堪。包不同雖要他請便，卻也留了餘地，王語嫣出口請他多留一宵，阿朱、阿碧殷勤有禮的送出門來，但他心中便是說不出的鬱悶。湖上晚風陣陣，帶著荷葉清香，段譽仰觀滿天星斗，身當淸風，但不知何故，竟然忿懣滿腔。當日木婉清、南海鱷神、延慶太子、鳩摩智、王夫人等給他的凌辱，可都厲害得多了，但他泰然而受，並沒感到太大的委屈。

他內心隱隱約約的覺得，只因他深慕王語嫣，而這位姑娘心中，卻全沒他段譽的半點影子，而包不同、阿朱、阿碧，也沒當他是一回事。他從小便給人當作心肝寶貝，自大理國皇帝、皇后以下，沒一個不覺得他是了不起之至。就算遇上了對頭，南海鱷神是一心一意的要收他爲徒；鳩摩智不辭辛勞的從大理擄他來到江南，自也對他頗爲重視。至於鍾靈、木婉淸那些少女，更是一見他便即傾心。

他一生中從未受過今日這般的冷落輕視，別人雖然有禮，卻是漠不關心的有禮。在旁人心目中，慕容公子當然比他要緊得多，這些日子來，只要有誰提到慕容公子，立時人人聳動，無不全神貫注的傾聽。王語嫣、阿朱、阿碧、包不同，以至甚麼鄧大爺、公冶二爺、風四爺，個個都似是爲慕容公子而生。他從來沒嘗過妒忌和羨慕的滋味，這時候盪舟湖上，好像見到慕容公子的影子在天空中向他冷笑，好像聽到慕容公子在出聲譏嘲：「段譽啊段譽，你怎及得上我身上一根寒毛？你對我表妹有意，可不是癩蝦蟆想吃天鵝肉嗎？你竟不覺得可恥可笑嗎？」

想起自己給鳩摩智擒了東來，伯父、爹媽，以及高叔叔、朱丹臣等一定記掛得緊，料必偵騎四出，尋訪自己下落，爹爹和媽媽說不定自己已追了下來，該當儘速回歸大理，免得親人掛懷。這念頭自離大理以來，每日裏都在心中盤旋，此刻在蘇州無人理睬，更加懷念起以往在大理給人衆星拱月般關心的日子來。又想，霍先生既見那惡和尚追自己不上，必定會回返大理稟告爹爹。想到這裏，又稍寬懷。

他坐在船頭，向坐在船尾划槳的阿碧瞧去，此情此景，宛然便是當日划往曼陀山莊的景象。其時他深盼永得如此，長伴韻侶，如今可說願望已償，本該喜樂不勝才是，然而當日他心中寧靜，此刻卻滿懷忿悒，其間的分別，自是當日未晤王語嫣，而此刻卻已見過這位神仙姊姊般的玉容，偏偏這個王姑娘全心全意都在表哥慕容復身上，當他段譽不過是個「書獃子花兒匠」而已，最好他走得越快越好，越遠越好，別夾在她與慕容復中間惹厭。段譽受人凌辱欺侮不打緊，卻受不了給人輕視，渾不把他放在心上。

轉念又想：「要是我一生一世跟一個姑娘在太湖中乘舟盪漾，若跟王姑娘在一起，我會神不守舍，魂不附體；跟婉妹在一起，難保不惹動情亂倫之孽；跟靈妹在一起，兩人從朝到晚，胡說八道，嘻嘻哈哈。若跟阿碧在一起，我會憐她惜她，疼她照顧她。唉，木婉清和鍾靈明明是我親妹子，我卻原本不當她們是妹子。阿碧明明不是我妹子，我卻想認她做妹子……」想到這裏，獃氣發作，不自禁叫道：「小妹子……」

阿碧一怔，停槳抬頭，微笑道：「段公子，你睏著了麼？你剛才做夢，是哦？」段譽一聲呼叫既出，大爲尷尬，便道：「是啊，剛才我做夢，夢裏我是你哥哥，你是我妹子，我見你很乖，就叫了你一聲小妹子！」阿碧臉上微紅，說道：「我是個小丫頭，怎配做你公子爺的小妹子啊？你做做夢是勿要緊格。日裏叫出來，勿要笑歪了人家嘴巴。」段譽道：「我夜裏做夢就叫你小妹子，日裏沒別人聽見時我也叫，你說好不好？」

阿碧還道他出言調戲，蘇州人叫女子「妹妹」，往往當她是情人，正色道：「段公子，你待我很好，那個惡和尚要殺我，你拚命擋住，救了我命，今晚我才送你。我不過是個小丫頭，包三哥瞎三話四，你勿要放在心上。你再同我講笑，我以後就勿睬你了。」段譽站起身來，跪在船頭，舉起右手道：「我段譽鄭重立誓，要眞正當阿碧姑娘是自己小妹子，決沒半分不正經的歪心腸。如存了歪心，菩薩罰我來世變牛變馬，閻羅王把我打入十八層地獄。我段譽一定規規矩矩的照顧阿碧妹子，決不做半件讓她不開心的事。」說著叩下頭去，碰頭船板，咚咚有聲。

阿碧見他說得誠懇，相信他確有誠意，柔聲道：「段公子，你認我做妹子，阿碧是當不起的。不過你今晚說的一番好意，阿碧永遠記得。」段譽如釋重負，長長吁了口氣，道：「我想認你做妹子，那是眞的，決沒講笑調戲你的意思。我心裏只想：『我如有阿碧這樣一個小妹子，那就眞太好了。』你怕人家笑，不喜歡我叫你小妹子，那麼我只在夢裏叫，日裏就不叫！」阿碧滿臉飛紅，忸怩道：「我瞧你啊，一門心思就放在王姑娘身上，怎會在夢裏叫我？」段譽道：「好，那麼咱兩個說好，我在夢裏叫你小妹子，你就答應。我如不叫，你就不答應。」阿碧點點頭，微笑道：「好，就是這樣。」

段譽認木婉淸、鍾靈爲妹，那是無可奈何，把原先的妻子變作了妹子；這次在太湖中認阿碧爲妹，卻確是一心所願，只盼眞有一個不是本來想把她當妻子的妹子，聽阿碧欣然接受，心中極喜，當即提起木槳，依著阿碧所教的法子，幫著划船。

他人本聰明，內力又強，不多時便學會了划船的法子。划得一個多時辰，天漸漸亮了，阿碧見前方有艘空舟隨波盪漾，掛念著包不同、王語嫣等要去尋公子爺，見段譽已會划船，心覺跟他單獨相處，聽他多說親昵之言不免尷尬，便道：「段公子，前面剛好有條小船，我先回去了，好哦？」段譽只得道：「好啊，你已送了我好遠啦！」阿碧道：「這邊過去就是馬跡山，離無錫很近，你向著山划去，就不會走錯。」段譽道：「是，那你回去吧！阿碧小妹子。」阿碧笑道：「噢！你也走好。你在做夢嗎？」段譽道：「不是做夢，我是眞心叫你的。你應了我，我很開心。」阿碧微笑道：「阿哥，我也很開心。」划近空舟，跨了過去。

段譽望著阿碧的船划入了煙波浩渺之中，回向聽香水榭去，便也扳動木槳，繼續前划。又划了一個多時辰，充沛的內力緩緩發勁，竟越划越覺精神奕奕，心中的煩惡鬱悶也漸消滅。將近午時，到了無錫城畔。

進得城去，行人熙來攘往，甚是繁華，比之大理別有一番風光。信步而行，突然間聞到一股香氣，乃是焦糖、醬油混著熟肉的氣味。他大半天沒吃東西了，划了這些時候的船，肚中早已飢餓，當下循著香氣尋去，轉了一個彎，只見老大一座酒樓當街而立，金字招牌上寫著「松鶴樓」三個大字。招牌年深月久，給廚煙熏成一團漆黑，三個金字卻閃爍發光，陣陣酒香肉氣從酒樓中噴出來，廚子刀杓聲和跑堂吆喝聲響成一片。

他上得樓來，跑堂過來招呼。段譽要了一壺酒，叫跑堂配四色酒菜，倚著樓邊欄干自斟自飲，驀地裏一股淒涼孤寂之意襲上心頭，忍不住一聲長嘆。

西首座上一條大漢回過頭來，兩道冷電似的目光霍地在他臉上轉了兩轉。段譽見這人身材魁偉，三十來歲年紀，身穿灰色舊布袍，已微有破爛，濃眉大眼，高鼻闊口，一張四方國字臉，頗有風霜之色，顧盼之際，極有威勢。

段譽心底暗暗喝了聲采：「好一條大漢！這定是燕趙北國的悲歌慷慨之士。不論江南或大理，都不會有這等人物。包不同自吹自擂甚麼英氣勃勃，似這條大漢，才稱得上『英氣勃勃』四字！」那大漢桌上放著一盤熟牛肉，一大碗湯，兩大壺酒，此外更無別物，可見他便是吃喝，也十分的豪邁自在。

那大漢向段譽瞧了兩眼，便即轉過頭去，自行吃喝。段譽正感寂寞無聊，有心要結交朋友，便招呼跑堂過來，指著那大漢的背心道：「這位爺台的酒菜帳都算在我這兒。」那大漢聽到段譽吩咐，回頭微笑，點了點頭示謝，卻不說話。段譽有心要跟他攀談幾句，以解心中寂寞，卻不得其便。

又喝了三杯酒，只聽得樓梯上腳步聲響，走上兩個人來。前面一人跛了一足，撐了一條拐杖，卻仍行走迅速，第二人是個愁眉苦臉的老者。兩人走到那大漢桌前，恭恭敬敬的彎腰行禮。那大漢只點了點頭，並不起身還禮。

那跛足漢子低聲道：「啓稟大哥，對方約定明日一早，在惠山涼亭中相會。」那大漢點了點頭，道：「未免迫促了些。」那老者道：「兄弟本來跟他們說，約會定於三日之後。但對方似乎知道咱們人手不齊，口出譏嘲之言，說道倘若不敢赴約，明朝不去也成。」那大漢道：「是了。你傳言下去，今晚三更大夥兒在惠山取齊。咱們先到，等候對方前來赴約。」兩人躬身答應，轉身下樓。

這三人說話聲音極低，樓上其餘酒客誰都聽不見，但段譽內力充沛，耳目聰明，雖不想故意偷聽旁人私語，卻自然而然的每一句話都聽見了。

那大漢有意無意的又向段譽一瞥，見他低頭沉思，顯是聽到了自己的說話，突然間雙目中精光暴亮，重重哼了一聲。段譽一驚，左手微顫，噹的一響，酒杯掉落在地，摔得粉碎。那大漢微微一笑，說道：「這位兄台何事驚慌？請過來同飲一杯如何？」

段譽笑道：「最好，最好！」吩咐酒保取過杯筷，移到大漢席上坐下，請問姓名。那大漢笑道：「兄台何必明知故問？大家不拘形跡，喝上幾碗，豈非大是妙事？待得敵我分明，便沒餘味了。」段譽笑道：「兄台想必是認錯了人，以爲我是敵人。不過『不拘形跡』四字，小弟最是喜歡，請啊，請啊！」斟了一杯酒，一飲而盡。

那大漢微笑道：「兄台倒也爽氣，只不過你的酒杯太小。」叫道：「酒保，取兩隻大碗來，打十斤高粱。」那酒保和段譽聽到「十斤高粱」四字，都嚇了一跳。酒保陪笑道：「爺台，十斤高粱喝得完嗎？」那大漢指著段譽道：「這位公子爺請客，你何必給他省錢？十斤不夠，打二十斤。」酒保笑道：「是！是！」過不多時，取過兩隻大碗，一大罈酒，放在桌上。

那大漢道：「滿滿的斟上兩碗。」酒保依言斟了。這滿滿兩大碗酒一斟，段譽登感酒氣刺鼻，有些不大好受。他在大理之時，只不過偶爾喝上幾杯，那裏見過這般大碗的飲酒，不由得皺起眉頭。

那大漢笑道：「咱兩個先來對飲十碗，如何？」段譽見他眼光中頗有譏嘲輕視之色，倘若換作平時，他定然敬謝不敏，自稱酒量不及，但昨晚在聽香水榭中飽受冷漠，又想：「這大漢看來多半是慕容公子一夥，不是甚麼鄧大爺、公冶二爺，便是風四爺了。他已跟人家約了在惠山比武拚鬥，對頭不是丐幫，便是甚麼西夏『一品堂』。哼，慕容公子又怎麼了？我偏不受他手下人輕賤，最多不過是醉死，又有甚麼大不了？」胸膛一挺，大聲道：「在下捨命陪君子，待會酒後失態，兄台莫怪。」說著端起一碗酒來，骨嘟骨嘟的便喝了下去。他喝這大碗酒乃是負氣，王語嫣雖不在身邊，在他卻與喝給她看一般無異，既是與慕容復爭競，決不肯在心上人面前認輸，別說不過是一大碗烈酒，便鴆酒毒藥，也毫不遲疑的喝了下去。

那大漢見他竟喝得這般豪爽，倒頗出意料之外，哈哈一笑，說道：「好爽快！」端起碗來，也是仰脖子喝乾，跟著便又斟了兩大碗。

段譽笑道：「好酒！好酒！」呼一口氣，又將一碗酒喝乾。那大漢也喝了一碗，再斟兩碗。這一大碗便是半斤，段譽一斤烈酒下肚，腹中便如有股烈火在熊熊焚燒，頭腦中混混沌沌，但仍然在想：「慕容復又怎麼了？好了不起麼？我怎可輸給他的手下？」端起第三碗酒來，又喝了下去。

那大漢見他霎時之間醉態可掬，暗暗好笑，知他這第三碗酒一下肚，不出片刻，便要醉倒在地。

段譽未喝第三碗酒時，已感煩惡欲嘔，待得又是半斤烈酒灌入腹中，五臟六腑似乎都欲翻轉。他緊緊閉口，不讓腹中酒水嘔將出來。突然間丹田中一動，一股眞氣衝將上來，只覺內息翻攪激盪，便和當日眞氣無法收納之時的情景相似，當即依著伯父所授法門，將那股眞氣納向大椎穴。體內酒氣翻湧，竟與眞氣相混，酒水是有形有質之物，不似眞氣內力可在穴道中安居。他沒法安頓，只得任其自然，讓這眞氣由天宗穴而肩貞穴，再經左手手臂上的小海、支正、養老諸穴而通至手掌上的陽谷、後谿、前谷諸穴，再由小指的少澤穴中傾瀉而出。他這時所運的眞氣線路，便是六脈神劍中的「少澤劍」。少澤劍本是一股有勁無形的劍氣，這時他左手小指中，卻有一道酒水緩緩流出。

初時段譽尚未察覺，但過不多時，頭腦便略感清醒，察覺酒水從小指尖流出，暗叫：「妙之極矣！」他左手垂向地下，那大漢並沒留心，只見段譽本來醉眼矇矓，但過不多時，便即神采奕奕，不禁暗暗生奇，笑道：「兄台酒量居然倒也不弱，果然有些意思。」又斟了兩大碗。

段譽笑道：「我這酒量是因人而異。常言道：酒逢知己千杯少。這一大碗嘛，我瞧也不過二十來杯，一千杯須得裝上四五十碗才成。兄弟恐怕喝不了五十大碗啦。」說著便將跟前這一大碗酒喝了下去，隨即依法運氣。他左手搭在酒樓臨窗的欄干之上，從小指尖流出來的酒水，順著欄干流到了樓下牆腳邊，當眞神不知、鬼不覺，沒半分破綻可尋。片刻之間，他喝下去的四大碗酒已盡數逼出。

那大漢見段譽漫不在乎的連盡四碗烈酒，甚是歡喜，說道：「很好，很好，酒逢知己千杯少，我先乾爲敬。」斟了兩大碗，自己連乾兩碗，再給段譽斟了兩碗。段譽輕描淡寫、談笑風生的喝了下去，喝這烈酒，直比喝水飲茶還要瀟洒。

他二人這一賭酒，登時驚動了松鶴樓樓上樓下的酒客，連灶下的廚子、火伕，也都上樓來圍在他二人桌旁觀看。

那大漢道：「酒保，再打二十斤酒來！」那酒保伸了伸舌頭，這時但求看熱鬧，更不勸阻，便去抱了一大罈酒來。

段譽和那大漢你一碗，我一碗，喝了個旗鼓相當，只一頓飯時分，兩人都已喝了三十來碗。

段譽自知手指上玩弄玄虛，這烈酒只不過在自己體內流轉一過，瞬即瀉出，酒量可說無窮無盡，但那大漢卻全憑眞實本領，眼見他連盡三十餘碗，兀自面不改色，略無半分酒意，心下好生欽佩，初時尚因他是慕容公子一夥而懷有敵意，但見他神情豪邁，英風颯爽，不由得起了愛惜之心，尋思：「如此比拚下去，我自是有勝無敗。但這漢子飲酒過量，未免有傷身體。」堪堪喝到四十大碗時，說道：「仁兄，咱兩個都已喝了四十碗罷？」

那大漢笑道：「兄台倒還淸醒得很，數目算得明白。」段譽笑道：「你我棋逢敵手，將遇良材，要分出勝敗，只怕很不容易。這樣喝將下去，兄弟身邊的酒錢卻不夠了。」伸手懷中，取出一個繡花荷包來，往桌上一擲，只聽得嗒的一聲輕響，顯然荷包中沒甚麼金銀。段譽給鳩摩智從大理擒來，身邊沒攜帶財物。這隻繡花荷包纏了金絲銀線，一眼便知是名貴之物，但囊中羞澀，卻也一望而知。

那大漢見了大笑，從身邊摸出一錠銀子，擲在桌上，攜了段譽的手，說道：「咱們走罷！」

段譽心中歡喜，他在大理之時，身為皇子，除了朱丹臣等護衛之外，難以交結甚麼眞心朋友，今日既不以姓氏身分，又不以文才武功，卻以無中生有的酒量結交了這條漢子，實是生平未有之奇。

兩人下得樓來，那大漢越走越快，出城後更邁開大步，順著大路疾趨而前，段譽提一口氣，和他並肩而行，他雖不會武功，但內力充沛之極，這般快步急走，竟絲毫不感心跳氣喘。那大漢向他瞧了一眼，微微一笑，道：「好，咱們比比腳力。」當即發足疾行。

段譽跟著奔出幾步，只因走得急了，足下一個踉蹌，險些跌倒，乘勢向左斜出半步，這才站穩，這一下恰好踏了「凌波微步」中的步子。他無意踏了這一步，居然搶前了數尺，心中一喜，第二步走的又是「凌波微步」，便即追上了那大漢。兩人並肩而前，只聽得風聲呼呼，道旁樹木紛紛從身邊掠過。

段譽學那「凌波微步」之時，全沒想到要跟人比試腳力，這時如箭在弦，不得不發，只有盡力而爲，至於勝過那大漢的心思，卻半分也沒有。他只按照所學步法，加上渾厚無比的內力，一步步跨將出去，那大漢到底在前在後，卻全然顧不到了。

那大漢邁開大步，越走越快，頃刻間便遠遠趕在段譽之前，但只要稍緩得幾口氣，段譽便即追上。那大漢斜眼相睨，見段譽身形瀟洒，猶如庭除閒步一般，步伐中渾沒半分霸氣，心下暗暗佩服，加快幾步，又將他抛在後面，但段譽不久又即追上。這麼試了幾次，那大漢已知段譽內力之強，猶勝於己，要在十數里內勝過他並不爲難，一比到三四十里，勝敗之數就難說得很，比到六十里之外，自己非輸不可。他哈哈一笑，停步說道：「慕容公子，喬峯今日可服你啦。姑蘇慕容，果然名不虛傳。」

段譽幾步衝過了他身邊，當即轉身回來，聽他叫自己爲「慕容公子」，忙道：「小弟姓段名譽，兄台認錯人了。」

那大漢神色詫異，說道：「甚麼？你……你不是慕容復慕容公子？」

段譽微笑道：「小弟來到江南，每日裏多聞慕容公子的大名，確然仰慕得緊，不過至今無緣得見。」心下尋思：「這漢子將我誤認爲慕容復，那麼他自不是慕容復一夥了。」想到這裏，對他更增幾分好感，問道：「兄台自道姓名，可是姓喬名峯麼？」

那大漢驚詫之色尚未盡去，說道：「正是，在下喬峯。」段譽道：「小弟是大理人氏，初來江南，便結識喬兄這樣的一位英雄人物，實是大幸。」喬峯沉吟道：「嗯，你是大理段氏子弟，難怪，難怪。段兄，你到江南來有何貴幹？」

段譽道：「說來慚愧，小弟是爲人所擒而至。」便將如何爲鳩摩智所擒、如何遇到慕容復的兩名丫鬟等情極簡略的說了。雖然長話短說，卻也並無隱瞞，對自己種種倒霉醜事，也不文飾遮掩。

喬峯聽後，又驚又喜，說道：「段兄，你這人十分直爽，我生平從所未遇。你我一見如故，咱倆結爲金蘭兄弟如何？」段譽喜道：「小弟求之不得。」兩人叙了年歲，喬峯比段譽大了十一歲，自然是兄長了。當下撮土爲香，向天拜了八拜，一個口稱「賢弟」，一個連叫「大哥」，均感不勝之喜。

段譽道：「小弟在松鶴樓上，私聽到大哥與敵人訂下了明晨的約會。小弟雖然不會武功，卻也想去瞧瞧熱鬧。大哥能允可麼？」

喬峯向他查問了幾句，知他果眞全然不會武功，不由得嘖嘖稱奇，道：「賢弟身具如此內力，要學上乘武功，那是如同探囊取物一般，絕無難處。賢弟要觀看明早會鬥，也無不可，只是生怕敵人出手狠辣陰毒，賢弟千萬不可貿然現身。」段譽喜道：「自當遵從大哥囑咐。」喬峯笑道：「此刻天時尚早，你我兄弟回到無錫城中，再去喝一會酒，然後同上惠山不遲。」

段譽聽他說又要去喝酒，不由得吃了一驚，心想：「適才喝了四十大碗酒，只過得一會兒，他又要喝酒了。」便道：「大哥，小弟和你賭酒，其實是騙你的，大哥莫怪！」當下說明怎生以內力將酒水從小指「少澤穴」中逼出。喬峯驚道：「兄弟，你……你這是『六脈神劍』的奇功麼？」段譽道：「正是，小弟學會不久，還生疏得緊。」

喬峯呆了半晌，嘆道：「我曾聽家師說起，武林中故老相傳，大理段氏有一門『六脈神劍』功夫，能以無形劍氣殺人，也不知是眞是假。原來當眞有此一門神功。」

段譽道：「其實這功夫除了和大哥賭酒時作弊取巧之外，也沒甚麼用處。我給鳩摩智那和尙擒住了，就絕無還手餘地。世人於這六脈神劍渲染過甚，其實失於誇大。大哥，酒能傷人，須適可而止，我看今日咱們不能再喝了。」

喬峯哈哈大笑，道：「賢弟規勸得是。只是愚兄體健如牛，自小愛酒，越喝越有精神，明早大敵當前，須得多喝烈酒，好好的跟他們周旋一番。」

兩人說著重回無錫城中，這一次不再比拚腳力，並肩緩步而行。

段譽喜結良友，心情歡暢，但於慕容復及王語嫣兩人卻總是念念不忘，閒談了幾句，忍不住問道：「大哥，你先前誤認小弟爲慕容公子，莫非那慕容公子的長相，與小弟有幾分相似不成？」

喬峯道：「我素聞姑蘇慕容氏的大名，這次來到江南，便是爲他而來。聽說慕容復儒雅英俊，約莫二十七八歲年紀，本來比賢弟是要大著好幾歲，但我決計想不到江南除了慕容復之外，另有一位武功高強、容貌俊雅的青年公子，因此認錯了人，好生慚愧。」

段譽聽他說慕容復「武功高強，容貌俊雅」，心中酸溜溜的極不受用，又問：「大哥遠來尋他，是要結交他這個朋友麼？」

喬峯嘆了口氣，神色黯然，搖頭道：「我本來盼望得能結交這位朋友，但只怕無法如願了。」段譽問道：「爲甚麼？」喬峯道：「我有一個至交好友，半年前死於非命，人家都說是慕容復下的毒手。」段譽矍然道：「以彼之道，還施彼身！」喬峯道：「不錯。我這個朋友所受致命之傷，正是用了他本人的成名絕技。」說到這裏，聲音哽咽，神情酸楚。他頓了一頓，又道：「但江湖上的事奇詭百出，人所難料，不能單憑傳聞之言，便貿然定人之罪。愚兄來到江南，爲的是要查明眞相。」

段譽道：「眞相到底如何？」喬峯搖了搖頭，道：「這時難說得很。我那朋友成名已久，爲人端方，性情謙和，向來行事穩重，不致平白無端的去得罪慕容公子。他何以竟會受人暗算，實令人大惑不解。」

段譽點了點頭，心想：「大哥外表粗豪，內心卻甚精細，不像霍先生、過彥之、司馬林他們，不先詳加查訪，便一口咬定慕容公子是兇手。」又問：「那與大哥約定明朝相會的強敵，卻又是些甚麼人？」

喬峯道：「那是……」只說得兩個字，見大路上兩個衣衫破爛、乞兒模樣的漢子疾奔而來，喬峯便即住口。那兩人施展輕功，晃眼間便奔到跟前，一齊躬身，一人說道：「啓稟幫主，有四個點子闖入『大義分舵』，身手甚是了得，蔣舵主見他們似乎來意不善，生怕抵擋不住，命屬下請『大仁分舵』遣人應援。」

段譽聽那二人稱喬峯爲「幫主」，神態恭謹之極，心道：「原來大哥是甚麼幫會的一幫之主。」記得先前那跛足漢子叫他「大哥」，料想他們在人多處不稱「幫主」，以免洩露身分。

喬峯點了點頭，問道：「點子是些甚麼人？」一名漢子道：「其中三個是女的，一個是高高瘦瘦的中年漢子，十分橫蠻無理。」喬峯哼了一聲，道：「蔣舵主忒也把細了，對方不過單身一人，難道便對付不了？」那漢子道：「啓稟幫主，那三個女子似乎也有武功。」喬峯笑了笑，道：「好罷，我去瞧瞧。」那兩名漢子臉露喜色，齊聲應道：「是！」垂手閃到喬峯身後。

喬峯向段譽道：「兄弟，你和我同去嗎？」段譽道：「這個自然！」

兩名漢子在前引路，前行里許，折而向左，曲曲折折的走上了鄉下田徑。這一帶都是肥沃良田，到處河港交叉。

行得數里，繞過一片杏子林，段譽一眼瞧去，但見杏花開得燦爛，雲蒸霞蔚，半天一團紅花，心想：「人道『杏花春雨江南』，果真不虛。宋祁詞『紅杏枝頭春意鬧』，這個『鬧』字，果然用得好。」

只聽得一個陰陽怪氣的聲音從杏花叢中傳出來：「我慕容兄弟上洛陽去會你家幫主，怎麼你們丐幫的人都到無錫來了？這不是故意的避而不見麼？你們膽小怕事，那也不打緊，豈不是累得我慕容兄弟白白的空走一趟？豈有此理，眞正的豈有此理！」

段譽一聽到這聲音，心中登時怦怦亂跳，那正是滿口「非也、非也」的包三先生，心想：「王姑娘和阿朱、阿碧跟著他也一起來了？」又想：「朱四哥曾說丐幫是天下第一大幫，難道我今日竟跟丐幫的幫主拜了把子？」

只聽得一個北方口音的人大聲道：「慕容公子是跟敝幫喬幫主事先訂下了約會嗎？」包不同道：「訂不訂約會都一樣。慕容公子既上洛陽，丐幫的幫主總不能自行走開，讓他撲一個空啊。豈有此理，眞正的豈有此理！」那人道：「慕容公子有無信帖知會敝幫？」包不同道：「我怎麼知道？我既不是慕容公子，又不是丐幫幫主，怎會知道？你這句話問得太也沒道理了，豈有此理，豈有此理！」

喬峯臉一沉，大踏步走進林去。段譽跟在後面，但見杏子林中兩起人相對而立，包不同身後站著三個少女。段譽的目光一碰到其中一個女郎的臉，便再也移不開了。

那少女自然是王語嫣，她輕噫一聲，道：「你也來了？」段譽道：「我也來了。」就此痴痴的目不轉睛的凝視著她。王語嫣雙頰暈紅，轉開了頭，心想：「這人如此瞧我，好生無禮。」但她知道段譽十分傾慕自己，不自禁的暗自喜悅，倒也並不著惱。她身後二女阿朱、阿碧微笑招呼：「段公子！」段譽欣喜回禮，說道：「阿朱、阿碧兩位姊姊。」心中加了一句：「阿碧小妹子。」阿碧嫣然微笑，臉頰忽地紅了。

杏子林中站在包不同對面的是一羣衣衫襤褸的化子，當先一人見喬峯到來，十分歡喜，忙搶步迎上，他身後的丐幫幫衆一齊躬身行禮，大聲道：「屬下參見幫主。」

喬峯抱拳道：「衆兄弟好。」

包不同仍然一般的神情囂張，說道：「嗯，這位是丐幫的喬幫主麼？兄弟包不同，你一定聽到過我的名頭了。」喬峯道：「原來是包三先生，在下久慕英名，今日得見尊範，大是幸事。」包不同道：「非也，非也！我有甚麼英名？江湖上臭名倒是有的。人人都知我包不同一生惹事生非，出口傷人，爲人古怪。嘿嘿嘿，喬幫主，你隨隨便便的來到江南，這就是你的不是了。」

丐幫是天下第一大幫會，幫主的身分何等尊崇，諸幫衆對幫主更敬若神明。衆人見包不同對幫主如此無禮，一開口便出言責備，無不大爲憤慨。大義分舵蔣舵主身後站著的六七個人或手按刀柄，或摩拳擦掌，都是躍躍欲動。

喬峯卻淡淡的道：「如何是在下的不是，請包三先生指教。」

包不同道：「我家慕容兄弟知道你喬幫主是號人物，知道丐幫中頗有些人才，因此特地親赴洛陽去拜會閣下，你怎麼自得其樂的來到江南？嘿嘿，豈有此理，豈有此理！」

喬峯微微一笑，說道：「慕容公子駕臨洛陽敝幫，在下倘若事先得知訊息，確當恭候大駕，失迎之罪，先行謝過。」說著抱拳一拱。

段譽心中暗讚：「大哥這幾句話好生得體，果然是一幫之主的風度，倘若他和包三先生對發脾氣，那便有失身分了。」

不料包不同居然受之不疑，點了點頭，道：「這失迎之罪，確是要謝過的，雖然常言道得好：不知者不罪。可是到底要罰要打，權在別人啊！」

他正說得洋洋自得，忽聽得杏樹叢後幾個人齊聲大笑，聲震長空。大笑聲中有人說道：「素聞江南包不同愛放狗屁，果然名不虛傳。」

包不同道：「素聞響屁不臭，臭屁不響，剛才的狗屁卻又響又臭，莫非是丐幫六老所放嗎？」杏樹後那人道：「包不同既知丐幫六老的名頭，爲何還在這裏胡言亂語？」話聲甫歇，杏樹叢後走出四名老者，有的白鬚白髮，有的紅光滿面，手中各持兵刃，分佔四角，將包不同、王語嫣、阿朱、阿碧四人圍住了。

包不同自然知道，丐幫乃江湖上一等一的大幫會，幫中高手如雲，幫主喬峯固然英雄了得，丐幫六老更是望重武林，但他性子高傲，自幼便是天不怕、地不怕的脾氣，眼見丐幫六老中倒有四老現身，隱然合圍，暗叫：「糟糕，糟糕，今日包三先生只怕要英名掃地。」但臉上絲毫不現懼色，說道：「四個老兒有何見教？想跟包三先生打上一架麼？為甚麼還有兩個老兒不一齊上來？偷偷埋伏在一旁，想對包三先生橫施暗算麼？很好，很好，好得很！包三先生最愛的便是打架。」

忽然間半空中一人說道：「世間最愛打架的是誰？是包三先生嗎？非也，非也！那是江南一陣風風波惡。」

段譽抬起頭來，只見一株杏樹的樹枝上站著一人，樹枝不住晃動，那人便隨著樹枝上下起伏。那人身形瘦小，約莫三十二三歲年紀，面頰凹陷，留著兩撇鼠尾鬚，眉毛下垂，容貌頗為醜陋。段譽心道：「看來這人便是阿朱、阿碧所說的風四爺了。」果然聽得阿朱叫道：「風四爺，你聽到了公子的訊息麼？」

風波惡叫道：「好啊，今天找到了好對手。阿朱、阿碧，公子的事，待會再說不遲。」半空中一個倒栽觔斗翻將下來，向北首那身裁矮胖的老者撲去。

那老者手持一條鋼杖，陡然向前挺出，點向風波惡小腹。這條鋼杖有鵝蛋粗細，挺出時勢挾勁風，甚是威猛。風波惡猱身直上，伸手便去抓奪鋼杖。那老者手腕抖動，鋼杖翻起，點向他胸口。風波惡叫道：「妙極！」突然矮身，去抓對方腰脅。那矮胖老者鋼杖已打在外門，見敵人欺近身來，收杖抵禦已然不及，當即飛腿踢他腰胯。

風波惡斜身閃過，撲到東首那紅臉老者身前，白光耀眼，他手中已多了一柄單刀，橫砍而至。紅臉老者手中拿的是柄鬼頭刀，背厚刃薄，刀身甚長，見風波惡揮刀削來，鬼頭刀豎立，以刀碰刀，往他刀刃上硬碰過去。風波惡叫道：「你兵刃厲害，不跟你碰。」倒縱丈許，反手一刀，砍向南邊的白鬚老者。

白鬚老者右手握著一根鐵鐗，鐗頭生滿倒齒，可用來鎖拿敵人兵刃。他見風波惡單刀反砍，而紅臉老者的鬼頭刀尚未收勢，倘若自己就此上前招架，便成了前後夾擊之勢。他自重身分，不願以二對一，飄身避開，讓了他一招。

豈知風波惡好鬥成性，越打得熱鬧，越感過癮，至於誰勝誰敗，倒不如何計較，而打鬥的種種規矩更從來不守。白鬚老者這一下閃身而退，誰都知道他有意相讓，風波惡卻全不理會這些武林中的禮節過門，眼見有隙可乘，向他呼呼呼的連砍四刀，全是進手招數，勢若飄風，迅捷無比。白鬚老者沒想到他竟會乘機相攻，實在無理已極，忙揮鐗招架，連退了四步方始穩定身形。這時他背心靠到了一株杏子樹上，已退無可退，橫過鐵鐗，呼的一鐗打出，這是他轉守為攻的殺手鐗之一。那知風波惡喝道：「再打一個。」竟不架而退，單刀舞成圈子，向丐幫的第四位長老旋削過去。白鬚長老這一鐗打出，敵人已遠遠退開，只惱得他連連吹氣，白鬚高揚。

這第四位長老兩條手臂甚長，左手中提著一件軟軟的兵刃，見風波惡攻到，左臂一提，抖開兵刃，竟是一隻裝米的麻袋。麻袋受風吹鼓，口子張開，便向風波惡頭頂罩落。風波惡又驚又喜，大叫：「妙極，妙極，我跟你打！」他生平最愛的便是打架，倘若對手身有古怪武功，或是奇異兵刃，那更加心花怒放，就像喜愛遊覽之人見到奇山大川，講究飲食之人嚐到新奇美味一般。眼見對方以一隻粗麻布袋作武器，他從來沒和這等兵刃交過手，連聽也沒聽過，喜悅之餘，暗增戒懼，小心翼翼的以刀尖戳去，要試試是否能用刀割破麻袋。長臂老者陡然間袋交右手，左臂迴轉，揮拳往他面門擊去。

風波惡仰頭避過，正要反刀去撩他下陰，那知長臂老者練成了極高明的「通臂拳」功夫，這一拳似乎拳力已盡，偏是力盡處又有新力生出，拳頭更向前伸了半尺。幸得風波惡一生好鬥，大戰小鬥經歷了數千場，應變經驗之豐，當世不作第二人想，百忙中張開口來，便往他拳頭上咬落。長臂老者滿擬這一拳可將他牙齒打落幾枚，那料得到拳頭將到他口邊，他一口白森森的牙齒竟咬了過來，急忙縮手，已遲了一步，「啊」的一聲大叫，指根處已給他咬出血來。旁觀衆人有的破口而罵，有的哈哈大笑。

包不同一本正經的道：「風四弟，你這招『呂洞賓咬狗』，名不虛傳，果然已練到了出神入化的境地，不枉你十載寒暑的苦練之功，咬死了一千八百條白狗、黑狗、花狗，方有今日的修爲造詣。」王語嫣和阿朱、阿碧都笑了起來。

段譽笑道：「王姑娘，天下武學，你無所不知，無所不曉。這一招咬人的功夫，卻屬於何門何派？」王語嫣微微一笑，說道：「這是風四哥的獨門功夫，我可不懂了。」包不同道：「你不懂？嘿嘿，太也孤陋寡聞了。『呂洞賓咬狗大九式』，每一式各有正反八種咬法，八九七十二，一共七十二咬。這是很高深的武功啊。」段譽見王語嫣歡喜，聽包不同如此胡說八道，也想跟著說笑幾句，猛地想起：「那長臂老者是喬大哥的下屬，我怎可取笑於他？」急忙住口。

這時場中呼呼風響，但見長臂老者將麻袋舞成一團黃影，似已將風波惡籠罩在內。但風波惡刀法精奇，遮攔進擊，儘自抵敵得住。只是麻袋上的招數尚未見底，通臂拳的厲害他適才卻已領教過，「呂洞賓咬狗」這一招，畢竟只能僥倖得逞，可一咬而不可再咬，而實情也並無「咬狗大九式」七十二咬，是以不敢有絲毫輕忽。

喬峯見風波惡居然能和丐幫四老之一的長臂叟陳長老惡鬥百餘招而不落敗，心下也暗暗稱奇，對慕容公子又看得高了一層。丐幫其餘三位長老各自退在一旁，凝神觀鬥。

阿碧見風波惡久戰不下，擔起憂來，問王語嫣道：「王姑娘，這位長臂老先生使一隻麻袋，那是甚麼武功？」王語嫣皺眉道：「這路武功我在書上沒見過，他拳腳是通臂拳，使那麻袋的手法，有大別山迴打軟鞭十三式的勁道，也夾著湖北阮家八十一路三節棍的套子，瞧來那麻袋的功夫是他自己獨創的。」

她這幾句話說得並不甚響，但「大別山迴打軟鞭十三式」以及「湖北阮家八十一路三節棍」這兩個名稱，聽在長臂叟耳中卻如轟轟雷鳴一般。他本是湖北阮家的子弟，三節棍是家傳的功夫，後來殺了本家長輩，犯了大罪，於是改姓換名，流落江湖，捨棄三節棍決不再用，改學通臂拳和軟鞭功夫，再也無人得知他本來面目，不料幼時所學的武功雖竭力摒棄，到了劇鬥酣戰之際，自然而然的便露了出來，心下大驚：「這女娃兒怎地得知我的底細？」他還道自己隱瞞了數十年的舊事已為她所知，這麼一分心，給風波惡連攻數刀，竟有抵擋不住之勢。

他連退三步，斜身急走，眼見風波惡揮刀砍到，當即飛起左足，往他右手手腕上踢去。風波惡單刀斜揮，逕自砍他左足。長臂叟右足跟著踢出，鴛鴦連環，身子已躍在半空。風波惡見他恁大年紀，身手矯健，不減少年，不由得一聲喝采：「好！」左手呼的一拳擊出，打向他膝蓋。眼見這長臂叟身在半空，難以移動身形，這一拳只要打實了，膝蓋縱不碎裂，腿骨也必折斷。

風波惡見自己這一拳距他膝頭已近，對方仍不變招，驀覺風聲勁急，對方手中的麻袋張開大口，往自己頭頂罩落。他這拳雖能打斷長臂叟的腿骨，但自己老大一個腦袋給人家套在麻袋之中，豈不糟糕之極？這一拳直擊急忙改為橫掃，要將麻袋揮開。長臂叟右手微側，麻袋口一轉，已套住了他拳頭。

麻袋的大口和風波惡小小一個拳頭相差太遠，套中容易，卻決計裹他不住。風波惡手一縮，便從麻袋中抽出。突然間手背上微微一痛，似讓細針刺了一下，垂目看時，嚇了一跳，只見一隻小小蝎子釘上了自己手背。這蝎子比常蝎爲小，但五色斑斕，模樣可怖。風波惡情知不妙，用力甩動，但蝎子尾巴牢牢釘住了他手背，怎麼也甩之不脫。

風波惡忙翻轉左手，手背往自己單刀刀身上拍落，嚓的一聲輕響，五色蝎子立時爛成一團。但長臂叟既從麻袋中放了這頭蝎子出來，決不是好相與之物，尋常一個丐幫子弟，所使毒物已十分厲害，何況是六大長老中的一老？他立即躍開丈許，從懷中取出一顆解毒丸，拋入口中吞下。

長臂叟也不追擊，收起了麻袋，不住向王語嫣打量，尋思：「這女娃兒如何得知我是湖北阮家的？」

包不同甚是關心，忙問：「四弟覺得如何？」風波惡左手揮了兩下，覺得並無異狀，大是不解：「麻袋中暗藏五色小蝎，決不能沒有古怪。」說道：「沒甚麼……」只說得這三個字，突然間咕咚一聲，向前仆摔。包不同急忙扶起，連問：「怎麼？怎麼？」只見他臉上肌肉僵硬，笑得極是勉強。

包不同大驚，忙點了他左手手腕、肘節、肩頭三處關節中的六個穴道，要止住毒氣上行，豈知那五色彩蝎的毒性行得快速之極，雖非見血封喉，卻也如響斯應，比一般毒蛇的毒性發作得更快。風波惡張開了口想說話，卻只發出幾下極難聽的啞啞之聲。包不同見毒性厲害，只怕已無法醫治，悲憤難當，一聲大吼，向長臂老者撲去。

那手持鋼杖的矮胖老者叫道：「想車輪戰麼？讓我矮冬瓜來會會蘇州的英豪。」鋼杖遞出，點向包不同。這兵刃本來甚爲沉重，但他舉重若輕，出招靈動，直如一柄長劍一般。包不同雖氣憤憂急，但對手大是勁敵，不敢怠慢，只想擒住這矮胖長老，逼長臂叟取出解藥來救治風四弟，當下施展擒拿手，從鋼杖的空隙中著著進襲。

阿朱、阿碧分站風波惡兩側，都目中含淚，只叫：「四爺，四爺！」

王語嫣於使毒、治毒的法門一竅不通，心下大悔：「我看過的武學書籍之中，講到治毒法門的著實不少，偏生我以爲沒甚麼用處，瞧也不瞧。當時只消看上幾眼，多多少少能記得一些，此刻總不至束手無策，眼睁睁的讓風四哥死於非命。」

喬峯見包不同與矮長老勢均力敵，非片刻間能分勝敗，向長臂叟道：「陳長老，請你給這位風四爺解了毒罷！」長臂叟陳長老一怔，道：「幫主，此人好生無禮，武功倒也不弱，救活了後患不小。」喬峯點頭道：「話是不錯。但咱們尚未跟正主兒朝過相，先傷他的下屬，未免有恃強凌弱之嫌。咱們還是先站定了腳跟，佔住了理數。」陳長老氣憤憤的道：「馬副幫主明明是那姓慕容的小子所害，報仇雪恨，還有甚麼仁義理數好說？」喬峯臉上微有不悅之色，道：「你先給他解了毒，其餘的事慢慢再說不遲。」

陳長老心中雖一百個不願意，但不敢違拗幫主之命，說道：「是。」從懷中取出一隻小瓶，走上幾步，向阿朱和阿碧道：「我家幫主仁義爲先，這是解藥，拿去罷！」

阿碧大喜，忙走上前去，先向喬峯恭恭敬敬的行了一禮，又向陳長老福了福，道：「多謝喬幫主，多謝陳長老。」接過了那小瓶，問道：「請問長老，這解藥如何用法？」陳長老道：「吸盡傷口中的毒液之後，將解藥敷上。」他頓了一頓，又道：「毒液若未吸盡，解藥敷上去有害無益，不可不知。」阿碧道：「是！」回身拿起了風波惡的手掌，張口便要去吸他手背上創口中的毒液。

陳長老大聲喝道：「且慢！」阿碧一愕，問道：「怎麼？」陳長老道：「女子吸不得！」阿碧臉上微微一紅，道：「女子怎麼了？」陳長老道：「蝎毒是陰寒之毒，女子性陰，陰上加陰，毒性更增。」阿碧、阿朱、王語嫣三人都將信將疑，雖覺這話有些古怪，但也不是全然無理，倘若眞的毒上加毒，那可不妙；自己這邊只賸下包不同是男人，然他與矮老者劇鬥正酣，只見杖影點點，掌勢飄飄，一時間難以收手。阿朱叫道：「三爺，暫且罷鬥，且回來救了四爺再說。」

但包不同的武功和那矮老者在伯仲之間，一交上了手，要想脫身而退，卻也不是數招內便能辦到。高手比武，每一招均牽連生死，要是誰能進退自如，即可隨手取了對方性命，豈能要來便來、要去便去？包不同聽到阿朱的呼叫，心知風波惡傷勢有變，心下焦急，搶攻數招，只盼擺脫矮老者的糾纏。

矮老者與包不同激鬥已逾百招，雖仍屬平手之局，但自己持了威力極強的長大兵刃，對方卻是空手，強弱顯已分明。矮老者揮舞鋼杖，連環進擊，均爲包不同一一化解，情知再鬥下去，自己多半有輸無贏，待見包不同攻勢轉盛，還道他想一舉擊敗自己，當下全力反擊。丐幫四老在武功上個個有獨到造詣，青城派的諸保昆、司馬林，秦家寨的姚伯當均爲包不同在談笑之間輕易打發，這矮老者卻著實不易應付。包不同雖佔上風，但要眞的勝得一招半式，卻也著實艱難。

喬峯見王語嫣等三個少女臉色驚惶，想起陳長老所飼彩蝎毒性厲害，也不知「女子不能吸毒」之言是眞是假。他若命屬下攻擊敵人，情勢便再凶險百倍，也無人敢生怨心，但要人干冒送命之險去救治敵人，這號令可無論如何不能出口，當即說道：「我來給風四爺吸毒好了。」說著便走向風波惡身旁。

段譽見到王語嫣和阿碧的愁容，早就有意爲風波惡吸去手上毒液，但想喬峯是結義兄長，自己去助他敵人，於金蘭之義不免有虧，雖聽喬峯曾命陳長老取出解藥，卻不知他是眞情還是假意。待見喬峯走向風波惡身前，眞的要助他除毒，忙道：「大哥，讓小弟來吸好了。」一步跨出，自然而然是「凌波微步」中的步法，身形側處，已搶在喬峯之前，抓起風波惡左手手掌，張口便往他手背上的創口吸去。

其時風波惡一隻手掌已全成黑色，雙眼大睜，連眼皮肌肉也已僵硬，無法合上。段譽吸出一口毒血，吐在地下，只見那毒血色如黑墨，衆人看了，均覺駭異。段譽還待再吸，卻見傷口中汩汩的流出黑血。段譽一怔，心道：「讓這黑血流去後再吸較妥。」他不知只因自己服食過萬毒之王莽牯朱蛤，那是任何毒物的剋星，彩蝎的毒質遠遠不如，一吸之下，便順勢流出。突然風波惡身子一動，說道：「多謝！」

阿朱等盡皆大喜。阿碧道：「四爺，你會說話了。」心裏感激，向段譽低聲道：「阿哥……多謝你了。」只見黑血漸淡，慢慢變成了紫色，又流一會，紫血變成了深紅色。阿碧忙給風波惡敷上解藥，喬峯伸手給他解開穴道。頃刻之間，風波惡高高腫起的手背已經平復，說話行動，也已全然如初。

風波惡向段譽深深一揖，道：「多謝公子爺救命之恩。」段譽急忙還禮，道：「些許小事，何足掛齒？」風波惡笑道：「我的性命在公子是小事，在我卻是大事。」從阿碧手中接過小瓶，擲向陳長老，道：「還了你的解藥。」又向喬峯抱拳道：「喬幫主仁義過人，不愧爲武林中第一大幫的首領。風波惡十分佩服。」喬峯抱拳還禮，道：「不敢！」

風波惡拾起單刀，左手指著陳長老道：「今天我輸了給你，風波惡甘拜下風，待下次撞到，咱們再打過，今天就不打了。」陳長老微笑道：「自當奉陪。」風波惡一斜身，向手中持鐧的長老叫道：「我來領教領教閣下高招。」阿朱、阿碧都大吃一驚，齊聲叫道：「四爺不可，你身子尚未復原。」風波惡叫道：「有架不打，枉自為人！」單刀霍霍揮動，身隨刀進，已砍向持鐧長老。

那使鐧的老者白眉白鬚，成名數十載，江湖上甚麼人物沒會過，然見風波惡片刻之前還是十成中已死了九成，豈知一轉眼間，立即又生龍活虎般的殺來，如此兇悍，實所罕有，不禁駭然。他的鐵鐧本來變化繁複，除了擊打掃刺之外，更有鎖拿敵人兵刃的奇異手法，這時心下一怯，功夫減了幾成，變成了只有招架之功，而無還手之力。

喬峯眉頭微皺，心想：「這位風朋友太也不知好歹，我段兄弟好意救了你性命，怎地不分青紅皂白的又去亂打？」眼見包不同和風波惡兩人都漸佔上風，但也非轉眼間即能分出勝敗，高手比武，瞬息萬變，只要有一招一式使得巧了，或者對手偶有疏忽，原處於劣勢者立時便能平反敗局。局中四人固不敢稍有怠忽，旁觀各人也均凝神觀看。

段譽忽聽得東首有不少人快步走來，跟著北方也有人過來，人數更多。段譽向喬峯低聲道：「大哥，有人來了！」喬峯也早聽見，點了點頭，心想：「多半是慕容公子伏下的人馬到了。原來這姓包和姓風的兩人先來纏住我們，然後大隊人手一齊來攻。」正要暗傳號令，命幫眾先行向西、向南分別撤走，自己和四長老及蔣舵主斷後，忽聽得西方和南方同時有腳步雜沓之聲。卻是四面八方都來了敵人。

喬峯低聲道：「蔣舵主，南方敵人力道最弱，待會見我手勢，立時便率領衆兄弟向南退走。」蔣舵主應道：「是！」

便在此時，東方杏子樹後奔出五六十人，都是衣衫襤褸，頭髮蓬亂，或持兵器，或拿破碗竹杖，均是丐幫中幫衆。跟著北方也有八九十名丐幫弟子走了出來，各人神色嚴重，見了喬峯也不行禮，反隱隱含有敵意。

包不同和風波惡斗然間見到有這許多丐幫人衆出現，暗自心驚，均想：「如何救得王姑娘、阿朱、阿碧三人脫身才好？」

然而這時最驚訝的卻是喬峯。這些人都是本幫幫衆，平素對自己極為敬重，只要遠遠望見，早就奔了過來行禮，何以今日突如其來，連「幫主」也不叫一聲？他正大感疑惑，只見西首和南首也趕到了數十名幫衆，不多時之間，便將杏林叢中的空地擠滿了，然而幫中的首腦人物，除了先到的四大長老和蔣舵主之外，餘人均不在內。喬峯越來越驚，掌心中冷汗暗生，他就算遇到最強最惡的敵人，也從來不似此刻這般駭異，只想：「難道丐幫忽生內亂？傳功、執法兩位長老和分舵舵主遭了毒手？」但包不同、風波惡和二長老兀自激戰不休，王語嫣等又在一旁，當著外人之面，不便出言詢問。

陳長老忽然高聲叫道：「結打狗陣！」東南西北四面的丐幫幫衆之中，每一處都奔出十餘人、二十餘人不等，各持兵刃，將包不同、矮長老等四人圍住。

包不同見丐幫頃刻間布成陣勢，若要硬闖，自己縱然勉強能全身而退，風波惡中毒後元氣大耗，非受重傷不可，要救王語嫣等三人就更加難了。當此情勢，莫過於罷手認輸，在丐幫羣相進擊之下，兩人因寡不敵衆而認輸，實於聲名無損。但包不同性子執拗，常人認爲理所當然之事，他偏偏要反其道而行之，風波惡卻又愛鬥過於性命，只要有打鬥的機緣，不論是勝是敗，結果是生是死，又不管誰是誰非，總之是惡鬥到底再說。是以強弱之勢早已分明，包風二人卻仍大呼酣戰，絲毫不屈。

王語嫣叫道：「包三哥、風四哥，不成了。丐幫這打狗陣，你們兩位破不了的，還是及早住手罷。」

風波惡道：「我再打一會，等到眞的不成，再住手好了。」他說話時一分心，嗤的一聲響，肩頭給白髮長老掃了一鐧，鐧上倒齒鉤得他肩頭血肉淋漓。風波惡罵道：「你奶奶的，這一招倒厲害！」呼呼呼連進三招，直是要和對方同歸於盡的模樣。白鬚老者心道：「我和你又無不共戴天之仇，何必如此拚命？」守住門戶，不再進攻。

陳長老長聲唱道：「南面弟兄來討飯喲，啊喲哎唷喲……」他唱的是乞丐的討飯調，其實是在施發進攻的號令。站在南首的數十名乞丐各舉兵刃，只等陳長老歌聲一落，便即擁上。

喬峯自知本幫這打狗陣一發動，四面幫衆便此上彼下，非將敵人殺死殺傷，決不止歉。他在查明眞相之前，不願和姑蘇慕容貿然結下深仇，左手一揮，喝道：「且慢！」晃身欺到風波惡身側，左手往他面門抓去。風波惡向右急閃，喬峯右手順勢而下，已抓住他手腕，夾手將他單刀奪過，擲在地下。

王語嫣叫道：「好一招『龍爪手』『搶珠三式』！三哥，他左肘要撞你胸口，右掌要斬你腰脅，右手跟著抓你『氣戶穴』，這是『龍爪手』的『沛然有雨』！」她說「左肘要撞你胸口」，喬峯出手和她所說若合符節，左肘正好去撞包不同胸口，待得王語嫣說「右掌要斬你腰脅」，他右掌正好去斬包不同腰脅，一個說，一個作，便練也練不到這般合拍。王語嫣說到第三句上，喬峯右手五指成鉤，已抓在包不同的「氣戶穴」上。

包不同只感全身酸軟，動彈不得，氣憤憤的道：「好一個『沛然有雨』！大妹子，你說得不遲不早，有甚麼用？早說片刻，也好讓我避了開去。」王語嫣歉然道：「他武功太強，出手時事先全沒朕兆，我瞧不出來，眞對不起了。」包不同道：「甚麼對得起，對不起？咱們今天的架打輸啦，丟了燕子塢的臉。」回頭看時，見風波惡直挺挺的站著。卻是喬峯奪他單刀之時，順勢點了他穴道，否則他怎肯乖乖的罷手不鬥？

陳長老見幫主已將包、風二人制住，那一句歌調沒唱完，便即戛然而止。丐幫四長老和幫中高手見喬峯一出手便制住對手，手法之妙，委實難以想像，無不衷心欽佩。

喬峯放開包不同的「氣戶穴」，左手反掌在風波惡肩頭輕拍幾下，解開了他受封的穴道，說道：「兩位請便罷。」

包不同性子再怪，也知自己武功和他實在相差太遠，人家便沒甚麼「打狗陣」，沒甚麼四長老聯手，也輕輕易易的便操勝算，這時候自己多說一句話，便是多丟一分臉，一言不發，退到了王語嫣身邊。

風波惡卻道：「喬幫主，我武功確不如你，不過適才這一招輸得不大服氣，你有點出我不意，攻我無備。」喬峯道：「不錯，我確是出你不意，攻你無備。咱們再試幾招，我接你的單刀。」一句話甫畢，虛空一抓，一股氣流激動地下的單刀，那刀竟然跳了起來，躍入了他手中。喬峯手指一撥，單刀倒轉刀柄，便遞向風波惡身前。

風波惡登時便怔住了，顫聲道：「這……這是『擒龍功』罷？世上居然眞的……眞的有人會此神奇武功。」喬峯微笑道：「在下初窺門徑，貽笑方家。」說著眼光不自禁的向王語嫣射去。適才王語嫣說他那一招「沛然有雨」，竟如未卜先知一般，實令他詫異之極，這時頗想知道這位精通武學的姑娘，對自己這門功夫有甚品評。

不料王語嫣一言不發，對喬峯這手奇功宛如視而不見，原來她正自出神：「這位喬幫主武功如此了得，我表哥跟他齊名，江湖上有道是『北喬峯，南慕容』，可是……可是我表哥的武功，怎能……怎能……」

風波惡搖了搖頭，道：「我打你不過，強弱相差太遠，打起來縛手縛腳，興味索然。喬幫主，再見了！」他雖打了敗仗，竟絲毫沒有垂頭喪氣，所謂「勝固欣然敗亦喜」，只求有架打，打得緊張火熾，那便心滿意足，是輸是贏，卻全不縈懷，實可說深得「鬥道」之三昧。他不接單刀，向喬峯抱拳一拱，向包不同道：「三哥，聽說公子爺去了少林寺，那兒人多，定然有架打，我這便撩撩去。你們慢慢再來罷。」他深恐失了一次半次打架的遇合，不等包不同等回答，便即急奔而去。

包不同道：「走罷，走罷！技不如人兮，臉上無光！再練十年兮，仍輸精光！不如罷休兮，吃盡當光！」高聲而吟，揚長而去，倒也輸得瀟洒。

王語嫣向阿朱、阿碧道：「三哥、四哥都走了，咱們卻又到那裏找……找他去？」阿朱低頭道：「這兒丐幫他們要商量正經事情，咱們且回無錫城再說。」轉頭向喬峯道：「喬幫主，我們三人走啦！」喬峯點頭道：「三位請便。」

東首丐衆之中，忽然走出一個相貌清雅的丐者，板起了臉孔說道：「啓稟幫主，馬副幫主慘死的大仇尚未得報，幫主怎可隨隨便便的就放走敵人？」這幾句話似乎不失恭謹，但神色之間咄咄逼人，絲毫沒下屬之禮。

喬峯道：「咱們來到江南，原是爲報馬二哥的大仇而來。但這幾日來我多方查察，覺得殺害馬二哥的兇手，未必便是慕容公子。」

那中年丐者名叫全冠淸，外號「十方秀才」，爲人足智多謀，武功高強，是幫中地位僅次於六大長老的八袋舵主，掌管「大智分舵」，問道：「幫主何所見而云然？」

王語嫣和阿朱、阿碧正要離去，忽聽得丐幫中有人提到了慕容復，三人對慕容復都極關懷，便退在一旁聆聽。

只聽喬峯說道：「我也只是猜測而已，現下還找不到甚麼證據。」全冠淸道：「不知幫主如何猜測，屬下等都想知道。」喬峯道：「我在洛陽之時，聽到馬二哥死於『鎖喉擒拿手』的功夫之下，便即想起姑蘇慕容氏『以彼之道，還施彼身』這句話，尋思馬二哥的『鎖喉擒拿手』天下無雙無對，除了慕容氏一家之外，再無旁人能以馬二哥本身的絕技傷他。」全冠淸道：「不錯。」喬峯道：「可是近幾日來，我越來越覺得，咱們先前的想法只怕未必盡然，這中間說不定另有曲折。」全冠淸道：「衆兄弟都願聞其詳，請幫主開導。」

喬峯見他辭意不善，又察覺到諸幫衆的神氣大異平常，幫中定已生了重大變故，問道：「傳功、執法兩位長老呢？」全冠淸道：「屬下今日沒見到兩位長老。」喬峯又問：「大仁、大信、大勇、大禮四舵的舵主又在何處？」全冠淸側頭向西北角上一名七袋弟子問道：「張全祥，你們舵主怎麼沒來？」那七袋弟子道：「嗯……嗯……我不知道。」

喬峯素知大智分舵舵主全冠清工於心計，辦事幹練，原是自己手下一個極得力的下屬，但這時圖謀變亂，卻又成了一個極厲害的敵人，見那七袋弟子張全祥臉有愧色，說話吞吞吐吐，目光又不敢和自己相對，喝道：「張全祥，你將本舵方舵主殺害了，是不是？」張全祥大驚，忙道：「沒有，沒有！方舵主好端端的在那裏，沒有死，沒有死！這……這不關我事，不是我幹的。」喬峯厲聲道：「那麼是誰幹的？」這句話並不甚響，卻充滿了威嚴。張全祥不由得渾身發抖，眼光向著全冠清望去。

喬峯情知變亂已成，傳功、執法等諸長老倘若未死，也必已處於極重大的危險之下，時機稍縱即逝，長嘆一聲，轉身問四大長老：「四位長老，到底出了甚麼事？」

四大長老你看看我，我看看你，都盼旁人先開口說話。喬峯見此情狀，已知四大長老也均參與此事，微微一笑，說道：「本幫自我而下，人人以義氣爲重……」說到這裏，霍地向後連退兩步，每一步都縱出尋丈，旁人便向前縱躍，也無如此迅捷，步度更沒這等闊大。他臉孔朝西，這麼向著東首兩步一退，離全冠清已不過三尺，更不轉身，左手反過扣出，右手擒拿，正好抓中了他胸口的「中庭」和「鳩尾」兩穴。

全冠清武功頗不輸於四大長老，豈知一招也沒能還手，便給扣住。喬峯手上運氣，內力從全冠清兩處穴道中透將進去，循著經脈，直奔他膝關節的「中委」、「陽台」兩穴。他膝間酸軟，不由自主的跪倒在地。諸幫衆無不失色，人人駭惶，不知如何是好。

原來喬峯察言辨色，料知此次叛亂，全冠清必是主謀，若不將他一舉制住，禍亂非小，縱然平服叛徒，但一場自相殘殺勢所難免。眼見四周幫衆除大義分舵諸人之外，其餘似乎都已受了全冠清的煽惑，爭鬥一起，那便難以收拾。因此故意轉身向四長老問話，乘著全冠清絕不防備之時，倒退扣他經脈。這幾下兔起鶻落，一氣呵成，似乎行若無事，其實已出盡他生平所學。要是這反手一扣，部位稍有半寸之差，雖能制住全冠清，卻不能以內力衝激他膝關節中的穴道，和他同謀之人說不定便會出手相救，爭鬥仍不可免。這麼迫得他下跪，旁人都道全冠清自行投降，自是誰都不敢再有異動。

喬峯轉過身來，左手在他肩頭輕拍兩下，封住了他身上要穴，令他跪著不能動彈，說道：「你既已知錯，跪下倒也不必。生事犯上之罪，卻決不可免，慢慢再行議處不遲。」右肘輕挺，已撞中了他啞穴。

喬峯素知全冠清能言善辯，若有說話之機，煽動幫衆，禍患難泯，此刻危機四伏，非得從權以斷然手段處置不可。他制住全冠清，讓他垂首而跪，大聲向張全祥道：「由你帶路，引導大義分舵蔣舵主，去請傳功、執法長老等諸位一同來此。你好好聽我號令行事，當可減輕罪責。其餘各人一齊就地坐下，不得擅自起立。」

張全祥又驚又喜，連聲應道：「是，是！」

大義分舵蔣舵主並未參與叛亂密謀，見全冠清等膽敢作亂犯上，早就氣惱之極，滿臉脹得通紅，只呼呼喘氣，直到喬峯吩咐他隨張全祥去救人，這才心神略定，向本舵二十餘名幫衆說道：「本幫不幸發生變亂，正是大夥兒出死力報答幫主恩德之時。大家出力護主，務須遵從幫主號令，不得有違。」他生怕四大長老等立時便會羣起發難，雖然大義分舵與叛衆人數相差甚遠，但幫主也不致於孤掌難鳴。

喬峯卻道：「不！蔣兄弟，你將本舵衆兄弟一齊帶去，救人是大事，不可有甚差失。」蔣舵主不敢違命，應道：「是！」又道：「幫主，你千萬小心，我儘快趕回。」喬峯微微一笑，道：「這裏都是咱們多年來同生共死的好兄弟，只不過一時生了些意見，沒甚麼大不了的事，你放心去罷！」又道：「你再派人去知會西夏『一品堂』，惠山之約，押後三天。」蔣舵主躬身答應，領了本舵幫衆，自行去了。

喬峯口中說得輕描淡寫，心下卻著實擔憂，眼見大義分舵的二十餘名幫衆一走，杏子林中除段譽、王語嫣、阿朱、阿碧四個外人之外，其餘二百來人都是本幫參與陰謀的同黨，只須其中有人一聲傳呼，羣情洶湧之下發作起來，可就難以應付。他四顧衆人，見各人神色均甚尷尬，有的強作鎮定，有的惶惑無主，有的卻躍躍欲試，頗有鋌而走險之意。四周二百餘人，盡皆默不作聲，但只要有誰說出一句話來，顯然變亂立生。

此刻天色已漸漸黑了下來，暮色籠罩，杏林邊薄霧飄繞。喬峯心想：「此刻惟有靜以待變，最好是轉移各人心思，等到傳功長老等回來，大事便定。」一瞥眼間見到段譽，便道：「衆位兄弟，我今日好生歡喜，新交了一位好朋友，這位是大理段氏的段譽兄弟，我二人意氣相投，已結拜爲金蘭兄弟。」

王語嫣和阿朱、阿碧聽得這書獃子段相公居然跟丐幫喬幫主拜了把子，都大感詫異。

只聽喬峯續道：「兄弟，我給你引見我們丐幫中的首要人物。」他拉著段譽的手，走到那白鬚白髮、手使倒齒鐵鐧的長老身前，說道：「這位奚長老，是本幫人人敬重的元老，他這倒齒鐵鐧當年縱橫江湖之時，兄弟你還沒出世呢。」段譽道：「久仰，久仰，今日得見高賢，幸何如之。」說著抱拳行禮。奚長老勉強還了一禮。

喬峯又給他引見那手使鋼杖的矮胖老人，說道：「這位宋長老是本幫外家高手。你哥哥在十多年前，常向他討教武功。宋長老於我，可說是半師半友，情義甚爲深重。」段譽道：「適才我見到宋長老和那兩位爺台動手過招，武功果然了得，佩服，佩服！」宋長老性子直率，聽喬峯口口聲聲不忘舊情，特別提到昔年自己指點他武功的情意，而自己居然胡裏胡塗的聽信了全冠淸之言，不由得大感慚愧。

喬峯引見了那使痲袋的陳長老後，正要再引見那使鬼頭刀的紅臉吳長老，忽聽得腳步聲響，東北角上有許多人奔來，聲音嘈雜，有的連問：「幫主怎麼樣？叛徒在那裏？」有的說：「上了他們大當，給關得眞氣悶。」亂成一團。

喬峯大喜，但不願缺了禮數，使吳長老心存芥蒂，仍爲段譽引見，表明吳長老的身分名望，這才轉身。只見傳功長老、執法長老，大仁、大勇、大禮、大信各舵的舵主，率同大批幫衆，一時齊到。各人都有無數言語要說，但在幫主跟前，誰也不敢任意開口。

喬峯說道：「大夥兒分別坐下，我有話說。」衆人齊聲應道：「是！」有的向東，有的向西，各按職份輩份，或前或後、或左或右的坐好。在段譽瞧來，羣丐似乎亂七八糟的四散而坐，其實何人在前，何人在後，各有序別。

喬峯見衆人都守規矩，心下先自寬了三分，微微一笑，說道：「咱們丐幫多承江湖上朋友瞧得起，百餘年來號稱爲武林中第一大幫。既然人多勢衆，大夥兒的想法不能齊一，那也難免。只須分說明白，好好商量，大夥兒仍是相親相愛的好兄弟，大家也不必將一時的意氣紛爭，瞧得太過重了。」他說這幾句話時神色極爲慈和。他心中早已細加盤算，決意寧靜處事，要將一場大禍消弭於無形，說甚麼也不能引起丐幫兄弟的自相殘殺。

衆人聽他這麼說，原來劍拔弩張之勢果然稍見鬆弛。

坐在喬峯右首一個臉容瘦削的中年乞丐站起身來，說道：「請問奚宋陳吳四位長老，你們命人將我們關在太湖中的小船之上，那是甚麼意思？」這人是丐幫中的執法長老，名叫白世鏡，向來鐵面無私，幫中大小人等，縱然並不違犯幫規刑條，見到他也懼怕三分。

四長老中奚長老年紀最大，隱然是四長老的首腦。他臉上泛出紅色，咳嗽一聲，說道：「這個……這個……嗯……咱們是多年來同患難、共生死的好兄弟，自然並無惡意……白……白執法瞧在我老哥哥的臉上，還請不必介意。」

眾人一聽，都覺他未免老得太也胡塗了，幫會中犯上作亂，那是何等的大事，豈能說一句「瞧在我老哥哥的臉上」，就此輕輕一筆帶過？

白世鏡道：「奚長老說並無惡意，實情卻非如此。我和傳功長老他們，一起給囚在三艘船上，泊在太湖之中，船上堆滿柴草硝磺，說道我們若想逃走，立時便引火燒船。宋長老，難道這並無惡意麼？」奚長老道：「這個……這個嘛，確是做得太過份了些。大家都是一家人，向來親如兄弟骨肉，怎麼可以如此蠻來？以後見面，這……這不是挺難爲情麼？」他後來這幾句話，已是向陳長老而說。

白世鏡指著一條漢子，厲聲道：「你騙我們上船，說是幫主呼召。假傳幫主號令，該當何罪？」那漢子嚇得渾身簌簌發抖，顫聲道：「弟子位份低微，如何敢作此犯上欺主之事？都是……都是……」他說到這裏，眼睛瞧著全冠清，意思是說：「本舵全舵主叫我騙你上船的。」但他是全冠清下屬，不敢公然指證。白世鏡道：「是你全舵主吩咐的，是不是？」那漢子垂首不語，不敢說是，也不敢說不是。

白世鏡道：「全舵主命你假傳幫主號令，騙我上船，你當時知不知這號令是假？」那漢子臉上登時全無半點血色，不敢作聲。白世鏡冷笑道：「李春來，你向來是個敢作敢為的硬漢，是不是？大丈夫有膽子做事，難道沒膽子應承？」

李春來臉上突顯剛強之色，胸膛一挺，朗聲道：「白長老說得是。我李春來做錯了事，是殺是剮，任憑處分，姓李的皺一皺眉頭，不算好漢。我向你傳達幫主號令之時，明知那是假的。」白世鏡道：「是幫主對你不起麼？是我對你不起麼？」李春來道：「都不是，幫主待屬下義重如山，白長老公正嚴明，大夥兒一向心服。」

白世鏡厲聲問道：「然則那是為了甚麼？到底是甚麼緣故？」李春來向跪在地下的全冠清瞧了一眼，又向喬峯瞧了一眼，大聲道：「屬下違反幫規，死有應得，這中間的原因，屬下不敢說。」手腕一翻，白光閃處，噗的一聲響，一柄刀已刺入心口，這一刀出手甚快，又對準了心臟，刀尖穿心而過，立時斷氣斃命。

諸幫眾「嘩」的一聲，都驚呼出來，但各人均就坐原地，誰也沒移動。

白世鏡絲毫不動聲色，說道：「你明知號令是假，卻不向幫主舉報，反來騙我，原該處死。」轉頭向傳功長老問道：「呂兄，騙你上船的，卻又是誰？」

突然之間，人叢中一人躍起身來，向林外急奔。

陳長老見喬峯的目光瞧來，大聲道：「喬幫主，我跟你沒甚麼交情，平時得罪你的地方太多，不敢要你流血贖命。」身子一蹲，手臂微長，已將一柄法刀搶在手中。

一五　杏子林中　商略平生義

這人背上負著五隻布袋，是丐幫的五袋弟子。他逃得十分匆忙，不問可知，自是假傳號令、騙呂長老上船去之人了。傳功、執法兩長老相對嘆息一聲，並不說話。只見人影晃動，一人搶出來攔在那五袋弟子身前。那人滿臉紅光，手持鬼頭刀，正是四大長老中的吳長老，厲聲喝道：「劉竹莊，你爲甚麼要逃走？」那五袋弟子顫聲道：「我……我……我……」連說了六七個「我」字，再也說不出第二個字來。

吳長老道：「咱們身爲丐幫弟子，須當遵守祖宗遺法。大丈夫行事，對就是對，錯就是錯，敢作敢爲，也敢擔當！」轉過身來向喬峯道：「喬幫主，我們大夥兒商量了，要廢去你的幫主之位。這件大事，奚宋陳吳四長老都是參與的。我們怕傳功、執法兩位長老不允，是以想法子將他們囚禁起來。這是爲了本幫的大業著想，不得不冒險而爲。

今日勢頭不利，給你佔了上風，我們由你處置便是。吳長風在丐幫三十年，誰都知道我不是貪生怕死的小人。」說著噹的一聲，將鬼頭刀遠遠擲開，雙臂抱胸，一副天不怕地不怕的神氣。

他侃侃陳辭，將「廢去幫主」的密謀吐露了出來，諸幫衆自是人人震動。這幾句話，所有參與密謀之人，心中無不明白，可就誰也不敢宣之於口，吳長風卻第一個直言無隱。

執法長老白世鏡朗聲道：「奚宋陳吳四長老背叛幫主，違犯幫規第一條。執法弟子，將四長老綁上了。」他手下執法弟子取過牛筋，先去給吳長風上綁。吳長風含笑而立，毫不反抗。跟著奚宋二長老也抛下兵刃，反手就縛。

陳長老臉色極是難看，喃喃的道：「懦夫，懦夫！羣起一戰，未必便輸，可是誰都怕了喬峯。」他這話確是不錯，當全冠清受制之初，參與密謀之人如立時發難，喬峯難免寡不敵衆。即是傳功、執法二長老，大仁、大義、大禮、大信、大勇五舵主一齊回歸，仍是叛衆人數居多。然而喬峯在衆人前面這麼一站，凜然生威，就此誰也不敢搶出動手，以致良機坐失，一個個束手就縛。待得奚宋吳三長老都遭綁縛之後，陳長老便欲拚死一戰，也已孤掌難鳴了。他一聲嘆息，抛下手中麻袋，讓兩名執法弟子在手腕和腳踝上都綁上了牛筋。

此時天已全黑，傳功長老呂章吩咐弟子燃起火堆。火光照在被綁各人臉上，顯出來的盡是一片沮喪陰沉之意。

白世鏡凝視劉竹莊，說道：「你這等行徑，還配做丐幫弟子嗎？你自己了斷呢？還是須得旁人動手？」劉竹莊道：「我……我……」底下的話仍說不出來，他抽出身邊單刀，想要橫刀自刎，但手臂顫抖得極是厲害，竟沒法向自己頸中割去。一名執法弟子叫道：「這般沒用，虧你在丐幫中躭了這麼久！」抓住他右臂，用力橫揮，割斷了他喉頭。劉竹莊道：「我……謝謝……」隨即斷氣。

原來丐幫中規矩，凡是犯了幫規要處死刑的，如自行了斷，幫中仍當他是兄弟，只須一死，便洗清了一切罪孽。但如由執法弟子動手，那麼罪孽永遠不能清脫。適才那執法弟子見劉竹莊確有自刎之意，只力有不逮，這才出手相助。

段譽與王語嫣、阿朱、阿碧四人，無意中撞上了丐幫這場大內變，都覺自己是局外人，不該窺人陰私，但在這時退開，也已不免引起丐幫中人疑忌。當風波惡與包不同離去之時，王語嫣和朱碧雙姝本想隨著離開，但包不同臨走時向王語嫣使了個眼色，似乎要她們不必同時離去，以免顯得「姑蘇慕容」共進同退，與丐幫為敵，恰又聽得丐幫談及慕容復，均想探個水落石出。王語嫣既然不走，段譽自然也就留下了。四人一直坐得遠遠地，裝得漠不關心，互相話也不說一句。眼見李春來和劉竹莊接連血濺當場，屍橫就地，奚宋陳吳四長老一一就縛，只怕此後尚有許多驚心動魄的變故。四人你看看我，我看看你，都覺處境尷尬。段譽與喬峯義結金蘭，風波惡中毒後喬峯代索解藥，王語嫣和朱碧雙姝都對喬峯心存感激；這時見他平定逆亂，將反叛者一一制服，四人都代他歡喜。

喬峯怔怔的坐在一旁，叛徒就縛，他心中卻殊無勝利與喜悅之感，回思自受上代汪幫主深恩，以幫主之位相授，執掌丐幫八年以來，經歷了不少大風大浪，內解紛爭，外抗強敵，自己始終竭力以赴，不存半點私心，將丐幫整頓得好生興旺，江湖上威名赫赫，自己實是有功無過，何以突然之間，竟有這許多人密謀反叛？若說全冠清胸懷野心，意圖傾覆本幫，何以連奚長老、宋長老這等元老，吳長風這等耿直漢子，均會參與其事？難道自己無意之中做了甚麼對不起衆兄弟之事，竟連自己也不知麼？

呂章朗聲道：「衆位兄弟，喬幫主繼任上代汪幫主爲本幫首領，並非巧取豪奪，用甚麼不正當手段而得此位。當年汪幫主試了他三大難題，命他爲本幫立了七大功勞，這才以打狗棒相授。那年泰山大會，本幫受人圍攻，處境凶險，全仗喬幫主連創九名強敵，丐幫這才轉危爲安，這裏許多兄弟都親眼得見。這八年來本幫聲譽日隆，人人均知是喬幫主主持之功。喬幫主待人仁義，處事公允，咱們大夥兒擁戴尚自不及，爲甚麼居然有人豬油蒙了心，竟會起意叛亂？全冠清，你當衆說來！」

全冠清給喬峯點了啞穴，對呂章的話聽得清清楚楚，苦於沒法開口回答。喬峯走上前去，在他背心上輕輕拍了兩下，解開他穴道，說道：「全舵主，我喬峯做了甚麼對不起衆兄弟之事，你儘管當面指證，不必害怕，不用顧忌。」

全冠淸一躍站起，但腿間兀自酸痳，右膝跪倒，大聲道：「對不起衆兄弟的大事，你現今雖然還沒有做，但不久就要做了！」說完這句話，這才站直身子。

呂章厲聲道：「胡說八道！喬幫主爲人處事，光明磊落，他從前旣沒做過歹事，將來更加不會做。你只憑一些全無佐證的無稽之言，便煽動人心，意圖背叛幫主。老實說，這些謠言也曾傳進我耳裏，我只當他是大放狗屁，老子一拳頭便將放屁之人打斷了三條肋骨。偏有這麼些胡塗透頂的傢伙，聽信了你的胡說八道。你說來說去，也不過是這麼幾句話，快快自行了斷罷。」

喬峯尋思：「原來在我背後，早有許多不利於我的言語，呂長老也聽到了，只不便向我提起，那自是難聽之極的話了。大丈夫事無不可對人言，那又何必隱瞞？」溫言道：「呂長老，你不用性急，讓全舵主從頭至尾，詳詳細細說個明白。連奚長老、宋長老他們也都反對我，想必我喬峯定有不對之處。」

宋長老朗聲說道：「我反叛你，是我不對，你不用再提。回頭定案之後，我自行把矮脖子上的大頭割下來給你便是。」他這句話說得滑稽，各人心中卻均感沉痛，誰都不露絲毫笑容。

呂章道：「幫主吩咐得是。全冠淸，你說罷。」

全冠清見與自己同謀的奚宋陳吳四長老均已就縛，這一仗是輸定了，但不能不作最後掙扎，大聲道：「馬副幫主爲人所害，我相信是出於喬峯的指使。」

喬峯全身一震，驚道：「甚麼？」全冠清道：「你一直憎惡馬副幫主，恨不得除之而後快，總覺若不除去這眼中之釘，你幫主之位便不安穩。」

喬峯緩緩搖了搖頭，說道：「不是。我和馬副幫主交情雖不甚深，言談雖不甚投機，但從來沒起過害他的念頭。皇天后土，實所共鑒。喬峯若有加害馬大元之意，教我身敗名裂，受千刀之禍，爲天下好漢所笑。」這幾句話說得甚是誠懇，這副莽莽蒼蒼的英雄氣概，誰都不能有絲毫懷疑。

全冠清卻道：「然則咱們大夥到蘇州來找慕容復報仇，爲甚麼你一而再、再而三的與敵人勾結？」指著王語嫣等三個少女道：「這三人是慕容復的家人眷屬，你加以庇護。」指著段譽道：「這人是慕容復的朋友，你卻與之結爲金蘭兄弟……」

段譽連連搖手，朗聲道：「非也，非也！我不是慕容復的朋友，我從未見過慕容公子之面。這三位姑娘，說是慕容公子的家人親戚則可，說是眷屬卻未必。」他想王語嫣只是慕容復的「親戚」，絕非「眷屬」，其間分別，不可不辨。

全冠清道：「『非也非也』包不同是慕容復屬下的金風莊莊主，『一陣風』風波惡是慕容復手下的玄霜莊莊主，他二人若非得你喬峯解圍，早就一個亂刀分屍，一個中毒斃命。此事大夥兒親眼目睹，你還有甚麼抵賴不成？」
喬峯緩緩說道：「我丐幫開幫數百年，在江湖上受人尊崇，並非恃了人多勢衆、武功高強，乃是由於行俠仗義、主持公道之故。全舵主，你責我庇護這三位年輕姑娘，不錯，我確是庇護她們，那是因爲我愛惜本幫數百年來的令名，不肯讓天下英雄說一句『丐幫衆長老合力欺侮三個稚弱女子』。奚宋陳吳四長老，那一位不是名重武林的前輩？丐幫和四位長老的名聲，你不愛惜，幫中衆兄弟可都愛惜！」
衆人聽了這幾句話，又向王語嫣等三個姑娘瞧了幾眼，都覺極爲有理，倘若大夥和這三個嬌滴滴的姑娘爲難，傳了出去，確是大損丐幫名聲。
白世鏡道：「全冠淸，你還有甚麼話說？」轉頭向喬峯道：「幫主，這等不識大體的叛徒，不必再跟他多費唇舌，按照叛逆犯上的幫規處刑便了。」
喬峯心道：「白長老一意要儘快處決全冠淸，顯是不讓他吐露不利於我的言語。」朗聲道：「全舵主能說得動這許多人密謀作亂，必有極重大的原因。大丈夫行事，對就是對，錯就是錯。衆位兄弟，喬峯的所作所爲，有甚麼不對，請大家明言便是。」
吳長風嘆了口氣，道：「幫主，你或者是個裝腔作勢的大奸雄，或者是個直腸直肚的好漢子，我吳長風沒本事分辨，你還是及早將我殺了罷。」喬峯心下大疑，問道：「吳長老，你爲甚麼說我是個欺人的騙子？你……你……甚麼地方疑心我？」吳長風搖了搖頭，說道：「這件事說起來牽連太多，傳了出去，丐幫在江湖上再也抬不起頭來，人人要瞧我們不起。我們本來想將你一刀殺死，那就完了。」

喬峯更如墮入五里霧中，摸不著半點頭腦，喃喃道：「為甚麼？為甚麼？」抬起頭來，說道：「我救了慕容復手下的兩員大將，你們就疑心我和他有所勾結，是不是？可是你們謀叛在先，我救人在後，這兩件事拉不上干係。再說，此事是對是錯，這時候還難下斷語，但我總覺得馬副幫主不是慕容復所害。」

全冠清問道：「何以見得？」這話他本已問過一次，中間變故陡起，打斷了話題，直至此刻又再提起。

喬峯道：「我想慕容復是大英雄、好漢子，不會下手去殺害馬二哥。」

王語嫣聽得喬峯稱慕容復為「大英雄、好漢子」，芳心大喜，心道：「這位喬幫主果然也是個大英雄、好漢子。」段譽卻眉頭微蹙，心道：「非也，非也！未必，未必！慕容復不見得是甚麼大英雄、好漢子。」

全冠清道：「這幾個月來，江湖上遭害的高手著實不少，都是死於各人本身的成名絕技之下。人人皆知是姑蘇慕容氏所下毒手。其目的顯是逞技立威，要武林中人個個懾服，嚇得不敢反抗，接了他慕容家的黑色令旗，從此遵奉他號令。姑蘇慕容要做武林至尊，這霸道野心，有誰瞧不出來？如此辣手殺害武林中朋友，怎能說是英雄好漢？」

喬峯在場中緩緩踱步，說道：「衆位兄弟，昨天晚上，我在江陰長江邊上的望江樓頭飲酒，遇到一位中年儒生，居然一口氣連盡十大碗烈酒，面不改色，好酒量，好漢子！」

段譽聽到這裏，不禁臉露微笑，心想：「原來大哥昨天晚上便曾跟人賭酒來著。人家酒量好，喝酒爽氣，他就歡喜，說人家是好漢子，那只怕也不能一概而論。」

只聽喬峯又道：「我和他對飲三碗，說起江南的武林人物，他自誇掌法江南第二，第一便是慕容復慕容公子。我便和他對了三掌。第一掌、第二掌他都接了下來，第三掌他左手中所持的酒碗震得粉碎，瓷片劃得他滿臉都是鮮血。他神色自若，說道：『可惜，可惜！可惜了一大碗好酒。』我大起愛惜之心，第四掌便不再出手，說道：『閣下掌法精妙，「江南第二」四字，當之無愧。』他道：『江南第二，天下第屁！』我道：『兄台不必過謙，以掌力而論，兄台實可算得是一流好手。』他道：『原來是丐幫喬幫主駕到，兄弟輸得十分服氣，多承你手下留情，沒讓我受傷，我再敬你一碗！』咱二人又對飲三碗。分手時我問他姓名，他說複姓公冶，單名一個『乾』字。這不是乾坤之乾，而是乾杯之乾。他說是慕容公子的下屬，是赤霞莊的莊主，邀我到他莊上去大飲三日。衆位兄弟，這等人物，你們說如何？是不是好朋友？」

吳長風大聲道：「這公冶乾是好漢子，好朋友！幫主，甚麼時候你給我引見引見，讓我跟他對三掌試試。」他也不想自己犯上作亂，已成階下之囚，轉眼間便要受刑處死，聽到有人說起英雄好漢，不禁便起結交之心。喬峯微微一笑，心下暗嘆：「吳長風豪邁痛快，不意牽連在這場逆謀之中。」宋長老問道：「幫主，後來怎樣？」

喬峯道：「我和公冶乾告別之後，便趕路向無錫來，行到二更時分，忽聽到有兩個人站在一條小橋上大聲爭吵。其時天已全黑，居然還有人吵之不休，我覺得奇怪，上前看去，只見那條小橋是條獨木橋，一端站著個黑衣漢子，另一端是個鄉下人，肩頭挑著一擔大糞，原來是兩人爭道而行。那黑衣漢子叫鄉下人退回去，說是他先到橋頭。鄉下人說他挑了糞擔，沒法退回，要黑衣漢子退回去。黑衣漢子道：『咱們已從初更耗到二更，便再從二更耗到天明，我還是不讓。』鄉下人道：『你不怕我的糞擔臭，就這麼耗著。』黑衣漢子道：『你肩頭壓著糞擔，只要不怕累，咱們就耗到底了。』

「我見了這副情形，自是十分好笑，心想：『這黑衣漢子的脾氣當眞古怪，退後幾步，讓他一讓，也就是了，跟這個挑糞擔的鄉下人這麼面對面的乾耗，有甚麼味道？聽他二人的說話，顯是已耗了一個更次。』我好奇心起，倒想瞧個結果出來，要知道最後是黑衣漢子怕臭投降呢，還是鄉下人累得認輸。我不願多聞臭氣，在上風頭遠遠站著。只聽兩人你一言我一語，說的都是江南土話，我也不大明白，總之是說自己道理直。那鄉下人眞有股狠勁，將糞擔從左肩換到右肩，又從右肩換到左肩，就不肯退後一步。」

段譽望望王語嫣，又望望阿朱、阿碧，見三個少女都笑咪咪的聽著，顯得極感興味，心想：「這當兒幫中大叛待決，情勢何等緊急，喬大哥居然會有閒情逸致來說這等小事。這些故事，王姑娘她們自會覺得有趣，怎地喬大哥如此英雄了得，竟也自童心猶存？」不料丐幫數百名幫眾，人人都肅靜傾聽，沒一人以喬峯的言語爲無聊。

喬峯又道：「我看了一會，漸漸驚異起來，發覺那黑衣漢子穩穩站在獨木橋上，身形不動如山，竟是一位身負上乘武功之士。那挑糞的鄉下人則不過是個常人，雖然結實壯健，卻是半點武功也不會的。我越看越奇怪，尋思：這黑衣漢子武功如此了得，只消伸出一個小指頭，便將這鄉下人連著糞擔，一起推入了河中，可是他竟始終不使武功。似這等高手，照理應當涵養甚好，就算不願讓了對方，那麼輕輕一縱，從那鄉下人頭頂飛躍而過，卻又何等容易？他偏偏要跟這鄉下人嘔氣，眞正好笑！

「只聽那黑衣漢子提高了嗓子大聲說道：『你再不讓我，我可要罵人了！』鄉下人道：『罵人就罵人。你會罵人，我不會罵麼？』他居然搶先出口，大罵起來。黑衣漢子便跟他對罵。兩個人你一句，我一句，各種古裏古怪的污言穢語都罵將出來。這些江南罵人的言語，我十句裏也聽不懂半句。堪堪罵了小半個時辰，那鄉下人已累得筋疲力盡，黑衣漢子內力充沛，仍然神完氣足。我見那鄉下人身子搖晃，看來過不到一盞茶時分，便要摔入河裏了。

「突然之間，那鄉下人將手伸入糞桶，抓起一把糞水，向黑衣漢子夾頭夾臉擲了過去。黑衣人萬料不到他竟會使潑，身在獨木小橋之上，無可閃避，『啊喲』一聲，臉上口中已濺滿糞水。我暗叫：『糟糕，這鄉下人自尋死路，卻又怪得誰來？』眼見那黑衣漢子大怒之下，手掌一起，便要往鄉下人的頭頂拍落。」

段譽耳中聽的是喬峯說話，眼中卻只見到王語嫣櫻口微張，極是關注。一瞥眼間，只見阿朱與阿碧相顧微笑，似乎渾不在意。

只聽喬峯繼續道：「這變故來得太快，我為了怕聞臭氣，站在十數丈外，便想去救那鄉下人，也已萬萬不及。不料那黑衣漢子一掌剛要擊上那鄉下人的天靈蓋，突然間手掌停在半空，不再落下，哈哈一笑，說道：『老兄，你跟我比耐心，到底是誰贏了？』那鄉下人也眞憊懶，明明是他輸了，卻不肯承認，說道：『我挑了糞擔，自然是你佔了便宜。不信你挑糞擔，我空身站著，且看誰輸誰贏？』那黑衣漢子道：『也說的是！』伸手從他肩頭接過糞擔，左臂伸直，左手手掌放在扁擔中間，平平托住。

「那鄉下人見他隻手平托糞擔，臂與肩齊，不由得呆了，只說：『你……你……』黑衣漢子笑道：『我就這麼托著，不許換手，咱們對耗，是誰輸了，誰就喝乾了這擔大糞。』那鄉下人見了他這等神功，如何再敢和他爭鬧，忙向後退，不料心慌意亂，踏了個空，便向河中掉了下去。黑衣漢子伸出右手，抓住他衣領，右臂平舉，這麼左邊托一擔糞，右邊抓一個人，哈哈大笑，說道：『過癮，過癮！』身子一縱，輕輕落到對岸，將鄉下人和糞擔放在地下，展開輕功，隱入桑林之中而去。

「這黑衣漢子口中給潑了大糞，若要殺那鄉下人，只不過舉手之勞。就算不肯隨便殺人，那麼打他幾個耳光，也是理所當然，可是他毫不恃技逞強。這個人的性子確是有點兒希奇，求之武林之中，可說十分難得。衆位兄弟，此事是我親眼所見，我和他相距甚遠，諒他也未必能發見我的蹤跡，以致有意做作。像這樣的人，算不算得是好朋友、好漢子？」

吳長老、陳長老、白長老等齊聲道：「不錯，是好漢子！」陳長老道：「可惜幫主沒問他姓名，否則也好讓大夥兒知道，江南武林之中，有這麼一號人物。」

喬峯緩緩的道：「這位朋友，適才曾跟陳長老交過手，手背給陳長老的毒蝎所傷。」陳長老一驚，道：「是一陣風風波惡！」喬峯點了點頭，說道：「不錯！」

段譽這才明白，喬峯所以詳詳細細的說這段軼事，旨在叙述風波惡的性格，心想此人面貌醜陋，愛鬧喜鬥，原來天性卻極良善，當眞人不可以貌相了；剛才王語嫣關心而朱碧雙姝相顧微笑，自因朱碧二女熟知風波惡的性情，既知莫名其妙與人鬥氣者必是此君，而此君又決不會濫殺無辜。

只聽喬峯說道：「陳長老，咱們丐幫自居爲江湖第一大幫，你是本幫的首要人物，身分名聲，與江南一個武人風波惡自不可同日而語。風波惡能在受辱之餘不傷無辜，咱們丐幫的高手，豈能給他比了下去？」陳長老面紅過耳，說道：「幫主教訓得是，你要我給他解藥，原來是為了我幫聲名和屬下身分著想。陳孤雁不明幫主美意，反存怨懟之意，眞如木牛蠢驢一般。」喬峯道：「顧念本幫聲名和陳長老身分，尚在其次。咱們學武之人，第一不可濫殺無辜。陳長老就算不是本幫的首腦人物，不是武林中赫赫有名的耆宿，也不能不問青紅皀白的取人性命！」陳長老低頭說道：「陳孤雁知錯了。」

喬峯見這一席話居然說服了四大長老中最為桀傲不馴的陳孤雁，心下甚喜，緩緩的道：「那公冶乾豪邁過人，風波惡是非分明，包不同瀟洒自如，這三位姑娘也都溫文良善。這些人不是慕容公子的下屬，便是他的戚友。常言道得好：物以類聚，人以羣分。衆位兄弟請平心靜氣的想一想：慕容公子相交相處的都是這麼一干人，他自己能是卑鄙無恥之徒麼？」

丐幫高手大都重義氣、愛朋友，聽了均覺有理，好多人出聲附和。

全冠清卻道：「幫主，依你之見，殺害馬副幫主的，決計不是慕容復了？」

喬峯道：「我不敢說慕容復定是殺害馬副幫主的兇手，卻也不敢說他一定不是兇手。報仇之事，不必急在一時。我們須當詳加訪查，如查明是慕容復，自當殺了他為馬副幫主報仇雪恨，如查明不是他，終須拿到眞兇為止。倘若單憑胡亂猜測，竟殺錯了好人，眞兇卻逍遙自在，暗中偷笑丐幫胡塗無能，咱們不但對不起給錯殺了的冤枉之人，對不起馬副幫主，也敗壞了我丐幫響噹噹的名頭。人人說我丐幫行事魯莽，冤枉無辜，胡亂殺人。衆兄弟走到江湖之上，給人當面譏笑，背後嘲罵，滋味好得很嗎？」

丐幫羣雄聽了，盡皆動容。呂章伸手摸著頷下稀稀落落的鬍子，說道：「這話有理。當年我錯殺了一個無辜好人，至今耿耿，唔，至今耿耿！」

吳長風大聲道：「幫主，咱們所以叛你，皆因誤信人言，只道你與馬副幫主不和，暗裏勾結姑蘇慕容氏下手害他。種種小事湊在一起，竟不由得人不信。現下一想，咱們實在太過胡塗。白長老，你請出法刀來，依照幫規，咱們自行了斷便是。」

白世鏡臉如寒霜，沉聲道：「執法弟子，請本幫法刀。」

他屬下九名弟子齊聲應道：「是！」每人從背後布袋中取出一個黃布包袱，打開包袱，取出一柄短刀。九柄精光燦然的短刀並列在一起，一樣的長短大小，火光照耀之下，刀刃上閃出藍森森的光采。一名執法弟子捧過一段樹木，九人同時將九柄短刀插入了木中，隨手而入，足見九刀鋒銳異常。九人齊聲叫道：「法刀齊集，驗明無誤。」

白世鏡嘆了口氣，說道：「奚宋陳吳四長老誤信人言，圖謀叛亂，危害本幫大業，罪當一刀處死。大智分舵舵主全冠清，造謠惑衆，鼓動內亂，罪當九刀處死。參與叛亂的各舵弟子，各領罪責，日後詳加查究，分別處罰。」他宣布了各人的罪刑，衆人都默不作聲。江湖上任何幫會，凡背叛本幫、謀害幫主的，理所當然的予以處死，誰都不會有甚麼異言。眾人參與圖謀之時，原已知道這個後果。

奚長老大踏步上前，對喬峯躬身說道：「幫主，奚山河對你不起，自行了斷。盼你知我胡塗，我死之後，你原諒了奚山河。」說著走到法刀之前，大聲道：「奚山河自行了斷，執法弟子鬆綁。」一名執法弟子道：「是！」上前要去解他的綁縛，喬峯喝道：「且慢！」

奚山河登時臉如死灰，低聲道：「幫主，我罪孽太大，你不許我自行了斷嗎？」

丐幫規矩，犯了幫規之人若自行了斷，則死後聲名無污，罪行劣跡也決不外傳，江湖上如有人數說他的惡行，丐幫反而會出頭干預。武林中好漢誰都將名聲看得極重，不肯令自己死後的名字尚受人損辱，奚山河見喬峯不許他自行了斷，不禁愧惶交集。

喬峯不答，走到法刀之前，說道：「十五年前，契丹國入侵雁門關，奚長老得知訊息，三日不食，四晚不睡，星夜趕回，報知緊急軍情，途中連斃九匹好馬，他也累得身受內傷，口吐鮮血。終於我大宋守軍有備，契丹胡騎不逞而退。這是有功於國的大事，江湖上英雄雖不知內中詳情，咱們丐幫卻知道的。執法長老，奚長老功勞甚大，盼你體察，許他將功贖罪。」

白世鏡道：「幫主代奚長老求情，所說本也有理。但本幫幫規有云：『叛幫大罪，決不可赦，縱有大功，亦不能贖。以免自恃有功者驕橫生事，危及本幫百代基業。』幫主，你的求情於幫規不合，咱們不能壞了歷代傳下來的規矩。」

奚山河慘然一笑，說道：「執法長老的話半點也不錯。咱們既然身居長老之位，那一個不是有過不少汗馬功勞？倘若人人追論舊功，那麼甚麼罪行都可犯了。懇求幫主寬大，許我自行了斷。」只聽得喀喀兩聲響，縛在他手腕上的牛筋已給崩斷。

羣丐盡皆動容。那牛筋又堅又韌，便是用鋼刀利刃斬割，一時也未必便能斫斷，奚山河卻於舉手之間便即崩斷，不愧為丐幫四大長老之首。奚山河雙手一脫束縛，伸手便去抓面前的法刀，用以自行了斷。不料一股柔和的內勁逼將過來，他手指和法刀相距尺許，便伸不過去，正是喬峯不令他取刀。

奚山河慘然變色，叫道：「幫主，你……」喬峯一伸手，將左首第一柄法刀拔起。奚山河道：「罷了，罷了，我起過殺害你的念頭，原是罪有應得，你下手罷！」眼前刀光閃動，噗的一聲輕響，只見喬峯將法刀戳入了他自己左肩。

羣丐「啊」的一聲大叫，不約而同的都站起身來。段譽驚道：「大哥，你……」連王語嫣這局外之人，也為這變故嚇得花容變色，脫口叫道：「喬幫主，你不要……」

喬峯道：「白長老，本幫幫規之中，有這麼一條：『本幫弟子犯規，不得輕赦，幫主欲加寬容，亦須自流鮮血，以洗淨其罪。』是也不是？」

白世鏡臉容仍僵硬如石，緩緩的道：「幫規是有這麼一條，但幫主自流鮮血，洗人之罪，也須想想是否應當，是否值得。」

喬峯道：「只要不壞祖宗遺法，那就好了。我流了血，洗脫奚長老之罪。」轉過身來，對著宋長老道：「宋長老當年指點我武功，雖無師父之名，卻有師父之實。這尙是私人的恩德。想當年汪幫主爲契丹國五大高手設伏擒獲，囚於祁連山黑風洞中，威逼我丐幫向契丹降服。汪幫主身材矮胖，宋長老與之有三分相似，便喬裝汪幫主的模樣，甘願代死，使汪幫主得以脫險。後來宋長老雖然終於逃歸，但受盡了拷打苦刑，這是有功於國家和本幫的大事，本人非免他的罪名不可。」說著拔起第二柄法刀，輕輕一揮，割斷宋長老腕間的牛筋，跟著迴手將法刀揷入了自己肩頭。

宋長老大聲道：「幫主，是你從祁連山黑風洞中救我回來的，你怎不說？我萬萬不該叛你！」

喬峯目光緩緩向陳長老移去。陳長老性情乖戾，往年做了對不起家門之事，變名出亡，老是躭心旁人揭他瘡疤，心中忌憚喬峯精明，是以和他一直疏疏落落，並無深交，這時見喬峯的目光瞧來，大聲道：「喬幫主，我跟你沒甚麼交情，平時得罪你的地方太多，不敢要你流血贖命。」雙臂一翻，忽地從背後移到了身前，只手腕仍給牛筋牢牢縛著。原來他的「通臂拳功」已練到了出神入化之境，一雙手臂伸縮自如，身子一蹲，手臂微長，已將一柄法刀搶在手中。

喬峯反手擒拿，輕輕巧巧的搶過短刀，朗聲道：「陳長老，我喬峯是個粗魯漢子，不愛結交爲人謹慎、事事把細的朋友，也不喜歡不愛喝酒、不肯多說多話、大笑大吵之人，這是我天生的性格，勉強不來。我跟你性情不投，平時難得有好言好語。我也不喜馬副幫主的爲人，見他到來，往往避開，寧可去和一袋二袋的低輩弟子喝烈酒、吃狗肉。我這脾氣，大家都知道的。但如你以爲我想除去你和馬副幫主，可就大錯而特錯了。你和馬副幫主老成持重，從不醉酒，那是你們的好處，我喬峯及你們不上。」說到這裏，將那法刀插入了自己肩頭，說道：「刺殺契丹國左路副元帥耶律不魯的大功勞，旁人不知，難道我也不知道麼？」

羣丐之中登時傳出一陣低語之聲，聲音中混著驚異、佩服和讚嘆。原來數年前契丹國大舉入侵，但軍中數名大將接連暴斃，師行不利，無功而返，大宋國免除了一場大禍。暴斃的大將之中，便有左路副元帥耶律不魯在內。丐幫中除了最高的幾位首腦人物，誰也不知道這是陳長老所建的大功。

陳長老聽喬峯當衆宣揚自己的功勞，心下大慰，低聲道：「我陳孤雁名揚天下，深感幫主大恩大德。」大聲說道：「幫主，這件大功，我是奉你之命而爲。」

丐幫一直暗助大宋抗禦外敵，保國護民，然爲了不令敵人注目，以致全力來攻打丐幫，各種謀幹不論成敗，都是做過便算，決不外洩，是以外間多不知情，即令本幫之中，也儘量守秘。陳孤雁一向自恃年紀大於喬峯，在丐幫中的資歷久於喬峯，平時對他並不如何謙敬，頗有幾分倨傲無禮，羣丐衆所周知，這時見幫主居然不念舊嫌，代他流血洗罪，無不感動。

喬峯走到吳長風身前，說道：「吳長老，當年你獨守鷹愁峽，力抗西夏『一品堂』的高手，使其行刺楊家將的陰謀無法得逞。單憑楊元帥贈給你的那面『記功金牌』，便可免了你今日之罪。你取出來給大家瞧瞧罷！」吳長風突然間滿臉通紅，神色忸怩不安，說道：「這個……這個……」喬峯道：「咱們都是自己兄弟，吳長老有何爲難之處，儘說不妨。」吳長風道：「我那面記功金牌嘛，不瞞幫主說，是……這個……這個……已經不見了。」

喬峯奇道：「如何會不見了？」吳長風道：「是自己弄丟了的。嗯……」他定了定神，大聲道：「那一天我酒癮大發，沒錢買酒，把金牌賣了給金鋪子啦！」喬峯哈哈大笑，道：「爽快，爽快，只是未免對不起楊元帥了。」說著拔起一柄法刀，先割斷了吳長風腕上的牛筋，跟著插入自己左肩。

吳長風大聲道：「幫主，你大仁大義，吳長風這條性命，從此交了給你。人家說你這個那個，我再也不信了。」喬峯拍拍他肩頭，笑道：「咱們做叫化子的，沒飯吃，沒酒喝，儘管向人家討啊，用不著賣金牌。」吳長風笑道：「討飯容易討酒難。人家都說：『臭叫化子，吃飽了肚子還想喝酒，太不成話了！不給，不給。』」

羣丐聽了，都轟笑起來。討酒爲人所拒，丐幫中不少人都經歷過，而喬峯赦免了四大長老的罪責，人人都如釋重負。各人目光一齊望著全冠清，心想他是煽動這次叛亂的罪魁禍首，喬峯便再寬洪大量，也決計不會赦他。

喬峯走到全冠清身前，說道：「全舵主，你有甚麼話說？」全冠清道：「我所以反你，是爲了大宋江山，爲了丐幫百代基業，可惜跟我說了你身世眞相之人，畏事怕死，此刻不敢現身。你將我一刀殺死便是。」喬峯沉吟片刻，道：「我身世中有何不對之處，你儘管說來。」

全冠清搖頭道：「我這時空口說白話，誰也不信，你還是將我殺了的好。」喬峯滿腹疑雲，大聲道：「大丈夫有話便說，何必吞吞吐吐，想說卻又不說？全冠清，是好漢子，死都不怕，說話卻又有甚麼顧忌了？」

全冠清冷笑道：「不錯，死都不怕，天下還有甚麼事可怕？姓喬的，痛痛快快，一刀將我殺了。免得我活在世上，眼看大好丐幫落入胡人手中，我大宋的錦繡江山，更將淪亡於夷狄。」喬峯道：「大好丐幫如何會落入胡人手中？你明明白白說來。」全冠清道：「我這時說了，衆兄弟誰也不信，還道我全冠清貪生怕死，亂嚼舌根。我早已拚著一死，何必死後再落罵名！」

白世鏡大聲道：「幫主，這人信口胡說，只盼你也饒了他的性命。執法弟子，取法刀行刑。」一名執法弟子應道：「是！」上前拔起一柄法刀，走到全冠清身前。

喬峯目不轉睛凝視著全冠清的臉色，只見他惟有憤憤不平之容，神色間既無奸詐譎獪，亦無畏懼惶恐，顯然另有內情，心下更加起疑，向那執法弟子道：「將法刀給我。」那執法弟子雙手捧刀，躬身呈上。

喬峯接過法刀，說道：「全舵主，你說知道我身世眞相，又說此事與本幫安危有關，到底眞相如何，卻又不敢吐實。」說到這裏，將法刀還入包袱中包起，放入自己懷中，說道：「你煽動叛亂，一死難免，只是今日暫且寄下，待眞相大白之後，我再親自殺你。喬峯並非一味婆婆媽媽的買好示惠之輩，既決心殺你，諒你也逃不出我的手掌。你去罷，解下背上布袋，自今而後，丐幫中沒了你這號人物。」

所謂「解下背上布袋」，便是驅逐出幫之意。丐幫弟子除了初入幫而全無職司者之外，每人背上均有布袋，多則九袋，少則一袋，以布袋多寡而定輩份職位之高下。全冠清聽喬峯命他解下背上布袋，眼光中陡然間露出殺氣，一轉身便搶過一柄法刀，手腕翻處，將刀尖對準了自己胸口。江湖上幫會中人遭逐出幫，實是難以形容的奇恥大辱，較之當場處死，往往更加令人無法忍受。

喬峯冷冷的瞧著他，看他這一刀是否戳下去。

全冠清穩穩持著法刀，手臂絕不顫抖，轉頭向著喬峯。兩人相互凝視，一時之間，杏子林中更無半點聲息。全冠清忽道：「喬峯，你好泰然自若！難道你自己眞的不知？」喬峯道：「知道甚麼？你說！」

全冠清口唇一動，終於並不說話，緩緩將法刀放還原處，再緩緩將背上八隻布袋一隻隻的解了下來，放在地下。他解置布袋，行動極慢，顯得頗不願意。

眼見全冠清解到第五隻布袋時，忽然馬蹄聲響，北方有馬匹急奔而來，跟著傳來一兩聲口哨。羣丐中有人發哨相應，那乘馬越奔越快，漸漸馳近。吳長風喃喃的道：「有甚麼緊急變故？」那乘馬尚未奔到，忽聽得東首也有一乘馬奔來。

全冠清見有變故，便不再解落自己背上布袋，慢步倒退，回入本舵。喬峯心想一時也不忙追究，且看了來人再說。

片刻之間，北方那乘馬已奔到了林外，一人縱馬入林，翻身下鞍。那人寬袍大袖，衣飾甚是華麗，他極迅速的除去外衣，露出裏面鶉衣百結的丐幫裝束。段譽微一思索，便即明白：丐幫中人乘馬馳驟，極易引人注目，官府中人往往更會查問干涉，但傳報緊急訊息之人必須乘馬，是以急足信使便裝成富商大賈的模樣，但裏面仍穿破爛衣衫，不敢忘本。

那人走到大信分舵舵主跟前，恭恭敬敬呈上一個小小包裹，說道：「緊急軍情……」只說了這四個字，便喘氣不已，突然之間，他乘來的那匹馬一聲悲嘶，滾倒在地，竟脫力而死。那信使身子搖晃，猛地撲倒。顯而易見，這一人一馬長途奔馳，都已精疲力竭。

大信分舵舵主認得這信使是本舵派往西夏刺探消息的弟子之一。西夏時時興兵犯境，佔土擾民，只爲害不及契丹而已，丐幫常有諜使前往西夏，刺探消息。他見這人如此奮不顧身，所傳的訊息自然極爲重要，且必異常緊急，當下竟不開拆，捧著那小包呈給喬峯，說道：「西夏緊急軍情。這信使是跟隨易大彪兄弟前赴西夏的。」

喬峯接過包裹，打了開來，見裏面裹著一枚蠟丸。他揑碎蠟丸，取出一個紙團，正要展開來看，忽聽得馬蹄聲緊，東首那乘馬已奔入林來。馬頭剛在林中出現，馬背上的乘客已飛身而下，喝道：「喬幫主，蠟丸傳書，乃軍情大事，你不能看。」

衆人都是一驚，看那人時，只見他白鬚飄動，穿著一身補釘累累的鶉衣，是個年紀極高的老丐。傳功、執法兩長老一齊站起，說道：「徐長老，何事大駕光臨？」

羣丐聽得徐長老到來，都聳然動容。這徐長老在丐幫中輩份極高，今年已八十七歲，前任汪幫主都尊他一聲「師叔」，丐幫之中沒一個不是他的後輩。他退隱已久，早已不問世務。喬峯和傳功、執法等長老每年循例向他請安問好，也只隨便說說幫中家常而已。不料這時候他突然趕到，而且制止喬峯閱看西夏軍情，衆人無不驚訝。

喬峯立即左手一緊，握住紙團，躬身施禮，道：「徐長老安好！」跟著攤開手掌，將紙團送到徐長老面前。

喬峯是丐幫幫主，輩份雖比徐長老爲低，但遇到幫中大事，終究是由他發號施令，別說徐長老只不過是一位退隱前輩，便是前代的歷位幫主復生，那也是位居其下。不料徐長老不許他觀看來自西夏的軍情急報，他竟毫不抗拒，衆人盡皆愕然。

徐長老說道：「得罪！」從喬峯手掌中取過紙團，握入左手，隨即目光向羣丐團團掃去，朗聲道：「馬大元馬兄弟的遺孀馬夫人即將到來，向諸位有所陳說，大夥兒請待她片刻如何？」羣丐都眼望喬峯，瞧他有何話說。

喬峯滿腹疑團，說道：「假若此事關連重大，大夥兒等候便是。」徐長老道：「此事關連重大。」說了這六字，再也不說甚麼，向喬峯補行參見幫主之禮，便即坐在一旁。

段譽心下嘀咕，又想乘機找些話題和王語嫣說說，向她低聲道：「王姑娘，丐幫中的事情眞多。咱們且避了開去呢，還是在旁瞧瞧熱鬧？」王語嫣皺眉道：「咱們是外人，本不該預聞旁人的機密大事，不過……不過……他們所爭的事情跟我表哥有關，我想聽聽。」段譽附和道：「是啊，那位馬副幫主據說是你表哥殺的，遺下一個無依無靠的寡婦，想必十分可憐。」王語嫣忙道：「不，不！馬副幫主不是我表哥殺的，喬幫主不也這麼說嗎？」

這時馬蹄聲又作，兩騎馬奔向杏林而來。丐幫在此聚會，路旁固然留下了記號，附近更有人接引同道，防敵示警。

衆人只道其中一人必是馬大元的寡妻，那知馬上乘客卻是一個老翁、一個老嫗，男的身裁矮小，而女的卻甚高大，相映成趣。

喬峯站起相迎，說道：「太行山沖霄洞譚公、譚婆賢伉儷駕到，有失遠迎，喬峯這裏謝過。」徐長老和傳功、執法等六長老一齊上前施禮。

段譽見了這等情狀，料知這譚公、譚婆必是武林中來頭不小的人物。

譚婆道：「喬幫主，你肩上揷這幾把玩意幹甚麼啊？」手臂一長，立時便將他肩上四柄法刀拔了下來，手法快極。她這一拔刀，譚公即刻從懷中取出一隻小盒，打開盒蓋，伸指沾些藥膏，抹在喬峯肩頭。金創藥一塗上，創口中如噴泉般的鮮血立時便止。譚婆拔刀手法之快，固屬人所罕見，但終究是一門武功，然譚公取盒、開蓋、沾藥、敷傷、止血，幾個動作乾淨利落，雖然快得異常，卻人人瞧得淸淸楚楚，眞如變戲法一般，而金創藥止血的神效，更不可思議，藥到血停，絕無霎時遲延。

喬峯見譚公、譚婆不問情由，便爲自己拔刀治傷，雖微嫌魯莽，終究是一番好意，卻也好生感激，口中稱謝之際，只覺肩頭由痛變癢，片刻間便疼痛大減，這金創藥的靈效，不但從未經歷，抑且聞所未聞。

譚婆又問：「喬幫主，世上有誰這麼大膽，竟敢用刀子傷你？」喬峯笑道：「是我自己刺的。」譚婆奇道：「為甚麼自己刺自己？活得不耐煩了麼？」喬峯微笑道：「我刺著玩兒，這肩頭皮粗肉厚，也傷不到筋骨。」

奚宋陳吳四長老聽喬峯為自己隱瞞眞相，不由得既感且愧。

譚婆哈哈一笑，說道：「你撒甚麼謊兒？我知道啦，你鬼精靈的，打聽到譚公新得極北寒玉和玄冰蟾蜍，合成了靈驗無比的傷藥，就這麼來試他一試。」

喬峯不置可否，只微微一笑，心想：「這位老婆婆大是戇直。世上又有誰這麼無聊，在自己身上戳幾刀，來試你的藥靈是不靈。」

只聽得蹄聲得得，一頭驢子闖進林來，驢上一人倒轉而騎，背向驢頭，臉朝驢尾。譚婆登時笑逐顏開，叫道：「師哥，你又在玩甚麼古怪花樣啦？我打你屁股！」

衆人瞧那驢背上之人時，只見他縮成一團，似乎是個七八歲的孩童模樣。譚婆伸手一掌往他屁股上拍去。那人一骨碌翻身下地，避過這一拍，突然間伸手撐足，變得又高又大。衆人都微微一驚。譚公卻臉有不豫之色，哼了一聲，向他側目斜睨，說道：「我道是誰，原來是你！」隨即轉頭瞧著譚婆。

那倒騎驢子之人說是年紀很老，似乎倒也不老，說他年紀輕，卻又全然不輕，總之是四十歲到七十歲之間，相貌說醜不醜，說俊不俊。他雙目凝視譚婆，神色間關切無限，柔聲問道：「小娟，近來過得還好麼？」

這譚婆牛高馬大，白髮如銀，滿臉皺紋，居然名字叫做「小娟」，嬌嬌滴滴，跟她形貌全不相稱，衆人聽了都覺好笑。但每個老太太都曾年輕過來，小姑娘時叫做「小娟」，老了總不成改名叫做「老娟」？段譽正想著這件事，只聽得馬蹄聲響，又有數匹馬馳來，這一次卻奔跑並不急驟。

喬峯卻在打量那騎驢客，猜不透他是何等樣人物。他是譚婆的師兄，在驢背上所露的這手縮骨功又如此高明，自是非同尋常，可是卻從未聽過他的名頭。

那數乘馬來到杏子林中，前面是五個青年，一色的濃眉大眼，容貌相互頗似，年紀最大的三十餘歲，最小的二十餘歲，顯是一母同胞的五兄弟。

吳長風大聲道：「泰山五雄到了，好極，好極！甚麼好風把你們哥兒五個一齊都吹了來啊？」泰山五雄中的老三叫做單叔山，和吳長風甚爲熟稔，搶著說道：「吳四叔你好，我爹爹也來啦。」吳長風臉上微微變色，道：「當眞，你爹爹……」他做了違犯幫規之事，心下正虛，聽到泰山「鐵面判官」單正突然到來，不由得暗自慌亂。「鐵面判官」單正生平嫉惡如仇，只要知道江湖上有甚麼不公道之事，定然伸手要管。他本身武功已然甚高，除了親生的五個兒子外，又廣收門徒，徒子徒孫共達二百餘人，「泰山單家」的名頭，在武林中誰都忌憚三分。

跟著一騎馬馳進林中，泰山五雄一齊上前拉住馬頭，馬背上一個身穿繭綢長袍的老者飄身而下，向喬峯拱手道：「喬幫主，單正不請自來，打擾了。」

喬峯久聞單正之名，今日尚是初見，但見他滿臉紅光，當得起「童顏鶴髮」四字，神情卻甚謙和，不似江湖上傳說的出手無情，當即抱拳還禮，說道：「若知單老前輩大駕光臨，早該遠迎才是。」

那騎驢客忽然怪聲說道：「好哇！鐵面判官到來，就該遠迎。我『鐵屁股判官』到來，你就不該遠迎了。」

眾人聽到「鐵屁股判官」這五個字的古怪綽號，無不哈哈大笑。王語嫣、阿朱、阿碧三人雖覺笑之不雅，卻也不禁嫣然。泰山五雄聽這人如此說，自知他是有心戲侮自己父親，登時勃然變色，但單家家教極嚴，單正既未發話，做兒子的誰也不敢出聲。

單正涵養甚好，又捉摸不定這怪人的來歷，裝作並未聽見，朗聲道：「請馬夫人出來敘話。」

樹林後轉出一頂小轎，兩名健漢抬著，快步如飛，來到林中一放，揭開了轎帷。轎中緩步走出一個全身縞素的少婦。那少婦低下了頭，向喬峯盈盈拜倒，說道：「未亡人馬門康氏，參見幫主。」喬峯還了一禮，說道：「嫂嫂，有禮！」

馬夫人道：「先夫不幸亡故，多承幫主及衆位伯伯叔叔照料喪事，未亡人衷心銘感。」她話聲淸脆，聽來年紀甚輕，只是她始終眼望地下，見不到她容貌。

喬峯料想馬夫人必是發見了丈夫亡故的重大線索，這才親身趕到，但幫中之事她不先稟報幫主，卻去尋徐長老和鐵面判官作主，其中必定大有蹊蹺，回頭向執法長老白世鏡望去。白世鏡也正向他瞧來。兩人的目光中都充滿了異樣神色。

喬峯先接外客，再論本幫事務，向單正道：「單老前輩，太行山沖霄洞譚氏伉儷，不知是否素識？」單正抱拳道：「久仰譚氏伉儷的威名，幸會，幸會。」喬峯道：「譚老爺子，這一位前輩，請你給在下引見，以免失了禮數。」

譚公尙未答話，那騎驢客搶著說道：「我姓雙，名歪，外號叫作『鐵屁股判官』。」

鐵面判官單正涵養再好，到這地步也不禁怒氣上衝，心想：「我姓單，你就姓雙，我叫正，你就叫歪，這不是衝著我來麼？」正待發作，譚婆卻道：「單老爺子，你莫聽趙錢孫隨口胡謅，這人是個顚子，跟他當不得眞的。」

喬峯心想：「這人名叫趙錢孫嗎？料來不會是眞名。」說道：「衆位，此間並無座位，只好請隨意在地下坐了。」他見衆人分別坐定，說道：「一日之間，得能會見衆位前輩高人，委實不勝榮幸。不知衆位駕到，有何見教？」

單正道：「喬幫主，貴幫是江湖上第一大幫，數百年來俠名播於天下，武林中提起

『丐幫』二字，誰都十分敬重，我單某向來也是極爲心儀的。」喬峯道：「不敢！」

趙錢孫接口道：「喬幫主，貴幫是江湖上第一大幫，數百年來俠名播於天下，武林中提起『丐幫』二字，誰都十分敬重，我雙某向來也是極爲心儀的。」他這番話和單正說的一模一樣，就是將「單某」的「單」字改成了「雙」字。

喬峯知武林中的前輩高人往往都有副希奇古怪的脾氣，這趙錢孫處處跟單正挑眼，不知爲了何事，自己總之雙方都不得罪就是，於是也跟著說了句：「不敢！」

單正微微一笑，向大兒子單伯山道：「伯山，餘下來的話，你跟喬幫主說。旁人若要學我兒子，儘管學個十足便是。」

衆人聽了，都不禁打個哈哈，心想這鐵面判官道貌岸然，倒也陰損得緊，趙錢孫倘若再跟著單伯山學嘴學舌，那就變成學做他兒子了。

不料趙錢孫說道：「伯山，餘下來的話，你跟喬幫主說。旁人若要學我兒子，儘管學個十足便是。」這麼一來，反給他討了便宜去，認了是單伯山的父親。

單正最小的兒子單小山火氣最猛，大聲罵道：「他媽的，這不是活得不耐煩了麼？」

趙錢孫自言自語：「他媽的，這等窩囊兒子，生四個已經太多，第五個實在不必再生，嘿嘿，模樣兒不像，也不知是不是親生的。」

聽他這般公然挑釁，單正便是泥人也有土性兒，轉頭向趙錢孫道：「咱們在丐幫是客，爭鬧起來，那是不給主人面子，待此間事了之後，自當再來領教閣下的高招。伯山，你自管說罷！」

趙錢孫又學著他道：「咱們在丐幫是客，爭鬧起來，那是不給主人面子，待此間事了之後，自當再來領教閣下的高招。伯山，老子叫你說，你自管說罷！」

單伯山恨不得衝上前去，拔刀猛砍他幾刀，方消心頭之恨，當下強忍怒氣，向喬峯道：「喬幫主，貴幫之事，我父子原本不敢干預，但我爹爹說：君子愛人以德……」說到這裏，眼光瞧向趙錢孫，看他是否又再學舌，若是照學，勢必也要這麼說：「但我爹爹說：君子愛人以德」，那便是叫單正爲「爹爹」了。

不料趙錢孫仍然照學，說道：「喬幫主，貴幫之事，我父子原本不敢干預，但我兒子說：君子愛人以德。」他將「爹爹」兩字改成「兒子」，自是明討單正的便宜。眾人一聽，都皺起了眉頭，覺得這趙錢孫太也過份，只怕當場便要流血。

單正淡淡的道：「閣下老是跟我過不去，但兄弟與閣下素不相識，實不知甚麼地方得罪了你，尚請明白示知。若是兄弟的不是，即行向閣下賠禮請罪便了。」

眾人心下暗讚單正，不愧是中原得享大名的俠義前輩。

趙錢孫道：「你沒得罪我，可是得罪了小娟，這比得罪我更加可惡十倍。」

單正奇道：「誰是小娟？我幾時得罪她了？」趙錢孫指著譚婆道：「這位便是小

娟。小娟是她的閨名，天下除我之外，誰也稱呼不得。」單正又好氣，又好笑，說道：「原來這是譚婆婆的閨名，在下不知，冒昧稱呼，還請恕罪。」趙錢孫老氣橫秋的道：「不知者不罪，初犯恕過，下次不可。」單正道：「在下久仰太行山沖霄洞譚氏伉儷大名，雖無緣識荊，但一直心中欽敬，卻不知如何會在無意中得罪了譚家婆婆？」

趙錢孫惱道：「我剛才正在問小娟：『你近來過得還好麼？』她尚未答話，你這五個寶貝兒子便大模大樣、橫衝直撞的來到，打斷了她的話頭，至今尚未答我的問話。單老兄，你倒去打聽打聽，小娟是甚麼人？我『趙錢孫李，周吳鄭王』又是甚麼人？難道我們說話之時，也容你隨便打斷的麼？」

單正聽了這番似通非通的言語，心想這人果然腦筋不大靈，說道：「兄弟有一事不明，卻要請教。」趙錢孫道：「甚麼事？我倘若高興，指點你一條明路，也不打緊。」單正道：「多謝，多謝。閣下說譚婆的閨名，天下便只閣下一人叫得，是也不是？」趙錢孫道：「正是。如若不信，你再叫一聲試試，瞧我『趙錢孫李，周吳鄭王，馮陳褚衛，蔣沈韓楊』是不是跟你狠狠打上一架？」單正道：「兄弟自然不敢叫，可難道連譚公也叫不得麼？」

趙錢孫鐵青著臉，半晌不語。衆人都想，單正這一句話可將他問倒了。不料突然之間，趙錢孫放聲大哭，涕淚橫流，傷心之極。

這一著人人都大出意料之外，此人天不怕，地不怕，膽敢和「鐵面判官」挺撞到底，那想到這麼輕輕一句話，卻使得他號啕大哭，難以自休。

單正見他哭得悲痛，倒不好意思起來，先前胸中積蓄的滿腔怒火，登時化為烏有，反而安慰他道：「趙兄，這是兄弟的不是了……」趙錢孫嗚嗚咽咽的道：「我不姓趙。」單正更奇了，問道：「然則閣下貴姓？」趙錢孫道：「我沒姓，你別問，你別問！」

眾人猜想這趙錢孫必有一件極傷心的難言之隱，到底是甚麼事，他自己不說，旁人自也不便多問，只有讓他抽抽噎噎、悲悲切切，一股勁兒的哭之不休。

譚婆沉著臉道：「你又發顛了，在眾位朋友之前，要臉面不要？」

趙錢孫道：「你拋下了我，去嫁了這老不死的譚公，我心中如何不悲，如何不痛？我心也碎了，腸也斷了，這區區外表的臉皮，要來何用？」

眾人相顧莞爾，原來說穿了毫不希奇。那自然是趙錢孫和譚婆從前有過一段情史，後來譚婆嫁了譚公，而趙錢孫傷心得連姓名也不要了，瘋瘋顛顛的發痴。眼看譚氏夫婦都是六十以上的年紀，怎地這趙錢孫竟情深若斯，數十年來苦戀不休？譚婆滿臉皺紋，白髮蕭蕭，誰也看不出這又高又大的老嫗，年輕時能有甚麼動人之處，竟使得趙錢孫到老不能忘情。

譚婆神色忸怩，說道：「師哥，你儘提這些舊事幹甚麼？丐幫今日有正經大事要商量，你乖乖的聽著罷。」這幾句溫言相勸的軟語，趙錢孫聽了大是受用，說道：「那麼你向我笑一笑，我就聽你的話。」譚婆還沒笑，旁觀眾人中已有十多人先行笑出聲來。

譚婆卻渾然不覺，回眸向他一笑。趙錢孫痴痴的向她望著，這神情顯然是神馳目眩，魂飛魄散。譚公坐在一旁，滿臉怒氣，卻又無可如何。

這般情景段譽瞧在眼裏，心中驀地一驚：「這三人都情深如此，將世人全然置之度外，我……我對王姑娘，將來也會落到趙錢孫這般結果麼？不，不！這譚婆對她師哥顯然頗有情意，而王姑娘念念不忘的，卻只是她的表哥慕容公子。比之趙錢孫，我是大大的不如，大大的不及了。」

喬峯心中卻想的是另一回事：「那趙錢孫該當並不姓趙。向來聽說太行山冲霄洞譚公、譚婆，以太行嫡派絕技著稱，從這三人的話中聽來，三人似乎並非出於同一師門。到底譚公是太行派呢？還是譚婆是太行派？倘若譚公是太行派，那麼這趙錢孫與譚婆師兄妹，又是甚麼門派？這三人都是當世高手，今日同時到來，不知為了何事？」

只聽趙錢孫又道：「聽說丐幫馬副幫主給人害死，又聽說蘇州出了個『以彼之道，還施彼身』的慕容復，膽大妄為，亂殺無辜。老子倒要會他一會，且看這小子有甚麼本事，能還施到我『趙錢孫李，周吳鄭王』身上？小娟，你叫我到江南，我自然是要來的。何況我……」

他一番話沒說完，忽聽得一人號啕大哭，悲悲切切，嗚嗚咽咽，哭聲便和趙錢孫適才沒半點分別。衆人聽了，都是一愕，只聽那人跟著連哭帶訴：「我的好師妹啊，老子甚麼地方對不起你？爲甚麼你去嫁了這姓譚的糟老頭子？老子日想夜想，牽肚掛腸，記著的就是你小娟師妹。想咱師父在世之日，待咱二人猶如子女一般，你不嫁老子，可對得起咱師父麼？」這說話的聲音語調，和趙錢孫委實一模一樣，若不是衆人親眼見到他張口結舌、滿臉詫異的神情，誰都以爲定是出於他的親口。各人循聲望去，見這聲音發自一個身穿淡紅衫子的少女。

那人背轉了身子，正是阿朱。段譽和王語嫣、阿碧都知她模擬別人舉止和說話的神技，自不爲異，其餘衆人無不又好奇，又好笑，以爲趙錢孫聽了之後，必定怒發如狂。不料阿朱這番話觸動他的心事，眼見他本來已停了哭泣，這時又眼圈兒紅了，嘴角兒扁了，淚水從眼中滾滾而下，竟和阿朱爾唱彼和的對哭起來。

單正搖了搖頭，朗聲說道：「單某雖然姓單，卻一妻四妾，兒孫滿堂。你這位雙歪雙兄，偏偏形單影隻，悽悽惶惶。這種事情乃悔之當初，今日再來重論，不免爲時已晚。雙兄，咱們承丐幫徐長老與馬夫人之邀，來到江南，是來商量閣下的婚姻大事麼？」趙錢孫搖頭道：「不是。」單正道：「然則咱們還是來商議丐幫的要事，才是正經。」趙錢孫勃然怒道：「甚麼？丐幫的大事正經，我和小娟的事便不正經麼？」

譚公聽到這裏，終於忍無可忍，說道：「阿慧，阿慧，你再不制止他發瘋發顛，我可不能干休了。」衆人聽到「阿慧」兩字稱呼，均想：「原來譚婆另有芳名，那『小娟』二字，確是趙錢孫獨家專用的。」

譚婆頓足道：「他又不是發瘋發顛，你害得他變成這副模樣，還不心滿意足麼？」譚公奇道：「我……我……我怎地害了他？」譚婆道：「我嫁了你這糟老頭子，我師哥心中自然不痛快……」譚公道：「你嫁我之時，我可既不糟，又不老！」譚婆怒道：「也不怕醜，難道你當年就挺英俊瀟洒麼？」

徐長老和單正相對搖頭，均想這三個寶貝當眞爲老不尊，三人都是武林中大有身分的前輩耆宿，卻在衆人面前爭執這些陳年情史，實在好笑。

徐長老咳嗽一聲，說道：「泰山單兄父子，太行山譚氏夫婦，以及這位兄台，今日惠然駕臨，敝幫全幫上下均感光寵。馬夫人，你來從頭說起罷。」他一言切入正題，快刀斬亂麻，切斷了趙錢孫等三人的東拉西扯。

那馬夫人一直垂手低頭，站在一旁，背向衆人，聽得徐長老的說話，緩緩回過身來，低聲說道：「先夫不幸身故，小女子只有自怨命苦，更悲先夫並未遺下一男半女，接續馬氏香煙……」她雖說得甚低，但語音淸脆，一個字一個字的傳入衆人耳裏，甚是動聽。她說到這裏，話中略帶嗚咽，微微啜泣。杏林中無數英豪，心中均感難過。同一哭泣，趙錢孫令人好笑，阿朱令人驚奇，馬夫人卻令人心酸。

只聽她續道：「小女子殮葬先夫之後，檢點遺物，在他收藏拳經之處，見到一封用火漆密密封固的書信。封皮上先夫親筆寫著：『余若壽終正寢，此信立即焚化，拆視者即為毀余遺體，令余九泉不安。余若死於非命，此信立即交本幫諸長老會同拆閱，事關重大，不得有誤。』」馬夫人說到這裏，杏林中一片肅靜，當眞一針落地也能聽見。她頓了一頓，續道：「我見先夫寫得鄭重，知事關重大，當即便要去求見幫主，呈上遺書，幸好幫主率同諸位長老，到江南為先夫報仇來了，虧得如此，這才沒能見到此信。」

衆人聽她語氣有異，既說「幸好」，又說「虧得」，都不自禁向喬峯瞧去。

喬峯從今晚的種種情事之中，早覺察到有一個重大之極的圖謀在對付自己，雖則全冠清和四長老的叛幫逆舉已然敉平，但顯然此事並未了結，此時聽馬夫人說到這裏，反感輕鬆，神色泰然，心道：「你們有甚麼陰謀，儘管使出來好了。喬某生平不作半點虧心事，不管有何傾害誣陷，喬某何懼？」

只聽馬夫人接著道：「我知此信涉及幫中大事，幫主和諸長老既不在洛陽，我怕躭誤時機，當即前赴衛州求見徐長老，呈上書信，請他老人家作主。以後的事情，請徐長老告知各位。」她清脆的話聲之中，帶了三分自然嬌媚，分外動聽。

徐長老咳嗽幾聲，說道：「此事說來恩恩怨怨，老朽當眞好生爲難。」這兩句話聲音嘶啞，頗有蒼涼之意。他慢慢從背上解下一個麻布包袱，打開包袱，取出一隻油布招文袋，再從招文袋中抽出一封信來，說道：「這封便是馬副幫主馬大元的遺書。大元的曾祖、祖父、父親，數代都是丐幫中人，不是長老，便是八袋弟子。我瞧著大元自幼長大，他的筆跡我是認得很淸楚的。這信封上的字，確是大元所寫。馬夫人將信交到我手中之時，信上的火漆仍然封固完好，沒人動過。我也生怕誤了大事，不等會同諸位長老，便即拆來看了。拆信之時，鐵面判官單兄也正在座，可作明證。」

單正道：「不錯，其時在下正在衛輝徐老府上作客，親眼見到他拆閱這封書信。」

徐長老掀開信封封皮，抽了一張紙箋出來，說道：「我一看這張信箋，見信上字跡筆致遒勁，並不是大元所寫，微感驚奇，見上款寫的是『劍髯吾兄』四字，更是奇怪。衆位都知道，『劍髯』兩字，是本幫前任汪幫主的別號，若不是跟他交厚相好之人，不會如此稱呼，而汪幫主逝世已久，怎麼有人寫信與他？我不看箋上所寫何字，先看信尾署名之人，一看之下，更是詫異。當時我不禁『咦』的一聲，說道：『原來是他！』單兄好奇心起，探頭過來一看，也奇道：『咦！原來是他！』」

單正點了點頭，示意當時自己確有此語。

趙錢孫插口道：「單老兄，這就是你的不對了。這是人家丐幫的機密書信，你又不是丐幫中的一袋、二袋弟子，連個沒入流的弄蛇化子硬要飯的，也還挨不上，怎可去偷窺旁人的陰私？」別瞧他一直瘋瘋顛顛的，這幾句話倒也真在情在理。單正老臉微赭，說道：「我只瞧一瞧信尾署名，也沒瞧信中文字。」趙錢孫道：「你偷一千兩黃金固然是賊，偷一文小錢仍然是賊，只不過錢有多少、賊有大小之分而已。大賊是賊，小毛賊也是賊。偷看旁人的書信，便不是君子。不是君子，便是小人。既是小人，便是卑鄙混蛋，那就該殺！」

單正向五個兒子擺了擺手，示意不可輕舉妄動，且讓他胡說八道，一筆帳最後總算，心下固自惱怒，卻也頗感驚異：「此人一遇上便儘找我岔子的挑眼，莫非跟我有舊怨？江湖上沒將泰山單家放在眼中之人，倒也沒幾個。此人到底是誰，怎麼我全然想不起來？」

衆人都盼徐長老將信尾署名之人的姓名說將出來，要知道到底是甚麼人物，何以令他及單正如此驚奇，卻聽趙錢孫纏夾不休，不停的搗亂，許多人都向他怒目而視。

譚婆忽道：「你們瞧甚麼？我師哥的話半點也不錯。」

趙錢孫聽譚婆出口相助，不由得心花怒放，說道：「你們瞧，連小娟也這麼說，那還有甚麼錯的？小娟說的話，做的事，從來不會錯的。」

忽然一個和他一模一樣的聲調說道：「是啊，小娟說的話，做的事，從來不會錯的。她嫁了譚公，並沒嫁了趙錢孫，就確沒嫁錯！」說話之人正是阿朱。她惱怒趙錢孫出言誣衊慕容公子，便不停跟他作對。

趙錢孫一聽，不由得啼笑皆非，阿朱是以子之矛，攻子之盾，使的正是慕容氏的拿手法門：「以彼之道，還施彼身」。這時兩道感謝的親切眼光分從左右向阿朱射將過來，左邊一道來自譚公，右邊一道來自單正。

便在此時，人影一晃，譚婆已欺到阿朱身前，揚起手掌，便往她右頰拍了下去，喝道：「我嫁不嫁錯，關你這臭丫頭甚麼事？」這一下出手快極，阿朱待要閃避，固已不及，旁人更無法救援。啪的一下，響聲過去，阿朱雪白粉嫩的面頰上登時出現五道青紫的指印。趙錢孫哈哈笑道：「教訓教訓你這臭丫頭，誰叫你這般多嘴多舌！」

阿朱挨了這下重掌，著實疼痛，淚珠在眼眶中轉動，正在欲哭未哭之間，譚公搶近身去，從懷中又取出那隻小小白玉盒子，打開盒蓋，右手手指在盒中沾了些油膏，手臂一長，在阿朱臉上劃了幾劃，已在她傷處薄薄的敷了一層。譚婆打她巴掌，手法已是極快，但終究不過出掌收掌。譚公這敷藥上臉，手續卻甚繁複細致，居然做得和譚婆一般快捷，使阿朱不及轉念避讓，油膏已然上臉。她一愕之際，只覺本來熱辣辣、脹鼓鼓的臉頰上，忽然間清涼舒適，同時左手中多了一件小小物事。她舉掌看時，見是一隻晶瑩潤滑的白玉盒子，知是譚公所贈，乃是靈驗無比的治傷妙藥，不由得破涕為笑。

徐長老不再理會譚婆如何嘮嘮叨叨的埋怨譚公，低沉著嗓子道：「眾位兄弟，到底寫這封信的人是誰，我此刻不便言明。徐某在丐幫七十餘年，近二十年來退隱山林，不再闖蕩江湖，與人無爭，不結怨仇。我在世上已爲日無多，既無子孫，又沒徒弟，自問絕無半分私心。我說幾句話，衆位信是不信？」羣丐都道：「徐長老的話，有誰不信？」

徐長老問喬峯道：「幫主意下若何？」

喬峯道：「喬某對徐長老素來敬重，前輩深知。」

徐長老道：「我看了此信之後，思索良久，心下疑惑難明，唯恐有甚差錯，當即將此信交於單兄過目。單兄和寫信之人向來交好，認得他的筆跡。此事關涉太大，我要單兄驗明此信的眞僞。」

單正向趙錢孫瞪了一眼，意思是說：「你又有甚麼話說？」趙錢孫道：「徐長老交給你看，你當然可以看，但你第一次看，卻是偷看。好比一個人從前做賊，後來發了財，不做賊了，但儘管他是財主，卻洗不掉從前的賊出身。」

徐長老不理趙錢孫的打岔，說道：「單兄，請你向大夥兒說說，此信是眞是僞。」

單正道：「在下和寫信之人多年相交，舍下並藏得有此人的書信多封，當即和徐長老、馬夫人一同趕到舍下，揀出舊信對比，字跡固然相同，連信箋信封也是一樣，那自是眞跡無疑。」

徐長老道：「老朽多活了幾年，做事力求仔細，何況此事牽涉本幫興衰氣運，有關一位英雄豪傑的聲名性命，如何可冒昧從事？」

眾人聽他這麼說，不自禁的都瞧向喬峯，知他所說的那一位「英雄豪傑」，自是指喬峯而言。只是誰也不敢和他目光相觸，一見他轉頭過來，立即垂下眼光。

徐長老又道：「老朽得知太行山譚氏伉儷和寫信之人頗有淵源，於是去沖霄洞向譚氏伉儷請教。譚公、譚婆將這中間的一切原委曲折，一一向在下說明。唉，在下實不忍明言，可憐可惜，可悲可嘆！」

這時眾人這才明白，原來徐長老邀請譚氏伉儷和單正來到丐幫，乃是前來作證。

徐長老又道：「譚婆說道，她有一位師兄，於此事乃身經目擊，如請他親口述說，最是明白不過，她這位師兄，便是趙錢孫先生了。這位先生的脾氣和別人略有不同，等閒請他不到。總算譚婆的面子極大，片箋飛去，這位先生便應召而到……」

譚公突然滿面怒色，向譚婆道：「怎麼？是你去叫他來的麼？怎地事先不跟我說？瞞著我偷偷摸摸。」譚婆怒道：「甚麼瞞著你偷偷摸摸？我寫了信，要徐長老遣人送去，乃光明正大之事。就是你愛喝乾醋，我怕你嘮叨囉唆，寧可不跟你說。」譚公道：「背夫行事，不守婦道，那就不該！」

譚婆更不打話，出手便是一掌，啪的一聲，打了丈夫重重一個耳光。

譚公的武功明明遠比譚婆為高，但妻子這一掌打來，既不招架，亦不閃避，一動也不動的挨了她一掌，眼見他挨打後臉頰紅腫，又見他從懷中取出一隻小盒，伸指沾些油膏，塗在臉上，登時消腫退紅。一個打得快，一個治得快，這麼一來，兩人心頭怒火一齊消了。旁人瞧著，無不好笑。

只聽得趙錢孫長嘆一聲，聲音悲切哀怨之至，說道：「原來如此，原來如此！唉，早知這般，悔不當初。受她打幾掌，又有何難？」語聲之中，充滿了悔恨之意。

譚婆幽幽的道：「從前你給我打了一掌，總是非打還不可，從來不肯相讓半分。」

趙錢孫呆若木鷄，站在當地，怔怔的出了神，追憶昔日情事，這小師妹脾氣暴躁，愛使小性兒，動不動便出手打人，自己無緣無故的挨打，心有不甘，每每因此而起爭吵，一場美滿姻緣，終於無法得諧。這時親眼見到譚公逆來順受、挨打不還手的情景，方始恍然大悟，心下痛悔，悲不自勝，數十年來自怨自艾，總道小師妹移情別戀，必有重大原因，殊不知對方只不過有一門「挨打不還手」的好處。「唉，這時我便求她在我臉上再打幾掌，她也是不肯的了。」

徐長老道：「趙錢孫先生，請你當衆說一句，這信中所寫之事，是否不假。」

趙錢孫喃喃自語：「我這蠢材傻瓜，為甚麼當時想不到？學武功是去打敵人、打惡人、打卑鄙小人，怎麼去用在心上人、意中人身上？打是情、罵是愛，挨幾個耳光，又有甚麼大不了？」

眾人又好笑，又覺他情痴可憐，丐幫面臨大事待決，他卻如此顛三倒四。徐長老請他千里迢迢的前來分證一件大事，眼見此人痴痴迷迷，說出話來，誰也不知到底有幾分可信。

徐長老再問一聲：「趙錢孫先生，咱們請你來此，是請你說一說信中之事。」

趙錢孫道：「不錯，不錯。嗯，你問我信中之事，那信寫得雖短，可真餘意不盡，『四十年前同窗共硯，切磋拳劍，情景宛在目前，臨風遠念，想師兄兩鬢雖霜，風采笑貌，當如昔日也。』」徐長老問他的是馬大元遺書之事，他卻背誦起譚婆的信來。

徐長老無法可施，向譚婆道：「譚夫人，還是你叫他說罷。」

不料譚婆聽趙錢孫將自己平平常常的一封信背得熟極如流，不知他魂夢中翻來覆去的已唸了多少遍，心下感動，柔聲道：「師哥，你說一說當時的情景罷。」

趙錢孫道：「當時的情景，我甚麼都記得清清楚楚。你梳了兩條小辮子，辮子上紮了紅頭繩，那天師父教咱們『偷龍轉鳳』這一招……」

譚婆緩緩搖頭，道：「師哥，不是說咱們從前的事。徐長老問你，當年在雁門關外，亂石谷前那一場血戰，你是親身參預的，當時情形若何，你跟大夥兒說說。」

趙錢孫顫聲道：「雁門關外，亂石谷前……我……我……」驀地裏臉色大變，一轉身，向西南角上無人之處拔足飛奔，身法迅捷已極。

眼見他便要沒入杏子林中，再也追他不上，衆人齊聲大叫：「喂！別走，別走，快回來，快回來。」趙錢孫那裏理會，只奔得更加快了。

突然間一個聲音朗朗說道：「師兄兩鬢已霜，風采笑貌，更不如昔日也。」趙錢孫驀地住足，回頭問道：「是誰說的？」那聲音道：「若非如此，何以見譚公而自慚形穢，發足奔逃？」衆人向那說話之人看去，原來卻是全冠淸。

趙錢孫怒道：「誰自慚形穢了？他只不過會一門『挨打不還手』的功夫，又有甚麼勝得過我了？」氣忿忿的走了回來。

忽聽得杏林彼處，有個蒼老的聲音說道：「能夠挨打不還手，那便是天下第一等的功夫，豈是容易？」